台灣作家全集

2 珍貴的圖片

台灣文學作家的精彩寫眞，首次全面展現，讓我們不但欣賞小說，也可以一睹作家眞跡。

1 豐富的內容

涵蓋1920年到1990年代的台灣重要文學作家的短篇小說以作家個人爲單位，一人以一冊爲原則。

縫合戰前與戰後的歷史斷層，有系統地呈現台灣文學的風貌。

榮譽出版發行／
前衛出版社

王幼華集

台灣作家全集

短篇小說卷

台灣作家全集

短篇小說卷

一九八三年返鄉至南庄國中任教，〈兩鎮演談〉寫作期

一九七五年高中時期，精力充沛、熱愛活動

一九八〇年淡江中文系與同學合照（作者左一）

一九八〇年淡大四年級，跆拳道七年歷史

一九八一年任職聯經出版社台大門市部經理
〈都市文學系列〉作品寫作期、〈健康公寓〉等寫於此一時期

全家福（一九九一年十月）

作者（中）與香港女作家梁荔玲（左）及復旦大學徐靜波合照（一九八九年四月六日于杭州）

一九八七年任君毅高中輔導主任

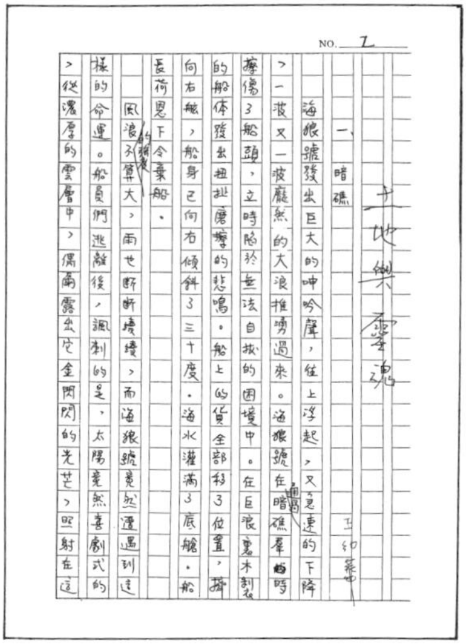

NO. 1

土地與靈魂

王幼華

一、暗礁

海狼號發出巨大的呻吟聲，往上浮起，又急速的下降，一波又一波龐然的大浪推湧過來。海狼號在暗礁羣[illegible]時擦傷了船頭，立時陷於無法自拔的困境中。在巨浪裏木刮着的船体發出扭扯磨擦的悲鳴。船上的貨全部移了位置，擠向右舷，船身已向右傾斜了三十度。海水灌滿了底艙。船長荷恩下令棄船。

風浪可算大，雨也斷斷續續，而海狼號竟然遭遇到這樣的命運。船員們逃離後，諷刺的是，太陽竟然喜劇式的，從濃厚的雲層中，偶爾露出它金閃閃的光芒，照射在這

王幼華手跡

出版說明

《臺灣作家全集》是臺灣新文學運動以來最有意義的選輯，也是臺灣文學出版上最具示範的創舉。全集係以短篇小說爲主體，以作家個人爲單位，涵蓋一九二〇年至九〇年代的重要作家，縫合戰前與戰後的歷史斷層，有系統地呈現了現代文學史上臺灣作家的精神面貌。

在內容上，包括日據時代，由張恆豪編輯；戰後第一代，由彭瑞金編選；戰後第二代，由林瑞明、陳萬益編選；戰後第三代，由施淑、高天生編選。全集計劃出版五十册，後每隔三年或五年，續有增編，一人以一册爲原則，戰前部分則因篇幅不足，有二人或三人合爲一集。

在體例上，每册前由召集人鍾肇政撰述總序（文長兩萬字，首册爲全文，其它則爲濃縮），精扼鈎畫出臺灣新文學發展的歷程、脈絡與精神；並由各集編選人執筆序言，簡要介紹作家生平及作品特色；正文之後，則附有研析性質的作家論，及作家生平寫作年表、小說評論引得，期能提供讀者參考。臺灣面臨歷史的轉捩點，瞻前顧往之際，本社誠摯希望能對臺灣文學的出版、推廣、教育及研究上有所貢獻。

台灣作家全集

短篇小說卷

緒言

鍾肇政

時代的巨輪轟然輾過了八十年代，迎來了嶄新的另一個年代——九十年代。

發軔於二十年代的台灣文學，至此也在時代潮流的沖激下，進入了一個極可能不同於以往的文學年代。

然則這九十年代的台灣文學，究竟會是怎樣的一種文學？

在試圖回答這個問題之前，我們似乎更應該先問問：台灣文學又是怎樣一種文學？

曰：台灣文學是台灣本土的文學、台灣人的文學。

曰：台灣文學是世界文學的一支。

倘就歷史層面予以考察，則台灣文學是「後進」的文學；比諸先進國的文學，即使是近鄰如日本，她的萌芽時期亦屬瞠乎其後，比諸中國五四後之有新文學，亦略遲數年。

只因是後進的，故而自然而然承襲了先進的餘緒，歐美諸國文學的影響固毋論矣，即日本文學、中國文學等也給她帶來了諸多影響。易言之，先天上她就具備了多種特色集於一身，因而可能成爲人類文學裏新穎而富特色的一支——當然這種說法恐難免落入過分單純化機械化的發展論，未必完全接近實際情形。事實上，一種藝術的發芽與成長，土地本身的人文條件與夫時代社經政治等的變易更動，在在可能促進或阻礙她的發展。證諸七十年來台灣文學的成長過程，堪稱充滿血淚，一路在荆棘與險阻的路途上踽踽而行，備嘗艱辛。

職是之故，若就其內涵以言，台灣文學是血淚的文學，是民族掙扎的文學。四百年台灣史，是台灣居民被迫虐的歷史。隨著不同的統治者不同的統治，歷史上每一個不同階段雖然也都有過不同的社會樣相與居民的不同生活情形，而統治者之剝削欺凌則始終如一。七十年台灣文學發展軌跡，時間上雖然不算多麼長，展現出來的自然也不外是被迫虐被欺凌者的心靈呼喊之連續。

台灣文學創建伊始之際，我們看到台灣文學之父賴和以文學做爲抗爭手段之一的筆跡。他反抗日閥強權，他也向台灣人民的落伍、封建、愚昧宣戰。他身體力行，諸凡當時的抗日社團如文化協會、民衆黨和其後的新文協等，以及它們的種種活動，他幾乎是每役必與，並驅其如椽之筆發而爲〈一桿稱子〉、〈不如意的過年〉、〈善訟的人的故事〉等小說與〈覺悟下的犧牲〉、〈南國哀歌〉等詩篇，爲台灣文學開創了一片天空，樹立了不朽典範。

中期，我們又有幸目睹了台灣文學巨人吳濁流之出現。第二次世界大戰進入最慘烈階段之際，在日本憲警虎視眈眈下，吳氏冒死寫下《亞細亞的孤兒》，戰後更在外來政權戒嚴體制的獨裁統治下，他復以《無花果》、《台灣連翹》等長篇突破了統治者最大的禁忌。他不但爲台灣文學建構了巍峨高峰，還創辦《台灣文藝》雜誌，創設台灣第一個文學獎「吳濁流文學獎」，培養、獎掖後進，傾注了其後半生心血，成爲台灣文學的中流砥柱。

七十星霜的台灣文學史上，傑出作家爲數不少，尤其在時代的轉折點上，每見引領風騷的人物出現，各各留下可觀作品。此處暫不擬再列舉大名，但我們都知道，在統治者鐵蹄下，其中尙不乏以筆賈禍而身繫囹圄，備嘗鐵窗之苦者，甚或在二二八悲劇裏飲恨以終者。以所驅用的文學工具言，有台灣話文、白話文、日文、中文等等不一而足，蔚爲世界文壇上罕見奇觀，此殆亦爲台灣文學之一特色。日據時，曾有「外地文學」之稱，輓近亦有人以「邊疆文學」視之，唯她既立足本土，不論使用工具爲何，其爲台灣文學則無庸否定，且始終如一。

不錯，七十年來她的轉折多矣。其中還甚至有兩度陷入完全斷絕的眞空期，其一爲戰爭末期所謂「決戰下的台灣文學」乃至「皇民文學」的年代，以及戰後二二八之後迄國府遷台實施恐怖統治、必需俟「戰後第一代」作家掙扎著試圖以「中文」驅筆創作、接續斷層為止的年代。一言以蔽之，台灣文學本身的步履一直都是顛躓的、蹣跚的。到了七十年代，鄉土之呼聲漸起，雖有鄉土文學論戰的壓抑，反倒造成台灣文學的欣欣向榮，入了八十年代，鄉土文學不僅成為文壇主流，益以美麗島軍法大審之激盪，衝破文學禁忌成了不可遏止之勢，於是有覺醒後之政治文學大批出籠，使台灣文學的風貌又有了一變。

八十年代已矣。在年代與年代接續更替之際，正如若干年來每屆歲尾年始，報章上總會出現不少檢討與前瞻的論評文學，也一如往例悲觀與樂觀並陳，絕望與期許互見。有一明顯的跡象是嚴肅的台灣文學，讀者一直都極少極少，在八十年代末期的消費社會、資訊多元化社會以及功利主義社會裏，文學的商品化及大衆化傾向已是莫之能禦的趨勢，於是當市場裏正如某些論者所指摘，充斥著通俗文學、輕薄文學一類作品，純正的文學乃又一次陷入危殆裏。

然而我們也欣幸地看到，八十年代末尾的一九八九年裏民主潮流驟起，舉世為之震動。繼六四天安門事件被血腥彈壓之後，卻有東歐的改革之風席捲諸多社會主義共產國家，連蘇聯竟也大地撼動，專制統治漸見趨於鬆動的跡象。（草此文之際，世人均看到蘇俄首任總統終告產生。）這該也是樂觀論者之所以樂觀之憑藉吧。

不錯，新的人類世界確已隨九十年代以俱來。即令不是樂觀者，不免也會睜大眼睛看著世局之演變並對它有所期待才是。而九十年代台灣文學，自然也已是呼之欲出！君不見繼八九年年尾大選、國民黨挫敗之後，台灣的民主又向前跨了一步，即令有第八任總統選舉的權力鬥爭以及國大代表之挾選票以自重、肆意敲詐勒索等醜劇相繼上演於國人眼睜睜的視野裏，但其爲獨大而專權了數十年之久的國民黨眞正改革前的垂死掙扎，彰彰在吾人耳目。

在九十年代台灣文學即將展現於二千萬國人眼前之際，《台灣作家全集》（以下稱「本全集」）的問世是有其重大意義的。過去我們已看到幾種類似的集體展示，計有《日據下台灣新文學》（明集，共五卷，明潭出版社，一九七九年三月）、《光復前台灣文學全集》（八卷，後再追加四卷，遠景出版社，一九七九年七月）、《本省籍作家作品選集》（十卷，文壇社，一九六五年十月）、《台灣省青年文學叢書》（十卷，幼獅書店，一九六五年十月）等四種。無獨有偶，前兩者均爲戰前台灣文學，後兩者則爲清一色戰後台灣作家作品。而其中，除最後一種爲個人結集之外，餘皆爲多人合集。値得一提的是後兩者出版時，白色恐怖仍在餘燼未熄之際，前兩者則是鄉土文學論戰戰火甫戢、鄉土文學普遍受到肯定之後，因此可以說各各盡了其時代使命。

本全集可以說是集以上四種叢書之大成者。其一，是時間上貫穿台灣新文學發軔到晚近的全局；其二，是選有代表性作家，每家一卷，因而總數達數十卷之鉅，堪稱自有台灣新文學以來之創舉。是對血漬斑斑的台灣文學之路途上，披荆斬棘，蹣跚走過的前輩們，以及現今仍在孜孜矻矻舉其沉重步伐奮勇前進的當代作家們之獻禮，也是對關心本土文學發展的廣大海內外讀者們的最大禮物。

（註：本文爲《台灣作家全集》〈總序〉的緒言，全文請看《賴和集》和《別冊》。）

目錄

現代啓示錄
——王幼華集序

施淑

閱讀或解讀台灣的社會生活，恐怕很難避免「多元化」和「平常心」這兩個標籤詞彙。如果有什麼簡單的習慣語可以概括近一、二十年台灣社會發展的矛盾，那麼這兩個以共生的、對蹠的關係出現而又被普遍地默許了的觀念形態，應該足以當之無愧。

閱讀或解讀王幼華的小說，幾乎不可能不遭遇到常識判斷中的瘋狂和罪惡，以及作者對於怪異本身的認可和堅持。這一切直接明瞭地表現在小說的篇題和書名上，在已經出版的四個短篇集中，有三個是《惡徒》、《狂者的自白》、《罪與慾》。這帶有強烈的價值判斷的命名，顯示著王幼華創作的心理的、道德的取向。

「多元化」使台灣的日常生活理所當然地發展著它的現代傳奇，面對這無事不可能發生的挑戰和威脅，帶著國粹和宗教氣味的「平常心」，成了招架它的唯一法寶。這個從政要到市民以至於青年學生都津津樂道的術語，它的莫測高深，它的說不出其所以然的妙用，在在證明著它要擺平的絕非平常的困境，證明著從物質到心靈的各個領域中，一個以量代質的多元的消費社會裏，不能不產生的判斷力的根本癱瘓。可以說，它是近一、二十年台灣現代化過程在意識上的沈澱，是台灣社會意識的活化石。

在王幼華的小說世界中，這個使「平常心」無能為力的台灣現代生活傳奇，有著相當全面的反映。由於創作者未被癱瘓的感覺力，他幾乎照單全收了現實裏的大小事件，包括那些因為潔癖的緣故，知識分子作家向來很少涉及的猥瑣的、泥濘的、瘋狂的、醜陋的、罪惡的現象。更由於創作者未被癱瘓的判斷力，這些在道德上使他覺得痛苦，在思考上得不到解答，而又在心理上折磨著他的問題，在他的小說世界中取得了前景的位置。這樣的小說世界，於是從根本上具有否定的、批判的意義，具有廢墟台灣的寓言的性質。

在這個寓言世界中，我們看到那被所謂「平常心」掩蓋著的一個衆聲喧嘩的多元社會，以及作者在那破碎的、沒有中心的、沒有發展上的內在和必然關係的異化了的社會和人性之前，試圖尋找救贖路向的努力。

它是夢魘的，因為夢魘是誠實的心靈對這現代傳奇的正當反應。

它是瘋狂的，因為瘋狂是解讀現代啓示錄的語碼。

它是醜陋的，因為醜陋是繁殖著塑膠花的消費社會的美學。

它是罪惡的，因爲罪惡是毀滅異化了的人性的唯一武器。

在這個與理性背反的小說世界中，我們讀到的是一些象徵的、詩化的寓言文字，一些被分歧的、無定形的多元社會決定了的敍述上的擁擠、雜多、騷動、突襲、糾結，以及與之有關的小說結構上的多聲部的重複和共時性的並列。

而在這經驗的廢墟、屍體和死亡之中升揚起來的是一些被毀滅或毀滅一切的常識中的惡徒、狂徒、超人的形象，是由誠實意識出發的作者王幼華在這現代生活裏的極端痛苦的姿勢。

從本集編選的、經過作者認可的具有代表性的七個短篇中，你將不能倖免於恐懼地感覺到自己在流失著什麼，其中最大部分可能是所謂的正常。你將不能倖免出沒其中的瘋狂怪異的侵襲。但這流失，這瘋狂不是人性的惡質化，而是在混亂多樣的現實面前，人的意識在發現和獲得更多的自由及自覺時的陣痛。

歡樂人生路

長癌的乳房

割掉一個乳房的女人，還算完整的媽媽嗎？她從不注意這個問題，我會有這個想法，大概是因爲她常常鬧著脾氣向父親說：「你看我還像個女人嗎？」我記不清在我長到幾歲時，她不再讓我看和撫抓她的乳房。她去開刀割去裏面的瘤，我是很關心在意的，但是她沒有注意我的焦慮。通常她在換衣服，穿著內衣坐在梳妝枱的時候，我還是被允許坐在她身後的床上。她陶醉或太過專注於修飾自己面孔或想心事，我能在鏡子的反射中和她的側身不太清楚的看到，她的右乳房少去一塊，聽說手術後的疤痕結得並不很好，有些下陷，陷下去的地方使整個形狀有些異樣。她在乳罩裏面縫了些東西，那東西似乎不太合適，她時常須要調整一下。我常看到她有意無意的做這個動作，在她上班、走路、停下來買東西或打掃的時候。

當她自己發現胸部有毛病，我認爲她不應該如此瘋狂的讓大家知道。這一帶的鄰居、親戚朋友都知道她這回事。如果她因爲這件事死了，癌毒無法控制，我認爲那也是不錯的事。至少大家對她的眼光不會那麼怪異，幸災樂禍或面帶笑容的談，長在她身上的乳房。如果她死了，那麼這便是件嚴肅的事了，大家談到這事時便會認眞、驚恐甚至害怕，絲毫不敢輕視它。如果我母親變成一個鬼，我便可以很得意的提到她，她的形象和遭遇會使許多人閉上嘴，使人不敢隨便的說話。但是她活著，吃得更好，更注重外表，她要享受，她的生命是從鬼門關那兒搶回來的，看著濃妝艷抹風姿萬千的母親，使我不知爲何的感到不安與陌生。她活著，父親卻死了。

他是很衰弱，老是唉聲嘆氣彎腰駝背的，瘦長的身體，頭髮不時掉落，頂端已經微禿。他喝濃茶以便在深更半夜爬起來上班、加班。他抽煙、打牌、看歌舞團和母親三天兩頭吵架。自己一個人悶不吭聲的在浴室中洗我們全家的衣服，那些衣服泡在兩隻大水桶裏，直到發出怪味，他們倆照例要鬧一會，然後又是父親走進去蹲下身。我的身子很像他，手脚細瘦拉長，鼻子尖挺。——有一天。大嬸哭著到學校教室裏找我，一路又拖又拉的把我帶回家。父親躺在家門外，張著嘴，眼睛半開半閉的仰在一張門板上。人們都說他已經死了，我不知道爲什麼沒有哭起來，我看著他，看看大家不知道要幹什麼。

有人打我的臉，捏我的肉，在耳邊大叫：「哭啊——哭啊——你爸爸死了，死了！」人家把我推倒在他的身邊跪著。他表情的怪異，像以前他喝醉酒時睡著了一般。只是沒有聲音，沒有任何聲音，我靠近他仔細的聽，恍惚覺得他在跟我玩裝死的遊戲那般，他終會忍不住氣，噗的一聲笑出來。

母親後來回來了，她未進門就哭喊著，披頭散髮，又打又推的叫喚我，揉捏我、向大家指著我。兩天後她的兩隻眼眶深黑，聲音嘶啞，穿著一身黑衣裳坐在地上。

大嬸浮腫的臉龐，憤恨的、陰森的表情，不時在我面前幌盪，她是個兇悍的女人，嘴裏喃喃的咒這咒那，她講的話及她的神情，會把你帶到一個很不舒服的世界。但是她的話好像又有那麼幾分道理。她說爸爸是受了太多的氣，他又不跟別人說、發洩發洩，氣都積在肚子裏，久了，受不了，一爆發起來就死了，像爸爸娶到這種光享受、愛漂亮、嘰哩呱啦的女人——我的母親，是活活被她折磨死的。其實她老早就看出爸爸會死的，前幾天她就看到他的鼻梁邊浮出一條青筋，一直伸到命堂。我驚惶的聽著她的描述，夜晚睡覺時就不住的呼氣、吐氣，呼氣、吐氣。我膽小嗎?眞的，我害怕死，眞正的死，我躲在床角，用脚和手捲緊棉被，用力把自己裹住。爸爸下葬後，親戚們都不來往了，互相責怪父親的死都是對方造成的。

媽媽的打扮更加妖艷，她說話時聲音有好幾種調子，對我，對鄰居和對某些叔叔都不同。我開始鍛練身體，我拚命的想使身體四肢粗壯起來，堆起肌肉。我練田徑、拿舉重、打球。有一天我被人打中鼻樑，以致整個鼻子腫脹流血變了形，我竟是高興極了，怎麼樣我都不再像死去的父親。

每當該上墳的季節我都很不安，我討厭香的味道，紙錢的顏色，更不喜歡雜草蓬生、黃土淺淺的墳。有一年的風雨太大，父親的棺木竟露了出來，黃土流失，棺材原本鮮紅的顏色已經褪盡。母親也不很在意，甚至下山後忘了雇工人去把土堆好，直到我提醒她十幾次，她才去辦了。父親五年後的揀骨、裝缶是由舅舅去做的，從此以後我僅在某次到他家，在一個角落裏匆匆的見過金甕一面。那時我已離開家出外謀生，母親也走了，她改嫁了一位中年人，原來的家已出賣掉。我在她的新家出出入入，住在那裏一段時間，我叫那人伯伯，父親死時他來過家裏。他不太喜歡說話，在孩子們面前總是擺出威嚴和不太滿意的面孔。他在某機構當主管，有三個孩子，老婆死了。我和他們處不太來，沒有辦法。我出去混過一陣，但是連塡飽肚子都沒有辦法做到。我的年紀太輕，雖然我留長了頭髮，故意說一些上道的話，穿西裝、抽菸、喝酒，還是不行，我在餐廳當小弟、跟過卡車、旅館當服務生。

我在他家白吃白喝，獨自睡在厨房後面的竹床上。昏昏沉沉的，不愉快的度日子。在這裏沒有人知道母親乳房的秘密，一個人在某地方搞糟了，最好的方法是換個環境重新開始。她仍是喜歡發表談話、誇大、打扮得很仔細。他和她的房間布置得很豪華、舒適。一進去就是滿眼的粉紅、鮮紅、香水味撲鼻，化妝枱上排滿各式各樣的瓶瓶罐罐。床鋪是那種外國進口有彈簧的。我從來沒有被允許進去過。伯伯的孩子卻可以。

他們並不知道浴室和臥房上面通風的木框，有幾條木片被我拆下來。我常在深夜光著腳板，一步一步的走進浴室，爬上去聽著或模模糊糊的看著，翻動的人影或呻吟聲。偶爾我也出去工作一陣，但從未待久，我好像在等待著什麼似的，可是什麼事也沒有發生在我身上。在附近有所中學，我認識這一帶和我一樣遊蕩的孩子們，因爲我在都市混過，留著長髮穿窄緊的褲子，抽菸、嚼檳榔，臉上有疤，因此我常可以向些學生要點錢花。

有一天我接到通知單要去服兵役，這時日母親的肚子一日一日大起來，她生了個妹妹。

斷裂的手足

李賢乃是我的好友，這人善良。不講沒有用的話，任何人都不能欺侮他的朋友。他如果穿制服出去巡邏，也必定如訓練那般走直角，一板一眼。街道上發生任何狀況如交通阻塞、兇殺、糾紛，他必定吹起哨子，奮不顧身的奔向前去。每日晨跑五千公尺，絕不偷懶裝病，因此有任務、工作的時候，他常常在大太陽底下累得昏倒，不理會別人的訕笑和勸告。人人都敬畏他的正直和他的空手道三段，但有時他也令人很不耐煩，誰敢說他一生時刻都是正直的呢。

認識他是我的運氣，放假日、過年節我都到他家去，享受他一家的溫暖，他的妻和兩個小孩、弟弟、半身不遂的父親、操勞的母親，皆給我接納的笑容，深入了解他的背景後，我才知道他是爲了父親的病，在菩薩面前許願積善，爲人世盡力消除孽障，以自苦來祈福。我找到了一位兄弟，感到手足相護的感情。我變得健康、強壯和生活得有趣。他比我早兩個多月退伍，我們都計劃好了，退伍後和他一起去做鐵窗、建材的生意，我存的一些錢全部投資下去。他的家人歡迎我去住，把我當做自己的孩子，甚至也替我找來相親的女人。

李賢被人殺死在巷子裏，消息傳來我感到冰冷，像被人狠踩了一脚，十幾天我都無法正常的小便，不住顫抖。我不住的夢見他獨自衝向一羣龐大黑色的坦克車，揮舞著拳頭，扯著喉嚨喊叫，我站在一旁不敢向前拉他或和他一樣衝過去，害怕的掩住臉，摀著耳朵，彎低下身，混身汗溼，嗚咽的低聲說：「我沒有看到，我不知道，不是我。」

公平的競爭

幹推銷員的信念，最重要的是你需要愈多比你笨、心軟的人，你的業績就會更好，這是要靠運氣的。每天都有無數的門要敲。每張打開門的面孔都不同（相同才奇怪），想聽的話、看的表情都不同。我不夠聰明、心不硬。但是說謊有天才，臉孔有表情、感情豐富。

每天有太多門要去敲了，許多人由門裏透視鏡看我時就令人不舒服。我大約四、五歲時，有位瞎眼的婦人牽著小女孩沿路討飯過來，爸爸拉我回家關上木門，我很好奇，木門碰碰的響，叫喚聲很悽慘。我小心翼翼的走到木門邊找到一條縫，喘著氣蹲下身，緊張的湊上眼睛。我看到她們骯髒的光脚，破爛的衣服、棍子，慢慢的，我站起身，赫然門縫中也有一顆溼的，不時眨動的黑眼珠。

我也曾想過自己是巡按大人，爲了解民生疾苦，微服出訪。衆人皆不知我的身份，難免有傲慢不遜的態度表現，本府不予計較，只要我說出眞實身份，衆人自然是驚恐叩頭不已，何必驚擾良民百姓呢？

老闆這人是個孬種，一天到晚向我們哭窮，故意向我們借錢，說他吃飯都沒錢。底薪很低，獎金有時還會扣剋。這人狡猾，會表演，他甚至倒在爲生意撞斷腿的李先生旁邊痛哭流涕，但半角也沒給。我偷了他七八萬塊錢和幾塊金子，他跟警察說成二十萬，也不管大家暗笑他平時說的窮苦啊——沒錢哇！怎麼辦啊！

我還去上了一個禮拜的班，看他那副困窘的、急吼吼的樣子，然後以老闆不信任我、懷疑我的藉口，走路了。用這筆錢我弄了些成衣、兒童玩具來賣，等錢轉光了還欠了一筆債，才知道我不是這個料。我想下次我要是還有那麼多錢，一定要把它通通換成鎳幣，一天摸它幾回在它們上面小便，再不讓它溜走了。

窒息的工廠

馬奇是個中等的胖子，臉上掛著一副度數很深的黑框眼鏡，他渾圓的身子很有力，扛絲包姿勢不太好看，但是能持久，技巧也夠，懂得省力。每天早上我們要出一千多包的人造絲，倉庫裏和我一起工作的大約有六七個人，每個人的臉色都不太好，工作太辛苦，空氣又壞，結過婚的人如陳正直等，不時就要拿出一包運功散或大補丸來吃。倉庫眞大，絲包堆積如山，那是一座很不安穩的山，人站在上面它會不住的搖幌，有人摔倒過，絲包堆成的山垮下來，壓得人口吐鮮血。馬奇總是笑呵呵的，在扛絲包的時候他發出哼啊哈的怪聲，全身像水洗的一樣，他不會故意發些牢騷或喊著太熱，一面停下手脚坐下來擦擦汗、搧搧涼，以致工作就必須由別人多分擔點。

中午時分，我們坐下來吃飯包，拿絲包的外皮箱鋪在地上休息。馬奇就催我起來，走到堆高機那兒教我怎麼駛那玩意。我認爲他是個好人，人人都歡喜他願意和他搭配工作。黃昏散工，我倆搭著臂膀走在滿是怪模怪樣龐大機器的工廠內，我感到欣喜、快樂。善良的人到處有啊——他認爲我不當呆在包工的行列裏，至少不該做這粗重的工作。我的腦筋應該去駛堆高機、機器三輪車、卡車。等我學會了這些玩意，果然包工老闆就讓我去開一輛機器三輪車。這輕鬆得多，馬奇還是幹他的工作，我覺得奇怪，當然粗重的工作錢是要多一些的。他早該當一名工頭的，他在工廠混了好多年，倉庫的工作他全都懂得，可是他寧願去做些粗笨的，甚至還去做別人不願意做的事。比如說像我新進來做了兩個月扛鹽包的事，一早我這新人就由陳正直或馬奇帶去一座很大的水泥池旁，水池附近堆了數百包潮溼沈重的鹽包。每天早上十點半水池就會有人來放水，水裏必須放進二十包的鹽，沒幾天我的手掌便破皮，褲子也被鹽水浸壞，一拉就裂。陳正直帶我來，往往人就不見了，或者弄了幾包咕噥幾句便跑開去了。馬奇是不同的。

我較少講話，人緣不太好，回到宿舍老覺得沒事可做，我沒有摩托車，不會唱歌、彈吉他，看到女人不會說笑話，沒事我只是獨自去看工廠放的電影而已。什麼郊遊、烤肉我都不參加，我所有的衣服褲子只有兩三件，有的破，有的髒，沒有多餘的錢。我躺在床上，昏昏沉沉的，好像期待著什麼。有天我終於碰到了件比較有趣的事，有人告訴我在D號廠房的某間倉庫，深夜裏有固定的賭博地方。這東西我還有些興趣，只是——不太愉快的我竟在賭場中見到馬奇。馬奇在這裏完全是兩樣的人，有人看到我向他推了推胳臂，他的眼珠漠然的掠過我，彷彿沒見到那般，他的眼鏡上濛著白氣，玻璃片上都是指紋，汗水滿臉，大聲的叫罵。在昏黃的燈光下，我看得出人們是不太喜歡和他一塊賭錢的，只不過他好像老是在輸，老是把錢掏出來付給人家，所以人們就忍住對那付德性的不滿了。帶我來的人告訴我，這胖子有一夜輸過七八萬塊錢的記錄。馬奇一直不理我，我也湊不上他們的桌，上不起那麼大的注，只好走到別人堆聚的地方，去一翻兩瞪眼，或擲擲骰子。

中午時分，我還是拿著飯包來找馬奇，我倆坐在棉包上有一句沒一句的說著，大卡車我還沒學會，都沒談晚上D號廠房的事情。有個女工坐在我們休息地方不遠處看報紙，她穿著件半透明白色的上衣，可以很清楚的看到她的胸衣和乳房的形狀，她不時的轉過臉來和人聊天，她的臉孔扁長，眼睛很大，臉上長滿粉刺和紅點，她放下報紙伸一下懶腰，古怪的笑一笑。馬奇問我：

「這女人有興趣嗎？很容易，而且沒有麻煩。」

「你認識她？」

「很熟，怎麼樣？」

我晚上常帶她去一間小學，打開教室進去，擺好適合兩人的桌椅。很多事她都比我懂，她也不要求什麼，很多人都在笑我揀了個爛貨。很多時間都是因爲我無事可幹，又不想去那裏，昏昏沉沉的在床上翻來滾去，只好去找她。她很熟練的躺在教室的桌子上，拉下褲子張開腿，有時她穿裙子，和我見面就已經把內褲脫下，放在皮包裏。她好像不太喜歡自己的乳房，不太尊重它，常隨意的搖幌。有些小孩，或是十五六歲的孩子爬在樹上，或是由窗戶的縫裏偷看我們，這令我很惱怒，總覺得自己幹錯了什麼似的，她倒沒有什麼表示。有時我找她她也沒空，另外有別的男人，聽說那男人準備娶她，是同工廠的一位中年人。他對我相當嫉妒，我們彼此見過，我看得出他眼中的恨意，她什麼也沒說，依然和我出來玩樂。

馬奇有次相當認眞的告訴我，大概玩夠了可以不必再和那女人來往，那男人放出風聲，要是我再跟她來往，將對我有所不利。我笑了笑，對她也有些倦了。我沒告訴她我要離開她，某晚，我狠命的咬揑她的右乳房，她吐出舌頭怪聲的慘叫，我掩住她的嘴，她受傷了，那裏又紅又腫，不住的哭泣，我感到愉快。我送她回宿舍後，想去D廠房找馬奇說這件事，這時有四個人靠過來，驀的出手打我。人是須要挨打的，否則他永遠沒有辦法知道「力量」是什麼滋味，我抱著肚子倒在地上，不住的嘔吐，劇烈的顫抖，其實我如果能控制自己的肌肉的話，我是想好好的笑一場。我蹣跚的走回宿舍，我的一個指頭被踩扁了，臉頰裂開一道，要縫的話大約是十幾針，我躺了好幾天。昏昏沉沉的看著我慘不忍睹的指頭，我似乎抓到了我到底在期待著什麼東西似的，可是我還是說不出來。

馬奇沒有來看我，居然沒有，幾天後我走到廠裏才聽說他被抓了。他和一批人偷盜廠裏的生絲和棉花，轉賣到地下工廠，這已經是第二次了。聽說警方甚至也把我列入他們的名單，因爲我和他的關係不錯。我原來是想到牢裏去看看他的，卻沒想到我正想回宿舍去整理行李，離開這兒，警察卻已經在房門口等我了。我是因爲賭博和共犯的嫌疑被逮捕的。我有許多夜晚的行踪不明，也提不出不在場的人證、物證。有許多日子正好和他們運貨的夜晚重合，那女人會替我做證嗎？我在某處見到馬奇，他向我很認眞的說道：

「我不是告訴你離開那女人嗎？你欠我一份人情，我原來是很穩的，關係夠好，上下都花錢擺平，故意輸錢給嫉妒的人，現在她的男人去密告，我的損失大啦──」

我沒有說話。

「不要緊，出去後，很快的，我們重頭再來，你先出去一定要回來找我。我會幫忙你，我也要你幫助我，你現在會駛卡車了吧社會啊就是這樣，一切有我。」

馬奇咧開嘴，兩隻酒瓶底般的眼鏡後，細小的眼珠詭異的笑著。

不安的善心

我騎著摩托車瘋狂的往前開，東歪西斜，許多車輛、行人都避開我，謹愼的煞住車讓我先走。我的後座安著兩隻大號鋼製的瓦斯桶。一天我平均要送五六十桶，這東西從來沒有爆炸過，金興利的老闆做了十幾年的生意也沒碰過這種情形。沿路上大家都很急著趕路，可是看到兩大桶如此大的危險物，想想自己還是讓讓好了，在一般情況下人還是想活著的，至少不想這樣的橫死，要是這東西摔倒、碰撞、爆炸開，幾公尺內的人都別想活，我可是不在乎吶！有時還有意無意的去搶車道，硬超車，往人多車多的地方擠，看到人們慌張的表情，不禁使我在心底發出：嘿嘿！的笑聲。

當初我來金興利應徵，老闆對我的態度很壞，知道我有前科後更是不敢收留我，我向他說盡好話，願意降低工資，加長工作時間，他才勉強的答應我。送貨員有三個，但是凡在較遠的、公寓三樓以上的，在吃飯時間，颱風天，只要客人電話來，我就立刻自動自發、熱心的搶著去工作。我來這兒，金興利的生意好了一成以上，老闆對我還是皮笑肉不笑的。我倒是學會笑了，一種看起來完全是出自誠心、謙卑的笑。任何人只要在都市的某角落過過失業的五、六個月，餓過肚子，慾望爬滿全身，他大概也會練會這種笑，懂得察言觀色，說話用詞婉轉又有技巧了。

對街有間夜茉莉超級豪華理髮廳，每日我都經過它的門口，剛開始站在門口的一位豐滿的女人還會招呼我，某次我送瓦斯到她那裏後她便改了另外一種口吻，和我計較起瓦斯錢來。裏面的小姐都不錯，喜歡調笑我幾句，我像小丑一樣的在她們面前扭著屁股做鬼樣子，說粗野的笑話，她們都很樂。下工後我也有個地方去，有時就陪老闆娘坐在門口招呼客人，她們在後頭的隔間內幹那檔事的情形我也清楚。小姐裏面有個十六歲的美麗，肚子微微挺出來，我打趣的說要到街上給小孩找個爸爸回來。

電話鈴又響起，我跨上摩托車，橫衝直撞的來到一所大廟的附近。那兒正在拜拜，戲棚搭在廣場上，許多男男女女在那進進出出。拜拜、神明、祭祖先這件事從來沒有跟我發生什麼關係。大殿裏逛逛吧！一些婦人、老太婆趴跪在幾個椅墊上，口中喃喃有聲。在城隍老爺的兩側站了七爺、八爺，樣子很嚇人，但是如果你不去看它的話，你根本也不會怕。我對牆壁上的一些畫發生了興趣。

它的第一幅畫的是秦廣明王。畫中有祥雲朶朶，慈眉善目的觀音大士引導著樂善好施的君子們，轉世爲富家子弟，僧尼道士淸心守戒，多有功德的渡過金子鋪成的橋到極樂世界，一批爲官淸廉之士過銀子打的橋到西方。

第二殿是楚江明王。有個貪官濫用職權，全身壓在幾塊石輪下，只剩一顆頭在外面，悽慘的號叫，看得叫人痛快又害怕。

第三殿是宋帝明王。「人惡人怕天不怕，人善人欺天不欺」。畫的中段寫著引誘良女爲娼，是要受竹牢之刑的。

第五殿是閻羅天子，面貌猙獰的夜叉在推石磨，一個人只剩下兩條腿露在外頭，石磨的嘴流出大量的血液，流在一隻木桶裏，幾條狗伸出脚搭在木桶上，頭彎在桶中爭先恐後的喝著。第九殿，有位高壯祥和的淸官拿著大秤，在秤著由小吏綁送來的人，看他在人世所爲罪孽與功德孰輕孰重。

最後一殿是轉輪明王。「輪迴生死地，人鬼去來關」。衆人在經過九殿之審判後，到此轉世投生，有的分發爲人侯將相，有的爲士農工商，有的分發爲家畜，牛馬羊豕，有的分發爲蚊蠅蟻昆蟲之類。有的便發落下牛坑地獄永不得超生，人到這裏可是無路可逃，因果報應立刻實現啦！

看完這些畫我的心情變得沈重，不舒服，騎車的速度慢了下來，垂頭喪氣。晚上我信步走到夜茉莉去，踩開深色的自動門進去，氣氛好像有些不太對，大家面孔的表情冷冷的，一位小姐悄悄的跟我說。美麗從衣櫃上跳下來，想弄掉肚子裏的孽種，不小心竟跌了下來，流了滿地的血，現在人在醫院，可能活不了了。

我離開金興利瓦斯行，說實在我是想幹它一大場的，老闆每天和瓦斯桶睡在一起，我只要晚上從我住的三樓爬下來，稍稍打開兩桶瓦斯，再把通風的後門關上，他是死定了，我做這事有經驗。後來我想想算了。他的老婆、孩子都很需要他，其實像他這種人，這個家庭，多一個少一個都無妨。我要走老闆也沒有留，還多算給我兩天工錢。我向他笑笑，這次我是用饒你一命的態度笑的，這次他笑的很眞實，腦子裏是得意的意思。

歡樂的淨土

每當我醒來，我就聞到一股味道，不曉得是我的鼻子發生問題了，比如說發炎、化膿，還是我身上發出這種味道。我揉揉鼻子，仔細的聞了聞，再嗅了嗅手掌、胳肢窩。我還是不敢肯定，每當我將醒未醒的時候，恍恍惚惚之間那味道就困擾著我。它是一種臭味嗎？也不是，它具有令人忍不住有再三吸到它的渴望。

我大概愈來愈像父親了，我的臉色慘白，頭髮抹滿油，手腳細長，脚步虛浮，抽煙斗，除了鼻子有些古怪腫大之外，鏡中的我簡直就和老爹一模一樣了。我梳頭時要是掉下一把把頭髮，嚇壞的我，就發瘋似的咧開嘴不敢發出聲音的慘叫。

下午四點半歡夢宮才正式營業。我打好領帶，套上晶亮昂貴的皮鞋，噴上香水，理好鬢角，開始上班。

歡夢宮是個很大的地方，一樓和兩層的地下室，一樓只是個小小的店面做理療服務的，在這座高聳複雜的大樓裏毫不起眼。只有熟識的，沒有問題，只想歡樂一陣，當當皇帝的人才准許他入到地下室。挑選和注意顧客由我負責，我坐在一張青色柔軟的沙發裏，面無表情的看著店裏的工作，安靜的抽値得昔日的我一個月生活費的煙斗。我的手邊有隻警報器，任何可疑的人，探頭探腦，想找麻煩的人，是逃不過我這雙銳利眼睛的，只要一有情況，兩層地下室的景觀馬上會改變，男男女女都會有適當的安排，不過這種事極少發生，我也只是操練過幾次而已。

人需要快樂的活著，爲什麼要幹自己不喜歡的工作？爲什麼人要活在不快樂的世界？爲什麼人要和人爭鬥不休？你爲什麼不拒絕？拒絕啊！爲什麼歎口氣又服從了。我是一條寄生蟲，不錯，制度淘汰我，法律要處罰我，正常的人都可以來踢我一脚，罵我一句，吐我一口痰，我也不稀罕進去那裏和你們一齊混。男人也好，女人也好，只要他喜歡我，需要我，他付我錢，我就替他服務。我活著，當初也不是我想出生的。我現在活著就是想拒絕，要快樂的活。我害怕死，有時又渴望死，目前很猶豫是要死或是活著，這件事最好由別人來替我解決，我懶得想那麼多啦！你煩惱嗎？一大堆牢騷嗎？負永遠攪不完的責任，活得不舒服，不愉快，人們還輕視你，你想別的男人、女人，可是你又不敢，怕麻煩嗎？只敢手淫、看圖片小電影嗎？你來我這裏吧！你這輩子眞正快樂過幾回，什麼你都不敢，害怕，擔心這擔心那。來來來，讓我牽著你的手，跟我來，來看看……這裏是溫柔甜蜜的地底，你來到這兒就是到了美麗昏眩迷人的地獄，別擔心你明早還是可以離開的，我們的地獄專門收容受苦的靈魂，不快樂的人，委屈的人。不要管地面上樓上的人在幹些什麼，跟我下來，低下頭，稍微經過一段黑暗的路，複雜的門，再往下去就是那地方，注意，你是否聞到了香味，看到了奇異的光線、五彩的顏色，到了，到了。

打開這扇厚重的門進來，首先你注意那個斜坡，有個光裸的女人大字形的被鐵鍊鍊在那裏，隨時去滿足她，她綁著吶！隨你怎樣對待她，她只會對你笑，今天她是金髮白皮膚的，明天她就變成捲髮全黑的女人，你喜歡什麼就有什麼，那是一塊隨心所欲的土地。多麼樂啊——你看那些地氈上的人們，沒有任何束縛，或躺或坐，有胖有瘦，有老有少，男人女人，你要怎麼分他們輩份，那是地面上人的關係，他們在這裏都變成一個人。一個快樂的大人，怎麼，脫下你的皮吧！那東西只有在上面有用，別說你是誰，你多重要，你的時間多寶貴。那邊正在歡笑、追逐、奔跑的人多幸福。

「喔！哦——」

「嘿！別擔心，他們只是在玩遊戲而已。」

一羣光裸的婦人、年輕人，壯盛的中年人，花白頭髮的老人，他們肩膀上扛著一位肥胖，噘著嘴的高大男人，這人的臉上掛了付黑色的墨鏡。衆人瘋狂的叫喊、鼓掌、大笑，也有人不太服氣的用水菓丟他，或是叉著腰站起來發出噓聲。扛這男人的人們滿身大汗的，忠心耿耿的抬他在四處繞了一圈又一圈，直到沒有人丟東西，噓叫，服氣的坐下後，他們才把他小心翼翼的放到高處一張金碧輝煌的座椅上。他們是很認眞在選舉的，你看坐在椅子上蹺起一隻大腿的男人，他是因爲腰下的那個東西最大，而被選成皇帝的。剛才他們抬他四處炫耀，就是向大家提出證明，要衆人心服口服。不過我可以低聲告訴你一個秘密，他那東西是裝上了個挖空的蘿蔔的，不要被嚇著了，那些人只是會瞎起鬨，從不仔細的看一看，想一想。這男人也眞有一手，他第一次來這裏後，就千方百計的想當皇帝，他在地面上也搞這個的。他沒有把自己忘記還是天性如此就難講了。

有一男一女彎著腰，低著頭，恭敬的捧著許多彩漆，跪著走向座椅。一位中年男人拿著一隻筆謹愼的在皇帝的那兒畫了起來，他畫的是一條蟠龍，十幾個艷麗的勳章，然後在四週塗上黑紅色的火焰，使他看起來更威赫、更令人敬畏。中年男人畫完了之後，皇帝威重的站起身來，整個地氈上頓時響起一陣驚歎聲。有許多禁不住內心燃起的敬愛，爭先恐後的衝到皇帝的脚邊，吻他的脚，原先反對他，不以他爲然的人都換了一付臉孔，甚至迫不及待的上前去又把他抬了起來，吼叫著繞場一圈，造成更大的高潮。

我是不願意禁止這樣的，我們這裏很久沒有出現這樣雄才偉霸的皇帝了。很多人都需要聽命令，沒有人告訴他怎麼做，怎麼活他就沒辦法，存在得很痛苦，恨不得死掉，盼望有人支配他、讓他活得有意思。還是有人不吃皇帝那一套，你看有些人自始到終都是坐著的，安靜的看人們的活動，有些人就是這樣的。

我們這裏有各式各樣的好酒好菜，只要你叫出名字的我們都有。隨時你都可以痛快的吃、喝、睡。你說還有比這裏更好的地方嗎?在第二層地下室，我們有很棒的樂隊，歌舞表演，聲光樂隊都是上流的。你甚至自己都可以來上一段，毫無拘束的表演歡樂一番，年紀大的人喜歡日本歌，年輕的喜歡西洋歌，地方小調、流行歌曲、交響樂什麼都有。沒有什麼人會笑你，我們這裏不容許暴力的事情，如果你犯了，我們只好請你穿回衣服，把你在地面上所有的東西都還你，要你坐在牆壁裏的玻璃室裏看大家歡樂的情況。通常被罰的人都不會超過半小時就哭喊著，哀求著要回到大家的行列，並且再三保證不再犯了，當然我們也是從善如流的。

有些人來這兒，怎麼樣都放不開。光裸著身體拘束的坐在一邊，交叉著雙腿，彎低下身子，臉孔一下白一下青一下紅，怎麼樣都不適應，都放不開，我們同情他，他是被嚇慣了，一向是害怕慣了，一向不敢看見眞正的自己，做自己的主人，我們會幫助他，盡力的幫助他。我們用一點藥，他便離開自己的那個臭皮囊，死硬的殼子，從冰凍頑固的土壤裏生出一顆嫩芽來，得到嬰兒般的歡樂。我說了那麼多，好像我是這兒的老闆、董事長一般。其實用你們的話我只不過是個能說善道的皮條客罷了，我認為我也是相當歡喜工作，認眞工作的人。夜茉莉老闆娘介紹我來這，我高高興興的來了，住在豪華舒適不必當心夏天冬天的房間裏，吃最精緻的食物，喝好酒，改抽煙斗，一天的花費驚人。我的服裝講究、口齒伶俐，一天到晚見到的都是有身份的人。我不是滿腦下流的人，有自己的觀念而且深信不疑，常常勸人接受我的忠告，像個犧牲奉獻的牧師一樣，人，應該活得歡樂。我不再那樣昏昏沈沈著，期待著什麼事那樣的活著了。我抓到了，恍惚的握住了什麼，緊緊的擁住了個東西。我啊要，我啊想死命的向前握住它，抱緊它。噢——除了這個，我回頭望望，是什麼也沒有的。

在這裏我看到許多乳房，割下來可以堆成座小山。有乾癟的，垂到肚子的，像香蕉尾巴那樣蹺起的，蓬霧般發育不好的，也有割去一半、整個的。但是從沒見過一個像母親那樣難看的。噢，其實我沒有眞正的看過它是什麼樣子，我總認爲那是隻奇醜的乳房，沒有比它更難看的，我想今天我有這樣的腦子，魔鬼般迷亂的心，一定是吃了那隻乳房流出來的奶水，它是什麼顏色呢？我拼命的想，甚至想嘔吐出來，我覺得自己看到它是濃濁的黑黃色，帶著股奇異的味道，那是什麼味道呢？什麼味道，噢，就是那個味道嗎？我每日將醒未醒時聞到的嗎？是嗎？我有什麼罪，那是隻有病有毒的乳房，我毫無選擇的，本能的興奮的吸吮它，快樂的、享受的。我外表長得太像父親了，我現在也有了他的現象，我還沒到他的年紀哩。身子細瘦，掉頭髮，脚步虛浮，日夜顚倒，左胸口老是悶脹疼痛，我會不會像他那樣在路邊猝死呢？有天我在鏡中看到鼻梁的側面浮現出一條青痕，我害怕，怕極了。幸好它並沒有伸延到命堂那裏，我揉了又揉。母親活得好好的，強壯而精力充沛，接近四十歲還生孩子。我這身體裏的血肉至少有一半像她吧！這一半波激著慾望，如獸般的血肉，卻應該也讓我很頑強、堅韌才對吧！我很依戀這生活哩。我彷彿在那位客人的口中聽到，這黑暗的世界就要毀滅了，人類的大滅亡就要來臨，救世主即將出現在這世界上。他暗示這人的出生卑賤、混亂，但是他終於會從卑賤中站起，引領人們走向光明的淨土，歡樂的未來。我不再昏沉了（只不過有時變成可怕的暈眩，我跌倒多次，脚步踉蹌。）我不再期待了，當我獨處時，我感到有股強大的力量包圍住我，瞑瞑中有人來向我預示什麼，向我低聲傳示。每當此時我就感到一陣陣溫暖，我走出歡夢宮，仰頭望向天際，那兒必然有幾顆巨大的星星，向我閃出奇異的光芒……

路倒者××號

我可以光喝水，一個月不吃飯，沒有人相信，不相信也無妨，信我的人才能得救。我也不灰心，繼續的把歡樂的故事、世界滅亡的事告訴身邊人，我不太願意把救世主誕生的事告訴人，因爲怕他以爲自己就是，很麻煩。

今天有位穿白衣服打領帶的先生問我姓什麼，叫什麼，住那裏，眞的我可是一點也記不起來，只記得歡夢宮。那位先生認爲我是故意的，天大的冤枉啊！我把母親的乳房、父親的死告訴他，他皺著眉頭不耐煩，嘴巴老是嘖嘖嘖的。最後我快說到歡樂地獄的時候，他乾脆偏過臉去了，手在一張紙上寫啊畫的，一會他又叫我脫下褲子看我那裏，那裏很痛，像嘴巴火氣大破皮了一般開了兩個口，我用手一捏就有黃色的膿會流出來。他一揮手，我就被趕出來了。

這裏的人都穿同樣的衣服，多奇怪，爲什麼都是這種灰藍色，布料太差，剪裁得不夠好，一點不合身。有些傢伙看起來就像鬼一樣，像我在大廟牆壁上看到的，比我醜多了。有些傢伙和他說話，一點反應也沒有，光會嗯呀啊的，還有一個光會流口水，大家都喜歡打他一下。

我們住的大房子到處都有鐵欄杆圍著，現在的人家都是這樣的吧。這樣也好，大家住在一起那裏都不要去，我實在也不想去那裏了。這裏眞是不錯，每天都有人送飯來，菜也還好，不必工作，沒有警察，不吵鬧。我稱這裏做「理想國」，我整天睡覺，想一些事，想到精彩的我就向衆人發表演說。有些戴白帽子，面孔緊繃的女人，威脅我讓我不要說這些，否則就要我搬離開這裏，我很害怕於是躲開她們偶爾說一下。有一次我向她們其中一個描述歡樂宮的事，聽完了她居然找來幾個人把我關進保護室裏，不理會我的嚎叫、敲打，她是個狠女人。不知道她乳房是什麼形狀，有沒有長瘤。

每天小便的時候，我都很困難，扶在牆上用力的擠，哼啊哈的，常常站得手脚發痲，他們用電燒，或者用很奇怪的藥敷在上面，還照了相片。

是的，歡夢宮毀滅了，那個地方值得留戀，我常在對街瞧著它，不忍離開。我不明白爲什麼有人要破壞這麼美好的地方，歡樂的生活。好幾車穿制服的人跑來，他們抓走了大部分的人，我嚇壞了，那時我正陪一位重要的客人出去，當我回到對街就看到了這場面。我想要是當時我在店裏就不會發生這種事了。有人傳言是我密告的，董事長很生氣，找人要逮捕我，寃枉啊，怎麼可能，怎麼可能是我啊！

一位小姐來叫我整理東西準備離開，離開這裏？我沒有犯什麼錯啊？我不願意走，她說是醫生的意思，醫生說我的病好了可以出去。病好了。我看看四週的人，我倒回床上抱住床單，哭喊著不要走，很多人來抓我，又扭又打。這醫生眞狠，欺侮我這樣生活在街頭的人，你讓我到那裏去。也怪我，爲什麼沒好好想想自己是怎麼進來，這個快樂的地方的。沒事儘幫忙那些女人做事，自願幹衆人的班長，整天嘻皮笑臉，搬弄口舌。

鐵門拉開啦！我提著包袱走出去。噢——陽光太亮啦！我抬起手臂遮住眼睛，耳朵內竟然有人在說：「恭禧你。」、「耶穌再見啦。」

我走啊走的，不知道要往那裏去，大房子好像是在半山上，我一點也不熟悉。當初我來好像是坐車子，記不清楚，那時我迷迷糊糊的，一個月沒吃飯，光喝水，在走廊底下睡覺。山脚有好幾棟蓋了一半的空房子，沒有人，我就到那兒去好了。走了一會就累得要命，我好久沒有走路了。現在是幾點，那一月，什麼季節，眞不明白。晚上我看到幾顆巨大的星，發出鬼怪的光芒像在威嚇我不努力去拯救世人。地上的石灰味不太好，我拿了幾張水泥袋鋪好，我想就在這兒呆下去吧！

這房子一直沒有人來繼續蓋它，有一兩回我碰見它的主人，他想趕我走，繞了一圈我又回來了。附近有幾間人家，偶而我去弄點吃的，大部分時間我都在睡覺，或是到山脚下的街道胡走一番。有很多小孩看了我就叫、喊，用石頭扔我，竹子戮我，我都沒理會他們，我揀了好多煙屁股回來抽，有人拜拜、做喜事、葬事我都乘機去抓些好東西回來，我眞想念我的煙斗哩，可惜它老早被我當掉了。

我又回到理想國啦！眞高興，可是沒有表現出來。我裝得很狼狽、痴呆，可不想再出去囉。大房子裏面的醫生換了一位，好極了。這位看起來老實得多，而且親切得很。他問我好多問題，說我爲什麼不洗澡、不吃飯、混身弄得又破又髒。眞想告訴他我能一個月不吃飯，可是還是忍住了。我不知道他安的是什麼心。他搖搖頭收留下我。原來那位緊繃著臉，皺著眉頭的小姐叫我出去。我故意慢慢呑呑，伸直手臂在醫生房裏轉了幾圈。我在一面鏡子中瞄了自己一眼。啊喲，這回我才像鬼了，連我自己都認不出來那個人就是我。滿嘴滿下巴的髒鬍子，頭頂禿了一塊，亂草般頭髮長到肩上，滿眼的黃屎，灰塵蓋住了臉看不出它的顏色。

那位小姐又叱我啦！她捏著鼻子叫來一位光頭矮個子的班長，叫他拉我去洗澡，換上病人服，班長睜著大眼，表情邪惡的看著我。這傢伙我不太喜歡。我想你可別得意，你病好啦——你才糟啦，很快就會被趕出去啦！這傢伙替我洗澡的時候很不老實，老是捏我這弄我那，甚至還想親我的嘴，你差太多啦，我沒有力氣打他、推開他，可是我等著，等他興奮得昏了頭，站不穩，我就猛的用身體向他撞了過去。他的光頭碰在牆壁上，流血啦，好半天沒有站起來。我可不理他，洗完了我自己出來。唉呀，多好啊——又回來啦。我躺在另一張新床上，新編了一個號碼。我思量著每隔一陣就要發一次病，打人、喊叫，或是抱一抱女人。

我想我一定可以在這裏長住下去的，那醫生很老實。

——原載一九八一年十一月《台灣文藝》七十五期

惡　徒

零、苦

蘭媽媽和一羣人坐在條大木船上。他們迷失了方向遇上海盜被搶刼一空。儲水箱戮破漏光了飲水，米糧扔進深藍的海水中。全船的人死得差不多了，太陽光晒裂躺在船內人們的肌肉，死人張著嘴凹陷了雙眼，獰猙可怕一具具的屍體僵直的挺著，變形的軀體認不清原來是男是女、老少、美醜。臭味在烈陽下蒸騰瀰漫。沒有風。蘭媽媽蓬頭垢面，緊縮著肥胖的身子躲在幾件爛衣服搭的蓬子底下。嘴裏還不時喃喃的咒罵。除了她的兒子那瘦板板的小鬼以外，最後的那個男人也倒下了。死人的軀體起泡，暗紫色的膿液流淌發酵，白蟲子肥滾滾的四處鑽動。沒有一朵雲，太陽像瓦斯噴嘴在激燒鐵塊般刺亮——刺亮，白熱耀眼的光芒，燃燒燃燒。藍，可怕的藍天，這裏似乎和宇宙最浩渺的大氣緊緊相連。好像這艘船，這海水就要倒轉過來，把她傾倒向那無垠的可怕的宇宙深處，讓她一直墜落一直往下落，掉、掉、掉下去。蘭媽媽的喉嚨裂開了，有根筋肉疼痛焦渴極了，她感覺自己的身體被熱氣、酷陽煮熟了，五臟六腑都發出臭味。一切都凝固著。沒有風，船不動，海水不動，空氣一口比一口熱。沒有辦法了，沒有，四週絕無一艘船的影子，眼珠就快像枯渴的土地——龜裂。人呢？人呢？在陸地上那麼些人呢？嘈雜擁擠，政府官員、李牧師、周太太、警察、嫖客、耶穌、歌星、軍人、小孩、狗呢？兒子拿著一柄長刀斬開了新死男人的脖子，湊上嘴貪婪的吸吮，暗褐色的身體怪異的扭動，皮膚上的白鹽閃閃發亮。蘭媽媽忍不住也衝爬了出去，搶過兒子手中的刀，猛的斬斷男人枯瘦的手掌，把噴出血滴的斷腕塞進嘴裏。血流得很快，喉嚨那兒的血乾了，兒子撿起輝亮的長刀，瘋狂的在男人的身體上一陣亂砍，蘭媽媽丟掉手腕，兩人在爭搶傷口湧出較多血的地方，兩人的頭顱不住的碰撞摩擦，喉嚨、胸腔中發出扭曲怪異的嚎吼。蘭媽媽力量大得多，兒子幾次被狼狽的推開。蘭媽媽的頭髮也被拔掉一大撮，打腫了幾處。男人的血一會就沒了，傷口的殘血乾了，潮溼的膀胱沒有一滴水存在。兒子怨毒的看了看滿嘴滿臉血跡的媽媽一眼，緩緩的爬到船頭的角落坐了下來。蘭媽媽移動胖大的身體還是回到原來的蓬子。夜晚，稍有風，船在移動，滿天星斗嚴厲乾冷的閃亮。兒子用死人的肉鈎在竿上釣魚，他弄上來了三四尾不小的魚，自顧自咀嚼了一會才丟了尾給蘭媽媽。剛吃的時候她幾乎要嘔吐，那是因爲太餓太渴的關係。生魚眞甜美，只是很難嚥下去，刺又厲害。一船的人都死了，那些人都比他倆脆弱。有人很快就被晒死或者發瘋了般叫喊，缺水、筋疲力盡的死去。有人幻想看到了船隻拚命的揮手，燒衣服，最後跳到海裏淹死。有人因爲爭水、食物互相打死，喝海水乾渴而死。甚至有人爲了爭論這條船到底位在那裏，而互相廝打砍殺。有人挺身而出依他在陸地上的身份地位，來分配船上人的飲水、食糧。卻因爲無法忍耐多喝了一口水，或習慣的多藏了一口水，被衆人扔進了水裏。到後來人們身上的尿和血變成爭奪的對象。是布滿血絲的雙眼，瘋狂神智裏最誘人的渴望了。最後一個男人倒下，他和另外兩個男人殺過一個女人和兩個孩子，但是他還是先她倆倒下了，因爲最後的三個男人在互相的爭鬥中受了嚴重的傷害。蘭媽媽還深深記得這男人看見自己手臂受傷鮮血湧出，拼命去舐，意猶未盡的表情、眼神。兒子和她是不同的，瘦小的他早就拿了一把長刀護衞著自己，蘭媽媽胖壯有力的身體，猙獰可怕的神情使他們不敢侵犯她。蘭媽媽應該是叫藍媽媽的，因爲她從額頭到右眼眶有一塊黑藍色胎記，上面痲痲凸凸還長些粗硬的毛。黑粗的眉毛，扁厚寬大的嘴，擁緊的牙齒夠使人害怕的。她年輕時卻是最強韌而大膽的妓女呢。她的兒子，藍媽媽也攪不清他到底是誰的骨肉，從他微暴的嘴來看，也許可以想出幾個人來，但是誰會去想那麼多呢？想多的人早就死在海水裏啦。不夠強的人也倒在那兒發臭發爛，像一口膿痰、鼻涕。這兒子三四歲的時候就能幾天不吃飯，被人打得鼻青臉腫，手脚骨折，不看醫生、不吃藥還是活得好好的，藍媽媽實在沒有時間管他。她奇怪怎會只有這個兒子在船上呢？其它的呢？還有四個，還是五個，她也弄不清楚。太陽又出來了，晒死人呵——海水還是深藍得嚇人，幾條古怪的大魚有意無意的游過來撞撞木船。藍媽媽難受極了，有一座火爐在烤她，翻來覆去的烤她，想罵人，非常想，可是罵不出來，連口水都沒有了。舌頭也像根熱癢的石棒。船上已經沒有其它人了，兒子躲在陰暗處動也不動。魚，魚，她又餓又渴，弄隻魚來吃吧！半隻也好，太、太難受了啊，啊——她叫不出來，痛死了，連呻吟也發不出聲音來，口腔中噴出的盡是又熱又臭的空氣。唉喲？唉喲——忽然她覺得嘴上有東西在爬，什麼？那是什麼，她伸手摸摸，血，竟是血，鼻孔中流出兩股乾黏的血，她用力眨著兩雙堆著黃屎的眼，昏花的雙眼沒有辦法看清手指上血的顏色。唉啊，唉啊——腦中轟然一聲她往後倒下來。快死了，我快死了嗎？藍媽媽昏亂的想，逐漸的醒來，她躺著沒有力氣坐起來。太陽照在頭頂，酷熱的灼炙下來，天邊好像有些雲了，但是太少，不會下雨，也太遠了，可能來不及，來不及。船在微微的搖幌，血乾在臉上，癢痛。她也不想動，沒辦法動。恍恍惚惚間她好像看到兒子用一隻皮鞋放到船下吊起海水，偷偷的舉起來喝。他完了，他完了，我忍耐一下。他一定沒有發覺我倒在船板上看到他的動作，他完了，一定會比我死得更快。他沒想到我倒下來臉貼著船板，卻正好看到他的動作。眞的吧，他在喝海水，沒有錯，這傢伙他完了，活不過明天的。可是我，我不能動啊，走不過去，他要是死在那邊呢？我過不去，我啊，啊——我，藍媽媽又昏了過去。

——不知道過了多久，朦朧中藍媽媽被一種感覺喚醒，或者是某種觸動驚起，她微微的瞇開黃屎黏膩的眼睛，是一個人低下頭盯著她看，一雙發直漲大的黑眼珠，微微顫抖的一口森白暴牙。他似乎被睜開眼的藍媽媽嚇了一跳，怔了怔，藍媽媽不知那裏來的一股力量，猛的揮起胳臂撞去。兒子摔倒，踉蹌的爬走開去。藍媽媽的頭髮掉了一大把下來，她發覺額前秃了一大塊，她爬不起來。我不能死，還沒，還沒有，還不會，你別想，你別想，你一定比我先死，不可能，不可能的，她就這樣仰著，動也不能動，只有一隻手掌還在胡亂的摸索，抓動。她看到兒子又在喝海水了，這次沒有避開什麼似的。快了，更快了，再多喝一口吧！你活不了多久。藍媽媽混亂、恐懼、無聲的哼吼，忽然她的手掌摸到一塊鉛塊，那是塊固定繩纜用的鉛塊，她不動了，完全的靜止，動也不動了。許久，許久了，她動也沒有動一下。船在海面東流西淌，偶爾有幾朵白淡淡的雲浮過，兒子的雙手掐住喉嚨，費盡力氣的想嘔出一絲水份，太苦了，他已經沒有力氣了，必須做最後的決定。太陽偏了一大段，熱力仍是驚人，兒子睜大眼看了看。他看到木船邊圍滿了人，各式各樣的人，男女老少擁擠不堪，焦急的注視場中，小孩哭鬧，扭動，男人噘著嘴、喊叫，滿臉通紅，女人握住胸前的衣服縮靠在一起，有人在跳舞，興高采烈的慶祝。一個貴婦人拿著一隻望眼鏡對準他看。有人開始鼓掌、叫囂起鬨，有人在演講，喊萬歲，打牌賭博，幾個女人在吃水菓，隨意丟菓皮，一個胖子在吃東西，眼光呆滯。嘴巴不住不住的嚼動，兒子轉過身，拿了塊破布把刀子包好，有人朝場中扔鮮花，全場哄然。慢慢的他爬向藍媽媽。她動也不動，掉落的頭髮被風吹得到處都是，黏到了兒子的手掌脚掌。兒子爬向她，動也不動，醜陋骯髒的臉頭像塊廢鐵。他逐漸的靠近她，謹愼的把臉凑過去，仔細的看看她、嗅嗅她是不是眞的死了。她是這人世最使他害怕的人，她曾經打得他鼻梁折斷，幾乎咬掉一根手指，還把他的手臂抓起來，放在一口深水井裏，威脅要把手放開，讓他掉下去，那時他才五歲。兒子聽到：噓——噓——：的不滿聲，有人丟石頭進來。藍媽媽是死了，動也不動，連呼吸也沒有了。兒子想用手去摸摸，不敢。他低下頭去想把破布裏的刀拿出來。忽然藍媽媽的手臂沉重急快的向他的腦袋砸下來，他皺了一下眉頭……哈哈哈……藍媽媽滿嘴鮮紅的笑出聲音來了。

太平巷中憂愁人

二羊很煩惱，胃在發酸，像有一袋針在裏面揉攪，痛得彎下腰身，手中的幾瓶醬油差點摔在地上。他停了一下，皺著眉，強忍的還是走完這條骯髒的巷子。回到貼著醒眼的一幅對子的家裏。這聯右邊寫的是：「半生戎馬南征北討」左聯是：「解甲歸田白手起家」橫披是「天下太平」，此條巷子因這一家而遠近知名。

二羊把醬油瓶擺在桌上，捂住肚子就往長沙發倒下去。油瓶沒放好掉了下來，嗑破了。二羊去接拾，弄得滿手黑油，香味漫出來，他一手還捧著肚子半躺半坐，臉煞白了，半瓶醬油擺回桌上，又坐了起來，一隻手在收拾碎瓶子，水泥地上一灘黑油。手被玻璃刺破了，慘白的四壁使他的頭腦昏眩。後頭傳來劈哩啪啦的痲將聲，有人從房間出來，帶出一股煙味、汗臭味。

「喂啊，二羊你回來啦——怎麼搞的，哎喲一地都是。」

一位瘦黑的婦女走過來，二羊咧嘴向她笑笑。

「阿嬸你好，我，我……」

「喂啊，你身體不好是嗎？怎麼會這樣，來來，我來我來——」

二羊慌慌張張想站起來。

「坐下啦，坐下啦，緊張什麼，你這人就是這樣！」

二羊被她一推又坐了下去。阿嬸去拿了根掃把，把地面胡亂一掃，破瓶子一古腦扔進垃圾筒內。二羊坐在椅子上，低著頭不安的捂住肚子。婦人在他對面的一張椅子坐下來，點了根菸，疊起雙腳瞅著二羊。

「怎麼啦，肚子痛喔？」

「是、是，好一點，好一點啦——」

二羊身上一陣汗熱一陣寒冷。

「現在還推銷醬油喔？」

「是啊——是——」

「生意好嗎？」

「嗯——馬馬虎虎啦。」

瘦黑婦人看著桌上剩下兩瓶醬油。

「這些是賣不出去的喲？」

「呃——」

「那我拿瓶回去吃吃看，這種牌子的我還沒有吃過哩。」婦人拿起一瓶很專意的瞧，一面用眼瞅二羊。

「是啦，待會帶瓶回去好啦，吃吃看。」

「要不要錢，多少錢一瓶啊？」

婦人朝他笑著說。

「不要，免啦，眞的不要啦。」

兩個年輕人走進屋子來，是大頭和小爺。

「嘿，阿嬸在這裏啊？輸呀贏呢？」

高個子頭髮梳得油光滑亮，留著粗鬢角，下巴硬厚厚的突出，很性格的笑著說。

「當然也是輸了，贏了還會坐在這裏哟。嗨，大頭來來這裏坐，我有件事要和你說。」

阿嬸的臉忽然變得急切，搖晃起疊著的雙腿。

「緊張什麼阿嬸，大頭不會走的啦，剛回來，緊張什麼。」

頭髮短而亂，矮矮的小爺用一種邪邪的聲調說，說完還朝大頭擠眉弄眼一番。

「夭壽仔，沒大沒小，講話沒分寸，連老娘也想調戲，看我不打死你。」

婦人說著便忽的站起身，作勢要打小爺，他也沒躲，婦人扯住他的手臂又打又捏。

大頭笑了笑，微眦的牙齒，很迷人的看著兩人拉扯。

「唉喲，你這老女人打人那麼痛，放手，放手，救命啊強×啊——」

「你再叫，你再叫——」

婦人好氣又好笑，一把推開小爺，喃喃的咒了幾句，轉過身來挽住大頭的手臂，熱熱絡絡拉著他走到一個角落，悉悉索索的說著什麼。

二羊在他們鬧著的當兒，捂著肚子跑到後頭，打開房間在床上倒了下來，一面撫著額頭的冷汗，蓋上潮味的棉被，彎捲起身體咬牙忍著。不一會房間的門推開了，小爺費力的把一麻袋笨重的東西移進來，然後把房門帶上鎖好。

打開麻袋，臉上露出古怪的笑容，鼻子哼啊噴的。他拿出一架貴重的錄音機砰的擺在桌上，鬧鐘、手錶、衣料。最後竟是條花色的毛氈。嘴裏不時：「幹伊娘，好傢伙，給你死——」興奮的罵個不停。不時就把衣服抖開扔在一邊，或把女人的睡衣貼在身上大吼幾聲。最後他掏出來一包包裝很仔細、精美的皮包，從裏面掏出一根煙斗銜在嘴裏，朝床鋪走來。一手掀開了蓋住二羊半個臉的棉被，重重的坐下來。床在吱吱的響叫。二羊的眼前出現了幾只金澄澄的戒指，兩顆晶白的鑽石。

「二羊，他媽的×，來選一個吧，送你一個，別讓藍媽媽知道，幹伊娘，眞好啊嘻嘻嘻。」

小爺一隻手挾在雙腿間，仰起下巴，歪扭了一邊臉，黃黑的牙齒啃著拇指般粗大的煙斗，渾身興奮的抖動。

公路飯店

李流用手支著下巴，茫然的看著門外馬路，不時駛過的大小卡車、轎車，偶爾偶爾一輛遊覽車。現在的時間是下午一點二十分。天氣陰沈的，風沙從飯店外的黃土地捲進來，久美抱著雙臂在飯桌前走來走去，肥大的乳房在綳緊的粗線毛衣裏不安的鼓著。飯店內的光線陰暗，一隻鷄無聊的啼叫。「喔——喔——噢——」。

李流從骯髒的圍裙口袋裏掏出一包菸，點了根，整個屋子都是久美香粉的味道，抽根菸好多了。今天中午只做了兩個附近瓦窰工人的生意，賣掉兩瓶米酒，一瓶還是李流幫忙喝掉的。再過一會，從冷凍庫拿出來的肉、魚蝦都要再放回去，有幾包油麵和菜都已經爛了該扔掉。久美走出了屋外，慢慢的走到馬路旁，東看看西看看，又抱著雙臂走了回來。幾隻蒼蠅飛進來停在桌面上，不太有勁的舐來舐去。久美進來，唉——的一聲坐在椅子上。蒼蠅被他打擾了，打了個旋。又飛來停在竹筒裏插滿的筷子上。

「你說的那個司機會來嗎？都幾點了。」

久美說，嘴中的銀牙齒閃了一下。

「………」

「喂，怎麼啦——」

「他們要來，說好今天中午要來，講好了。」

「會不會找不到地方，還是從高速公路走了，我看不會來了，那些人喔！」

「………」

「瓦斯有沒有漏氣，我好像聞到瓦斯漏氣。」

久美猛的吸了幾下鼻子，向李流指了指厨房裏的那兩桶瓦斯。「喔——喔——噢——」。久美低下頭，舉起手掌無聊的端詳著十根指頭上的鮮紅油彩。就是李流向她說前一次從高雄來的兩個開載鷄貨車的司機，對她很有意思，講好今天會來，不走高速公路，要她粧扮一下。到現在這兩人還是沒有來，心情實在很壞。李流呸的一聲吐掉燒短了的煙屁股，解開腰上的圍裙，隨手一扔，揉了揉肌肉鬆懈的臉皮，垂下的小腹，打了聲呵欠，準備去睡個午覺。久美抬起頭看看他。

「你要不要吃一口檳榔，剛才那兩個工人買給我的。」

「你吃吧，我睏一下，有客人來你叫我。」

「我看乾脆把店門關起來，五點再開好不好。」

久美說。李流沒說話，走到一處用三合板隔開的床鋪，把灰沈的蚊帳撩開，躺下去。久美哼了一聲甩甩鬈得很不自然有些歪斜的頭髮。風愈吹愈大，天氣不好，若是下雨就更不妙了。高速公路全線通車，他們的這間交通飯店就完蛋了。以前這裏相當風光，店裏要三個人才忙得過來，熱鬧的很。當初自己留下來還是半哀求的李流才答應，想不到一年不到，門前接連不斷的卡車、遊覽車、轎車一下子都不見了。以前吃飯時間爲了爭客人還發生打架的事，附近原有的兩間比他們更大的飯店都關門了，或是被丟棄不管，任由門窗被打破弄壞。只有李流這家磚瓦房破舊的店還開著。以前三個小姐裏她和美香都是幹那個的，美香是李流找來作生意的，她是自己找來的。美香看看這裏沒有生意，就把錢算一算一個人北上去闖天下。她到現在都還沒有決定要怎樣，李流也沒有趕她，沒有生意做還是算錢給她。這人好像也沒有關門另做打算的意思。在這種鄉下地方會有什麼出路。這人四十多歲，怪怪的，抓不透心裏在想什麼，久美跑了這麼多地方，還沒有看過像他這樣的人。有手藝會燒菜怕什麼，到什麼地方都不會餓死，看他應付客人和他手臂的疤痕，李流可能也有一段滄桑才對。誰也不知道他在想什麼，再這樣下去，久美自己也想要離開了。老是在這種地方不是辦法，和這樣的一個不說話的男人。久美嚼了一口檳榔，檳榔的熱力使她的血液奔流，渾身發熱，心情也像好了點。下雨了，她要去準備一下。這間破瓦房會漏雨，不去拿臉盆接水，雨大的話整間屋子就溼淋淋的。順手她把一架收音機扭開，放一些流行歌來聽。這下午，生意不會有了。

老刑事

楊先生把錢放在背包的最底層，和一個用白紗布緊緊裹住的東西擺在一起。然後再把換洗的衣物、身分證、公文袋放進去。再仔細的檢查了一遍，確定該帶的東西都帶了。他把背包的拉鍊拉上，帶子掛上肩膀，看了房內幾眼，遲疑了一會兒，拿起鎖頭，走出屋外，關好門，緊緊的扣上鎖。

「楊先生出去啊？」

一位鄰婦坐在板凳上剝豌豆，看到楊先生背著包包脚穿步鞋，一副出遠門的樣子，便向他打招呼。

「哎，是啊，去找幾個朋友，可能不會回來一陣子，您忙啊。」

「楊伯伯，楊伯伯。」

幾個小孩跑過來拉他的手。楊先生低下他禿得只剩下兩耳邊稍許毛髮的頭，慈祥的拍著小孩的身體，握住他們溫熱的手。小孩高興的叫啊鬧的。

「妹妹，弟弟啊，過來，過來，不要鬧，楊伯伯要出去。要去抓壞人、抓壞人啦！」

「哇——」

小孩放開楊先生，他古怪的笑了笑，一邊急速的抽身離開孩子的纏鬧，匆匆打個招呼，快步的走開。孩子們拍手叫。

「楊伯伯捉壞人，捉壞人。」

「媽媽，楊伯伯不是退休了嗎？」

楊刑事走向車站，在窗口買了張票。他要去找一位叫二羊的青年人。他背包的公文封裏有這人寫給他女兒的信，和他唯一女兒阿莉生前的照片。地址是假的，但是郵戳上蓋了一個市名。

城市兄弟

大頭和小爺鐵靑著臉從南國酒廊出來。小爺緊厚的牛仔褲綁在身上，褲管塞在尖馬靴裏，走起路來一扭一拐的很勉強，他跟著大頭走到對街。大頭透明藍絲花的襯衫溼了大半，鑲金邊的皮鞋被酒廊裏的一個粗壯傢伙猛踩一脚，扁了下去。

「小爺，你把那顆藍色的給她了嗎？」

「給啦，你說要給的。」

「媽的，十萬塊，這下慘了。」

大頭偏過頭去瞄了眼「南國」，忽然一推小爺。

「快跑，不好，他們追出來了。」

小爺頭也沒回，拔起腿拼命的往前跑，這種事他碰多了。酒廊裏的人出來幾個兇神惡煞，像是要給他們一個徹底的教訓一般。誰叫大頭看上了他們的女經理，錢、金鍊、戒指送了一堆，這女人根本不買帳，把大頭當傻子，覺都沒睡到，現在還被人在馬路上追著跑。街上路人被撞倒了好幾個，許多人都停下脚步來看熱鬧。兩兄弟很有默契的專揀小巷子鑽。追得人也很兇、很厲害，毫不放鬆，小爺跑得慢差點被追上，要不是來人摔了跤，這下可慘了。大頭被抓住打了兩拳，總之還是給兩個人跑掉了。

兩人躲在一座大樓的背後巷子，身子靠在垃圾桶上狼狽的喘著氣，大頭摸著手臂上扯破的衣服和傷口，小爺從馬靴中掏出一根短的扁鑽。

「要不是人多，我，我……」

有人從大樓上推窗出來朝下看他們。小爺吐了一口痰朝上面瞪眼，窗戶立刻關上了。

「媽的，偷鷄不著蝕把米，這女人有好幾千萬的錢呢。」大頭邊喘邊說。

「算了吧。人家也不是簡單的貨，憑你那兩下，人家才不上你的當，省省吧。」小爺說。

「媽的……」

大頭皺起眉頭看看翻著白眼的小爺。這還是第一次聽到小爺對自己的外表不滿意，說實在大頭在女人方面那麼吃不開還是第一遭。

「喂，咱們走吧，上面的人說不定會報警。」

小爺說，垂頭喪氣一拐一拐的離開。大頭從口袋中掏出一盒火柴，從垃圾桶中弄了堆廢紙，點著。小爺回頭驚訝的有趣的笑起來。大頭冰涼窩囊的心情，隨那火的燃燒重新溫熱。

房裏坐的是張爸。他挺著肚子，汗衫翻上一半，淡青色的短褲頭外露出兩條毛腿，葫蘆般形狀的大臉，一雙濃粗曲捲的眉毛。兩兄弟一前一後的進門，小爺放身倒在椅子裏，大頭到後面去清洗。

「張爸，今天沒到當舖去啊？」小爺說。

「沒有，今天休息會。」

「咱藍媽媽呢？贏錢了沒有，這會我和大頭栽根斗啦——人呢？家裏沒人打牌呀？」

「上教會去嘍，輸了不少，不還錢人家不上門。」

「教會人給錢哪？張爸您看看我這個樣子，挨人揍啦。背啊！沒這麼窩囊過。過兩天我找太平巷的哥們去找回來，可別讓人看扁了。」

小爺蹺起馬靴，抖著，像觸了電流。兩個一般大小的毛頭小孩探頭探腦的走進屋來。是鄰家唸小學的寶貝。

「眞丟人啊，要是街上有熟人看到，講起來才沒面子呢。」

小孩拿著副撲克牌在沙發和同伴玩梭哈。

「二羊胃出血，住到醫院，要開刀，我說呢胃出血吧，果然是，胃出血——」

張爸點著葫蘆頭，豬肝色的大嘴只兩種嘴型，半開或閉，從前作戰下巴骨碎過，嘴舌都不太靈光，有些字句和口音不是聽慣的人弄不清他在說些什麼，他自個說這樣，日子好過得多。

「二羊，開刀？怎麼肚子壞啦。」

藍媽媽人還沒進門聲音便到了。

「什麼狗操的東西嘛——這麼些也計較，老娘看過的陣勢多啦，沒見過這般的小鼻小眼的東西！」

「李太太是急了點，不要緊啦，我去跟她說說，慢幾天沒關係的啦，大家都是好朋友嘛——」

「她再說我壞話，撕爛她的嘴！」

「不要這樣嘛，幹什麼爲那點錢傷和氣，大家以後還要見面的。」

三個女人進門。

「哎呀，熱死了這天氣，老頭兒你可眞舒服，老娘累死了。」

「張先生好啊。」

「這兩個小鬼在這賭錢，去去去！滾到裏邊去，你存心要警察抓我，告我開賭館啊，這麼小就賭，下地獄用火燒死你。」

兩個小孩匆匆收起牌，頭上挨了巴掌，還笑的跑到後頭去，打開平常大人的麻將間。

三個女人落坐，吱吱喳喳說起來。

「張爸，二羊住那家醫院，咱去看看他。嘿！那位老實先生挨宰啦。」

「不遠，醫院就在有德路那頭，招牌大得很，是個軍醫開的，我認識他，見過的——」

「喂喂！對呀小該死的，你二羊哥哥的那家公司打電話來說，不要他去上班了，叫我們找個人去算錢。」

藍媽媽倒是耳聽八方，百忙中放高嗓門說，把三人原先談教會募捐的事打斷了。

「怎麼，要我去啊？」

小爺擠著眉問。大頭捧著條白毛巾，穿著白短褲出來。

「小該死的，你和大頭一塊去，多要點。就說二羊都是爲了替你們賣醬油，賣出病來的，醫療費得他們出，我們是貧戶那來錢給他醫病、住院，就說他那病重得很。」

「胃出血會死人的。」

一位太太尖著嗓子說。

「死人啊——他沒這個命，死了倒好，我可倒楣了。」

「哎啊，藍媽媽別這麼說，二羊是你兒子，老實人，大家都知道他孝順，你幹麼咒他。剛才在教會你不是才哭過要改掉說髒話、罵人的習慣嗎？」

「哼！老實有什麼用，這會倒楣的都是老實人，一年到頭累得像頭牛，掙不了幾毛錢，這會病了，倒了。我倒楣啦——」

藍媽媽攤開雙手，大嘴裏粗白的牙齒，像要啃上每個人的肉，額上的青斑難看的皺緊。

「二羊在那兒上班？我去要錢，嘿嘿，這會非弄個大筆的不可，那個狗老闆，怎麼，敢欺負我二羊哥啊？」

小爺站起身，手插在褲袋，聳起一邊肩膀，得意洋洋的說。一位太太皺起眉，低聲的問道：

「你這兒子幾歲啊？」

「不滿十六呢？小該死的，伶俐得很哩。」

「大頭呢？娶媳婦了吧。」

「還沒呢。」

張爸說。

不服

小爺把車停穩、泊好。

「你去吧，那幾個傢伙剛走，我等你，快點！」

「哼哼！等一下她就倒霉了。小該死的我還是要跟你說，這女人其實對我是有意思的，只是她不敢，後頭有很多人把著她，她不敢，但是只要有機會，時間、地方不一樣的話，很可能……」

「噢，你是說你運氣不好——」

「對，對，運氣不好。呃——像她這種女人我看得多啦。那種調調，我去啦——」

「等會——」小爺拉他的手膀。

「這個帶去！」

「用不著，根本用不著，那幾個走了就行，憑我對付個娘們要用那個嗎？」

「帶著好了，方便點嘛！」

「不要！」

大頭鑽出車子，瀟洒的跨大步子走向「南國酒廊」。「南國」的鐵門拉下一半，客人走光，住在裏面的男人一夥開車大概消夜去了。小爺確定那女人留在店裏，酒女下班回家的，渡夜的，店裏至多剩下三四個不中用的人。小爺點了根菸，原先放在發動鑰匙的手離開了會，四週的樓房、店面早已打烊，黑沉沉的像發霉的糕餅。

大頭去的時間久了，怎麼搞的，這傢伙，菸頭吐在外頭，小爺開始咬牙。「南國」在鐵門底下射出的昏暗燈光還是很平靜。小爺的拳頭開始打在駕駛盤上，馬路上半個人也沒有，有了那才可怕。小爺的膝蓋重重的撞到收音機。收音機大聲的響起來，一根天線在車窗前升起。小爺吃了一驚，忙要伸手去關那玩意。

忽然「砰！」的一聲重響從「南國」店裏傳出來，不妙，燈影紛亂。鐵門那兒有個人撞在上頭，急急的從門底下鑽出來，半跑半跌的向車子奔來。小爺興奮了，忙的發動引擎。車門猛的拉開，車吱呀的一聲怪響衝了出去。

「快走！快！那女人打電話給那些傢伙，他們就在附近。」

小爺抬眼望了大頭一下，他的雙手是空的，手臂都是血，半躺半臥的癱在坐椅上，灰暗的街角驀地拐出一輛放射出兩盞強烈黃光的綠色轎車，小爺猛的一打方向盤煞車，擦過，兩車幾乎迎面撞上。小爺的車一半輪胎擠上人行道，毫不遲疑的踏上油門，再往前衝。綠色轎車退後，一百八十度的轉彎，看著往前急奔的白色轎車追了上去。大頭的臉色蒼白，在搖晃得厲害的車內緊閉雙眼。剛才女人射出那顆鋼筆手槍的子彈嚇壞他，沒想到她會當眞開槍，一瞬間他以為自己完蛋了。小爺咬著牙，專心一志的開車，興奮極了。

辦案

楊刑事推開「夜來香」的彩色玻璃門走出來。她們沒有聽說過二羊這個不良少年。阿莉是個內向的女孩，沒有把她的男朋友帶給大家看，大家只是依稀知道有個男人常打電話找她。這附近的管區警局的資料中也沒有一個登記有案的流氓喚做二羊的。天色暗了，他走到街邊的一個攤子，遲疑的停下步子，年輕的老闆招呼他。於是他走向前，拉開板櫈坐下，叫了一碗滷肉飯、魷魚羮、切了盤菜、吃著。街頭上的燈愈來愈輝煌。楊刑事放下手中的筷子。從上衣口袋中掏出一隻皮夾，向年輕的老闆打開。

「老闆啊，你看過這個女孩子嗎？」

老闆一邊拿著長杓熱麵，一面湊過頭看一眼。

「沒有，沒有，來這裏吃東西的人這麼多，那裏記得，咦——」

楊刑事收回皮夾繼續吃飯。

「你是警察嗎？先生。」

老闆壓低嗓子，一隻眉豎起來向他說。

「你聽過二羊這個人嗎？」

「二羊——？嗯，沒有，那有人叫這種名字的。噢，你稍等一下。」

老闆把麵撈出來倒在碗裏，快速的弄著作料，端去給別桌的客人。楊刑事慢慢的挑著飯粒。老闆走回來。

「哎，先生你看起來很神秘，可能是便衣啊——一定是喔？如果你想找人，我可以給你幫忙，但是一定不能把我洩露出去，聽說……」老闆很熱心，興奮過度的說。這正是想找的人，楊刑事不急，放下筷子，嗯了一聲。老闆滿臉笑意的掏了根潔白的菸送過來。

「我有一些朋友是在走路的，四處都很熟，牛頭，對！牛頭你認識嗎？你要找的人……」

「這個人害死一個女孩叫做阿莉的，我們現在要抓他。但是……要保守秘密。這個人聽說是個殺手。」

「喔——果然……」

老闆瞪了眼珠，很著迷。

「阿莉原來在前面那家夜來香做理髮小姐。記住，二羊這個人！這是我的電話，有消息打電話給我，就說找楊先生。」

「噢，噢，是是，夜來香噢，我知道我知道，難怪那小姐看來很面熟。死了啊，可憐、可憐。」楊刑事掏了兩張綠色鈔票丟在桌上，起身離開。一輛重型載貨的機車開過來。

「喂！老闆，醬油來啦。」

老闆拿著兩張鈔票，楞楞的瞧著走開的楊刑事，腦中想著很多懸疑刺激的故事，送醬油的不耐煩的喊他。

沉悶的午夜

「久美——」

「嗯？」

「你想要走了嗎？」

久美轉過頭看李流。

「這裏也沒有生意，這樣下去要怎麼辦，你有什麼打算。」

李流喝了一口茶沒說話。

「我看你把房子賣掉，跟我一起去台北好了，怎樣？」

「嗯——我還有一些帳沒收回來，等收回來再說……」

「那個瓦窰廠的頭家不是想買你的房子嗎？」

「幹伊娘，他是要吃我，你知道他出多少錢嗎？」

李流發火了，把手中的茶杯朝大門扔去，砰的一聲碎了。

「好了！每次生氣就摔東西，茶杯也是錢買的，這種人——」

李流悶著，一把抓起茶壺，凑上嘴灌水。久美隨著收音機哼唱。一個女歌星正唱一條流行在日本改編過來的歌。

「迌迌人的目屎——黑暗的江湖……男子漢要走正路……」

這歌曲使房子裏充滿愁愴與無奈的調子。

「你明天去城裏玩玩吧。」

李流推開茶壺拉上被子。

「明天是禮拜日呢。」

李流用被子蓋住頭。

「你要一起去嗎？」

久美把收音機關掉，歎了一口氣，走近床鋪，開始脫衣服。

垃圾場

陽光白辣的射下，汽車內又悶又熱，白花花的光線刺得小爺的眼老是眯著。大頭陰白著臉，頭髮凌亂，斜著肩膀不肯睜開眼。小爺咳了一下，搖開車窗猛的朝外頭吐了口痰。發動引擎，排排檔，車子駛動了。

「到那兒去？」

大頭費力的睜開眼。

「上那兒去，去找二羊的老闆要錢啊？上那兒去！」

「我要換件衣服啊！」

「換什麼？這樣才讓那傢伙害怕，乖乖把錢給我掏出來。要不然——藍媽媽那兒怎辦？呸！」

「小心點開，慢點兒，搖得太厲害。」

小爺哼了一聲，車子搖來擺去的駛出堆積如山的垃圾場。滿天飛舞的蒼蠅，黑色小石頭般的撞在擋風玻璃上，金油油的腦袋在陽光下發光，臭味不時吹進來。

「媽的×！眞窩囊大頭，我叫你帶傢伙，好，你不聽，他媽的那副死樣子，人家不吃你那套。」

大頭皺起眉，厚大的下巴繃起，臉色難看的撫摸著一柄長刀。

「待會兒給我爭點氣好吧，老哥。」

小爺拍了一下大頭的腦袋。大頭的眼珠冒出兩盞火。

「要是沒錢，弄不到錢，藍媽媽可生氣啦，二羊開刀的錢，她的債，咱們這做兒子的可能不管嗎？不管咱們也別回太平巷去了。」

車子駛上了馬路，許多行人、開車的人都側目看向這輛車頭扁了一塊，車身一道道擦痕，四隻輪子上的擋泥板盡是泥水，簇新的白色轎車。

「看什麼看！媽的×！」

小爺咒著，加快了速度。經過幾條街道，急駛的車擦到一個賣西瓜小販的攤子。一顆瓜骨碌碌的滾下來，碰的裂開，血紅的瓜肉四處分散。

眉目

「藍太太，藍正典和藍平典是你的兒子嗎？」

「是呀，是呀，怎麼，怎麼。警察先生，我們可是規規矩矩的安善良民啊，你找他們幹什麼？」

藍媽媽家這天竟然進來了兩名穿制服的警察，和一名便衣刑警。門外圍滿了看熱鬧的街坊鄰居。後頭賭錢的人們慌亂成一團，紛紛從後門，或者爬牆跳走了。留下了一桌散亂的麻將牌，門，藍媽媽在匆忙中沒法鎖上。

「你兒子在不在，我們有點事情想請他們去談一談。」

中年的壯壯的刑警說。

「他們是好孩子啊，眞的，你們一定是誤會了。可別亂抓人啊！要是搞錯了，抓錯了我可要告你們噢！」

「算了吧！藍太太你自己心裏有數，他們平時幹什麼你自己也淸楚，我們不想管，現在不同了，殺了人。快說他們到那裏去了。搶的錢呢？」

刑警的聲音大了起來。

「唉喲，你們聽聽，大家聽聽，眞是沒有天良啊——我們是信教的。喂，李太太、張太太來評評理，你看看這位警察大人說這樣的話，誰不知道我的兒子——」

「怎麼大頭殺了人啊？殺了誰啊？」李太太問。

「是啊——我們大頭怎麼會殺人，這是栽贓嘛——冤枉啊——」

藍媽媽挽住李太太的手腕無限委屈的說。

「我們有搜索票，抱歉要看看你們的房子。」

「不行，不行，這怎麼可以，簡直無法無天，大家啊——大家啊。看看，誰來幫幫忙。」

藍媽媽尖聲高叫，胖大的身體擋過來，揮著手臂不讓警察過去。幾個孩子擠在門口，扮著鬼臉打來扯去。人羣後頭出現了位背著背包的六十幾歲、禿頭、眼珠灰暗的男人。一個警察側身擠過力氣很大的藍媽媽的胳臂，藍媽媽大叫一聲去拉扯他的衣裳。便衣刑警把麻將間的門推開。

「你們，強盜啊，慈愛的上主、救世主你要原諒這些人的罪惡，因爲他們不知道自己的行爲……用你的血……」

兩位警員在房間找了一會，又到藍媽媽的臥房去看了看。藍媽媽拿了本聖經，翻開書，開始高聲朗誦。

「輕視上帝的人必得降罪，不義的人將受懲罰，不義人的血將要流滿地獄……」

「你是二羊的母親嗎？」

藍媽媽不理楊先生，閉上雙眼，伸直左臂高聲背誦聖經。

「藍太太，你讓開好嗎？這個房間讓我們看一下好嗎？」一位警察問。

「你們都看過啦，什麼都看過啦，我兒子也不在家，你們信不信教，你看看聖經，看看這一頁。馬太福音。你們絕對不可以做不義的事，做不義的人。」

警察繞過她去試著開門。

「哎呀，哎呀，你們看這警察，這些警察啊——佔女人的便宜，我這樣年紀的女人。」

「藍太太，把這個門打開，快點！」

刑警不高興了，用力把她推開。

「你再這樣，妨害公務，你就跟我們去警察局。」

藍媽媽捧起聖經湊在楊先生的面前。

「你看看，這位先生，我是個教徒，雖然我不識字，可是上帝的意思我全部都懂，我受洗七八年了，他們——」

楊先生點點頭，她額頭上有塊藍色的胎記，不錯，是這個女人。兩個警察從後面抓住了藍媽媽的手臂，刑警把一副手銬扣進了她的手腕。

「等一下，等一下，我開、我開，我不要去那裏。你們這些不義的人，魔鬼的門徒……必然……」

門打開了，是間陰暗的房間。滿屋子堆的是些不屬於這家人該有的東西。電視機、錄影機，七零八落的堆著。

「他們兄弟出去三四天沒回來啦，我怎麼知道他們到那去了，別問我，這些東西不關我的事。」

「你知道他們可能上那兒去了嗎？」

「天知道，鬼才知道，那裏都能去，他們幹了什麼呀？天呀！」

「他們殺了一個醬油行的老闆，搶光了他的錢，開了一輛白色偷來的轎車跑了。」

「喔！噢，天啊！不可能、不可能，我的孩子怎麼可能做這樣的事——」

藍媽媽倒向有人的地方，手中的聖經掉在地上。人們吃力的扶著她，想放下來。楊先生過去把她扶到椅子上。

「不是，不會，他們只是去幫二羊拿工錢，他們一定是冤枉的。」

「二羊呢？二羊在那裏，殺了人跑了是嗎？」

「混蛋！狗東西，二羊怎麼會殺人，他躺在醫院人都快死了。可憐噢我的孩子——我們的命好苦啊——」

「在醫院？那家醫院？」

「……」

「藍太太，還是要請你跟我們去一下警察局，做筆錄，麻煩你。」

兩位警察簇擁著一把鼻涕一把眼淚的藍媽媽，推開人羣走了。楊先生跑出太平巷，招來一部計程車，要到那家醫院去找二羊。那位青年，他握在背包的手掌泛出陣陣的冷汗。

虛妄的衝動

一輛青藍色的車子駛進來公路飯店的黃土地，兩個男人下車。李流放下手中的報紙，久美懶洋洋的起身。

「兩位要吃什麼？」

高的那個有張牙齒微暴的嘴，一隻手臂吊在胸前，看著她豐滿的胸脯，微笑。

「你們有什麼？來好一點的，餓死了啊——」

矮小的那個朝桌子大步走去。

「有麵、飯，炒菜也可以。」

久美向高個子說。

「隨便來三四種菜，一瓶酒好啦。」大頭說。

久美眼睛發亮的去了。剛下過雨的天氣晴了許多。菜上到桌上。李流抱著雙臂走出飯店的大門，嘴裏銜著煙。門側的白色大水缸集滿了水，綠色的塑膠管像堆蛇交錯的盤在那兒。黃土地佈滿一道道粗野的輪胎印子。他走到那輛青藍色轎車的旁邊，耳朵還不時聽到久美和那高個男人調笑的聲音，他仔細的注視了車內一會，又彎下身去看看輪胎。

大頭的手臂已經攀住了久美的肩膀，酒使三個人的臉色通紅，聲音放大。

「喂！久美，再去拿盤花生來。」

「好啊——」

久美起身擰了一下大頭的腿，離開了。

「那傢伙在看我們的車。」小爺說。

大頭回過眼瞄了瞄，臉孔頓時陰沉下來。

「黑白的來了！」小爺迅速的起身。「我去避一下，媽的，這傢伙想死！」

小爺回身，向飯店後的一扇門急急走去。久美端了一碟花生過來，想問還沒開口，大頭一把拉住她，重重的要她坐下。

「啊——警察來了。」

久美坐下也看到了。大頭回眼過去，李流正和一位從警車出來的警員比手劃脚。飯店裏一片死寂。不一會警察坐回車子，竟然駛開了。大頭握住久美的手慢慢的放鬆，抬起眼，這女人正盯著他看，眼裏帶著股奇妙的意味。大頭朝她笑笑，想放開她的手，女人卻握住他。後門傳來陣幾隻鷄的不安的吵鬧、咯叫。小爺推開門，嘴裏咒著，馬靴在地上刮啊滑的，像是踏到了什麼。小爺一屁股坐回板凳，拍著桌子。

李流慢慢的走回飯店，茶色斷了半邊的兩隻塑膠拖鞋沾滿了黃泥。他走到三人桌前。大頭衝他歪歪嘴，久美還是盯著他笑，小爺眼珠不停的轉動。李流搬了張板凳塞在胯下。說：

「兩位去那裏？」

小爺看看大頭，大頭看看小爺，久美看看李流。

「去南部。」

「你問這幹什麼？」

李流順手拿過報紙，用指頭比比第三版。

「兩位，我感覺你們這樣還是不安全，兩個人，雖然車子換過另外一輛，還是不安全。」

沒有人說話。

「兩位，不要急，我不會出賣你們——」

「那你看要怎麼辦。」

大頭乾脆說了，李流揉掉報紙。

「你們要到那裏，我載你們去，和她——久美。」

「什麼！」

久美發覺李流的臉上出現了她從未看過的有趣，精神奕奕。

「………」

「有時候，人，不知道爲什麼——就是想，大幹一場，亂搞一下……」

要活下去的人

「不能再讓他們這樣下去了，張先生你看到報紙上寫的嗎？」

楊先生把報紙摺好，遞到張先生的面前。

「我看了，這兩個孩子不好，到處殺人，不好……」

張爸眼眶是紅的，藍媽媽鐵青著臉。

「你這個人很奇怪，一會找二羊一會找大頭，我們怎麼知道他們會到那裏去。你是幹什麼的？」

「這兩個孩子怎麼會這樣呢？這麼兇狠啊？和那麼多人有仇啊——張先生。」

「大頭和小該死的不是我生的……唉！可憐！兩個很好的小子，長得都不錯，學壞了。」

張爸半張著嘴，眼睛望向窗外，平淡的說。

「這些笨大爺你說多厲害，讓我的兩個小子把他們鬧得團團轉，一點辦法也沒有，哈哈！你是不是警察啊？看你的年紀，不像嘛——」

楊刑事把報紙拿回來摺好，放進背包裏。

「他們一定是去什麼地方，有一定的方向，我看得出來。雖然東扭西拐的，要是沒有的話，老早被堵住了。」

楊刑事指了指桌上攤開的地圖，地圖上劃滿了紅線、重點。

「楊先生你請坐，我要去休息會，感冒，身子不舒服，客氣，謝謝你的禮呵。」

張爸打了個呵欠，通紅的眼內擠滿了淚水，蹣跚的站起來，拖著鞋子走進房內。客廳裏沈默了下來，藍媽媽斜靠在椅子裏。盯著這個莫名其妙送來一份禮的男人。想著用什麼話來打發他走。楊刑事沉吟了一下，伸手到背包翻找，然後把一疊厚厚的錢放在桌上，藍媽媽的面前。大約有四、五萬的樣子。藍媽媽眼更大了，藍色的胎記滲出汗水突然的發亮。

「幹什麼，你這是幹什麼？」

「我知道你需要錢用，你想想看，認眞的想想看他們可能會到那裏去，除了你，我也沒有別的辦法啦。這麼大的年紀怎麼也沒辦法去追他們。」

「……………」

「你到底想找他們幹什麼，你是誰？」

「有點事想問問大頭，呃——」

楊刑事把眼睛看向天花板。藍媽媽的眼珠懷疑的轉動，不安的拿起這疊鈔票，數了數。

「你怎麼知道，我知道大頭和小該死的會到那裏去。」

「我也不曉得，想來想去只有碰碰運氣啦！」

楊刑事裝成很不在意的，隨意的擺擺手，藍媽媽不是普通人，跟她說自己的女兒去墮胎，沒弄好死了也不會有什麼用。

「你說他們眞的殺死二羊的老闆了嗎？」

「報上說是，我也不曉得，這幾天他們在路上又撞死了一個無辜的人，殺傷了兩個，其中一個是女的，這錯不了。」

「要是被抓到會怎樣？」

「我不曉得，恐怕——」

「會槍斃吧！大家都這麼說，每個來找我的人都這麼說，他們說報上也這麼說。」

藍媽媽捧著錢，有點失神。

「我找他有很重要的事，一定要他在被警察抓到以前看到他。」

楊刑事湊過有不少皺紋的臉，認眞的說。藍媽媽往後縮縮身子，緊緊的把錢抱在胸前。

「我還有一個女兒在高雄，你去找她，你要不要找她。」

「我只要找大頭。」

「噢——你不要找我女兒。……要是你找到大頭，告訴他，藍媽媽最近眞是窮得慌，一大堆人要債，缺錢用啊家裏，叫他想想辦法。」

「好，好，我一定會……」

「……你不能怪我的孩子啊，大頭他們原來是好孩子，六七歲的時候，鄉下有人要他們我就給了。跟著我多受罪啊，我帶他們去要過飯，可憐喔在街頭流浪。在鄉下人人都誇大頭，是他後來想到城市找我的。大家勸他不要來。他說要找親生的媽媽，非要來不可。他原來是學理髮、燙髮的，有這份手藝，來台北也不錯啊，我託朋友給他找工作，可是他老被人欺負，要趕他走，流氓向他要錢，老闆吃他坑他，工作累身體受不了。他本性很好的，不幹理髮的，我也沒錢給他弄個店面啊。後來他的弟弟小該死的也來找他。不是我不管他們兄弟，我也沒錢哪，還好老張收留我，教會那些朋友幫我的忙，二羊孝順我些錢，沒有我也餓死啦。像我們這種人，年輕還好，身體就是本錢，現在年紀大啦，像團衛生紙泡爛了，誰要？像鼻涕擰在地上，看著都噁心。只有上帝祂原諒我、同情我——好吧，好了嘿，人們都欺負他兄弟，小該死的常被打得遍體鱗傷，大頭被人殺過一刀，屁股上一個洞，他長得好看吶，人家看不順眼，兩兄弟脾氣也強，不服輸不讓人欺負，他們來我更慘啦，二羊更慘啦，三個孩子常餓肚子，怎麼辦你說，你說，怎麼辦，他們原來都是好孩子。喂！你不要看我胖，我是有病的，眞的，心臟衰弱，沒事碰碰碰的亂跳，血壓高。手，你看看，你看看，不能碰水，一摸到水就腫就生瘡。腿不能站，都是靜脈瘤，可惡啊，臉已經那麼醜了，腿肚像爬滿一條條青色的蚯蚓，醜啊，醜啊，我眞是個醜女人，還不是都爲了生這幾個討債鬼弄的。最近我覺得我好像得了癌症，腦裏面長了一個癌，沒有救的那種，常常頭痛發暈，眞的——唉呀——我眞活不下去了，欠了一屁股債吶，不是我好打牌，也是想賺點錢啊，沒想到。我看我找根繩子吊死算了。人家都罵我不管好孩子，他們被人欺侮誰來幫忙，肚子餓誰送碗飯來，好了，現在大家都罵，高興的說眞刺激，到處殺人，要槍斃，打死他，壞人、壞人，啊喲，搖著頭嘴裏嘖嘖響。天下那有好人啊？咱們可只是運氣不好而已，下輩子可不一定哩。哈，要是上帝眞的從天上下來，審判，壞人通通殺死，做過壞事，逼人做壞事的都殺死。那天底下大概只剩下我家的二羊啦，只剩下二羊和上帝啦！哈哈哈——笑死我了，誰也不敢說沒做過壞事，想想看，世界上只剩下那個白癡二羊和上帝，哈哈哈——」

英雄和流血

竹林裏有條綠渾渾的小溪，小孩把水牛推進水裏，自己也在旁邊玩水。李流把車停好，踢掉幾隻酒瓶跨出來，打開車前蓋，一股熱氣沖上來，咒了幾聲，他興沖沖的繞到車尾，提出一罐汽油筒來，大頭和久美挽著手在田埂上散步，親暱得很。小爺走到小溪邊靠著那小孩坐下。稻子茂盛的生長，像綠色的海。李流朝水箱灌水，發熱的引擎嗤嗤響，白霧陣陣冒上來。

「喂！小孩，你家住這附近啊？」

孩子歪著頭看他沒有說話。

「他媽的×，老子問你話，怎麼不說。」

小爺費力的脫他的馬靴，孩子翹起嘴，不吃他那套的樣子。

天氣悶熱得很，太陽光晒得人昏沉沉的，水氣從田裏溪水裏，青草堆裏往上冒。

李流挽起兩隻褲管，把腿泡進溫溫的溪水中。

大頭和久美看到一所很小的紅瓦房，木門沒有上鎖，很容易就推開了。是間放工具的農舍，牆上掛著鋤頭、鐮刀、耙子，和一頂灰髒開花的斗笠。幾個臃腫的麻布袋裝著稻穀堆在角落，有股霉味，大頭摟住久美，一隻手不老實的動。

「你怎麼老是喜歡挖人家的肚臍？」

「我喜歡……」

久美笑了。

「找個地方坐好嗎？」

大頭翻過臉，看到一塊鋪著稻草的地方，拉著她過去。

「小子，你讀幾年級啦？」

小爺抓住孩子的手說，一面用力。

「幹什麼你，流氓啊，我去跟我爸爸講。」

孩子扭著身體，兩隻手去掰，想扯開小爺的手。

「好，你去說，去說，來一下，試試看。」

小爺和他較起力來。

「不要臉，大人欺侮小孩，走開——啦！」

孩子用盡力氣和他扭。

李流脫了上衣，只穿汗衫，自顧自的在洗衣服。

久美在腰下感到有件東西梗著，很不舒服，往裏面摸索出根長長的東西。大頭迷迷糊糊的嗯了一聲，看了眼。

「這是什麼？」

「嘿！是隻鳥槍。」

他把槍抽出來，離開了久美半裸露的身體，他把槍舉在肩上，湊上眼。

「有沒有子彈？我看看。」

久美扒了扒草堆，有隻鐵盒子。打開盒子，裏頭散著指甲般大銀色的鉛彈。

「好極了，好極了，好久沒有打過這種槍了，太好了，太好了。」

大頭把槍機折開，槍機一層油亮，是常用的。他塡了一發鉛彈，久美好奇的看著他。大頭四處瞄、瞄，忽然把槍口對準久美的臉，她叫了聲，舉起手拍掉大頭的槍口。大頭歪嘴笑了笑，「動」的一聲打到了牆上掛著的斗笠。

「哇——眞好玩，眞好，讓我來試一下，教我嘛——」

久美興奮的拉著大頭的手臂。

小爺的馬靴只脫掉一隻，孩子掙開他跑到旁邊去。小爺拿出一把短刀向他搖晃。

「你怕不怕，怕不怕，嗯？嗯？」

「怕什麼！我才不怕，你不敢，我去找我爸爸來打死你，打死你，壞人！」

「你不怕嗯？你不怕嗯？——」

小爺咬著牙？怪模怪樣的逼向他。

李流把衣服扭乾，拿回汽車，把衣服攤開來晒在擋風玻璃上。

大頭和久美打開門出來，她抱著槍拿不定主意要打什麼，他仰起頭在竹林中找鳥。她看到一隻粗大的蜘蛛，在竹叢中結開洗澡盆般大的網，蜘蛛的身體全黑，夾著朱紅色的斑點，網中殘留下半隻蜻蜓和不知名的飛蟲。她把槍口指向牠，一扣扳機。「動！」蜘蛛倏然的失去半邊身體，剩下的那一半驚惶不知所以的爬開。大頭拉過槍向久美說：

「你看，你看，那兒有頭水牛。」

小爺把刀抬高，滿臉陰沉凶狠的向孩子比了比自己的手背。小孩哼了一聲。小爺用力一劃，鮮血噴出。

李流把四個車門都拉開，清除垃圾。

「動！」

鉛彈穿林打葉，咻噝的射中牛背，牛驚跳，睜著憤怒的大眼看向竹林，大頭壓下久美的頭躲在竹叢裏，暗暗的發笑。牛轉過頭，槍管伸出，瞄準。

孩子開始逃跑，小爺起身追他。潮溼的草地使他一起步便滑了一跤，臉撞在地上，手肘、膝蓋都是泥。他生氣了，踉蹌的衝向小孩。

「動！」

牛噴著鼻子，奮力的從溪中掙出來。嘩啦啦——兩耳不停的搧動，牠瞪向竹叢，好像知道他們藏在那兒。久美有些害怕，大頭看了看後路，有房子可躲，不怕，再開一槍。

「動！」

牛衝過來，久美想跑，但是牛忽然被扯住了。牠的鼻子一歪，險些栽倒，牠是綁著的。大頭握著槍笑了。久美拍拍胸脯，反而覺得沒趣。

孩子鑽來鑽去，口裏拚命的喊叫。小爺的眼睛紅了，一隻光裸一隻穿鞋的脚不時拐倒，踩在爛泥裏拔不出來。在田野裏他眞的不行，很不服氣，孩子愈跑愈遠，脚印留在溼軟的泥土裏。

漲水的沙溪

楊刑事從沙溪蹚過來，脚沾溼了大半。現在是洪水期，溪水的迴流漲過了路面，他想走出沙溪去買點食物，又怕會錯過大頭的車子駛進來。他費力的在沙礫中步行。還是要去，餓得有些發暈，年紀大了，只不過兩餐沒吃而已，身體已經疲倦不堪，精神不濟。溪水嘩啦嘩啦，湍急的流動，兩座山谷也在嗡嗡的迴應，空曠的野地不時颳來淒凊的大風。雲層厚厚的滾捲在低矮的天邊。他決定走到大路上去攔部車買些東西回來。許久，許久，有一部車經過便把地面的積水激起來，路面凹陷得深。粗野不馴的芒草，大把大把叢生。偶爾陽光透出，照在滾動的濁流裏。孤寂和空曠的壓力，使他喃喃的唸著什麼？彷彿就會忘卻了在腦中盤旋已久的事那般。終於有人把車停下來，是輛陳舊的小卡車，——後車座上的兩個山地人，鐵紅的臉咧開嘴朝他笑，揮手要他攀上車。

「哇噢——這是什麼鬼地方啊？」

小爺趴在車前窗上嚷。

「是往這邊下去嗎？」李流問。

「沒有錯，我去年才來過，住了三個多月。」

大頭說，一手摟著久美。他的手臂好得差不多了。

「大頭，那裏是條河吔——都是水，你沒搞錯？」

車子搖搖晃晃的從大路下到河床，來到溪流漫過的沙洲。

「嗯……」

大頭打開車門出去。李流煞穩車跟出去。

「怎麼淹水了，我上次來一點也沒有呀，溪水也沒有這麼大？這麼急。」

大頭用喊的說。風吹得他頭髮凌亂，不時拂來撫去。小爺撿起塊石頭朝水裏扔。

「不要急——」

李流走進溪裏，水很急，但不深。

「前頭有路沒有錯，車開得過去。」

「開得過去啊？」

三人走回車子。

「喂，喂，我們到底是要去那裏啊？」

久美問，她似乎對這荒野很不適應，拉緊衣服壓在胸前。

「去找張爸的朋友，他在山上有間房子，很少人來。」

「住在這種地方？一個人？」

「那老頭才怪，一天不說半句話，像個鬼樣，走來走去，只知道種東西，挖石頭。跟他住眞要命。」

「那，那，我們去別的地方好了嘛——」

李流把緊駕駛盤，車向下衝，激起一陣水花。

「放心吧——臭女人，這裏最安全，住一陣就走，什麼事都沒有。要走，你自己走回去吧！」

小爺蹺起脚說。車駛過溪洲就是往上的山路。

「這裏沒錯吧？」李流問。

「沒錯，往上，往上就是。」

引擎怒吼著往上爬高。

「待會下車，還要走半個小時——」大頭說。

天色陰暗，山風挾著細雨，溫度愈來愈低，狹窄的山路使人胸口緊悶。車窗外的世界透明、顫抖、紛亂。

「那車子怎麼辦？」久美問。

「找個地方推下去。」

小爺瞧山路邊的懸高斷崖說。久美不安的看李流。這人專心的開車，什麼也沒表示。

一隻山鳥，拍動灰黑色的翅膀，在樹林中緩緩飛過。

「槍？槍！他媽的，槍呢？」小爺喊。

「放在後車箱啦——」

「好，好吧，待會再來，讓你多活一會。」

地面有些鬆軟，車輛有時打滑、歪斜。急轉彎，久美嚇得一身冷汗。

「還有多久，還有多久啊？」

「嗯——」大頭沉吟了一會，伸手把玻璃窗的白色熱霧抹了抹，探眼看看。

「我看快了，我記得，有條山澗，過了山澗就是。」

李流發覺前頭已經無法走了，山路坍落一大塊，車無法過去。溼霧濛濛的山林，淅淅瀝瀝，空氣冷而鮮，他覺得舒服，說不出的舒服。車停下來。

「怎麼，要用走的啊？」

小爺皺著眉頭問。山壁上有些砂石細細碎碎的落下，輕輕的打在車頂上。

楊刑事背著背包，身穿灰黑色的雨衣，還打把傘，一步步的踱過沙溪漫流。他清楚的看到車輪印子。在前頭村落的野舖中他看到一份兩天前的報紙，大家對他們兩兄弟已經意興闌珊了。老是沒有新鮮的事發生。西部、南部、東部都有人說，在同一天內看見他們或類似他們的人。報紙重要的版面，現在又被另一婦人被謀殺的新聞所佔據，報上很詳細的描述她被強暴、殺害的經過，兇手是個性變態。

楊刑事往山上走，一會他停下來，打開背包扔掉一些食物。他買得太多，以爲還要多待些日子。山上那間屋子他去過了。屋子裏的食物地瓜、玉米都爛了，白米發黴。在野舖裏一位墾山的工人告訴他，老人住的山屋那一帶可能會崩潰，雨大，下得太久了。前幾天地震過，有些地方噴出泥漿、熱氣。他準備辦完事以後再下山，把老人無人知曉、孤獨的死在屋內的事用匿名信告訴別人。

急

二羊開過刀，休養了幾天，還沒全好，就急著要出院。那麼一大筆錢啊，愈想愈心焦，拔自己的頭髮，捶自己的身體，在醫院，護士每打根針他都要問淸價錢。肚子那兒多了條十多公分長的肉線，肉還沒完全長好，粉紅色的縫有時滲出水份。心痛極了，剛回家，買了份報紙就在工作欄中尋找。他急需用錢。藍媽媽向他哭訴的樣子使他受不了。

回來聽說大頭和小爺的事更使他憂愁。

「都是我，都是我，要不是因爲我，唉——我，他們不會這樣的，我害了他們。」二羊喑啞著，拚命的想怎麼立刻去找個工作，累點沒關係。錢，一定要多點才好。

勝

藍媽媽重新坐上牌桌，屋內那間房間又熱鬧了起來。藍媽媽披著散髮。口裏喃喃的唸、罵，嘴裏的煙一刻沒停過，臉孔額頭布滿汗水，猙獰可怕。塗著鮮紅指甲的肥短手掌，在白色布面的桌上翻騰、滾動。燈泡燒爆了一只。人們都能聞到她身上夾著汗臭、香粉、狐臭的味道。桌邊的人已經換了十幾個。——終於她嘿嘿笑出聲，呸的吐了口濃黃的痰到痕跡斑斑的牆上。

「老娘也有贏的一天啊——」

藍媽媽連打了四天五夜的牌，因爲本錢雄厚而贏了大筆的事情，在整個巷弄中傳開。人人都嘖嘖稱奇，議論紛紛。瘦乾得像荒年老鼠般的李牧師，盼望藍媽媽捐點錢給教堂，穿戴整齊，打起領帶夾著聖經去拜訪她。照說藍媽媽這樣的人，教會怎麼能容忍她。主要是藍媽媽每次登台做見證，訴說自己怎麼得救，認識眞主。

她的表情，聲淚俱下的言語，確實感動了不少的人，爲教堂吸收了更多新的會員。

人們常用她做比方、榜樣，像她這種人都得救，聽到上帝召喚的信息，什麼人的罪不得赦免、靈魂不能得救，眞主的力量多麼偉大。

崩落

下午三四點不到，山頂的雲層捲颳下來，山路白茫茫的一片。玻璃珠大的雨傾落下來。天色昏暗，樹林在颯颯的響。山野更顯得寂淸。楊刑事看到一輛藍色的轎車，渾身泥髒的陷在山路邊。前頭的路坍斷了大段。他走過去，拉開車門，坐了進去。雨激烈的降落。楊刑事打開背包，把放在最低層的那包東西拿出來，攤在手裏，白紗布一層層剝開，是把老舊的手槍。楊先生拉開彈夾，檢查了一下，再拿出那張照片，喃喃的說了幾句。他把照片放在胸前，手槍就塞進雨衣的口袋。車子有點搖晃、下陷，他感覺到了。

打開門，掛好背包，舉起傘，雨水溼淋淋的從他的禿頭流下臉孔，眨了眨眼。繞過崩落的山路。開始朝一條泥濘上升的小徑，費力的走上。這是條陡峭的泥路，楊刑事張開口吐出白氣，咳，咳的往上走。他看到路面新裂開幾條土縫，黃濁的雨水在縫中焦躁的流瀉，嘩響，地底有股沉重的聲音在悶悶的吭響。一條新鮮的裂紋正好在一個馬鞋脚印中間扯開。楊刑事憂慮的皺起眉頭，他必須趕快，他感到脚下的泥土不穩定。再走一會，仰頭，一處玉米田和蕃薯地出現了。他再往上爬，興奮得顫抖，下半身都是黃泥。

十餘公尺外的山屋在白花花的雨中看得見有朦朧的燈火。他想離開這條小徑，離開可能被山屋中人瞧見的視野。他剛想舉步跨過一條排水的山溝。

「動！」

有一粒鉛彈從雨中疾速的穿過來，擊入了他的肺部。這不是第一發，他好似聽見這種聲響，只是沒注意，傘落下來，膝蓋跪在泥地裏，背包滑落，他匆忙的在口袋中翻找。

「動！」

這槍打穿了他的面頰，嘴裏霎時充滿了血和牙齒，沒有辦法吐掉，嘴巴不聽指揮。雨打在他的禿頭上，他想站起來，開槍。

「動！」

「碰！」

他發射了一顆子彈，什麼也沒打到。

「動！」

他倒了下來，躺在山溝裏，黃濁的水流滿了他的身上，浸溼了全身。槍，緊緊的握在右手掌，左手撫在胸前，那張照片完了，完全浸溼了。他知道自己一時還死不了，但是也無法動彈，他就這樣仰在山溝裏。地在微微的哼動，他感到興奮，感到傷痛。

李流覺得不安，認爲大家應該立刻下山去，屋子裏的支架不住的在吱吱發響，泥塊塵土落下來，地面開始積水，大頭反對，小爺弄著獵槍無所謂，久美在發燒、神經質的哼叫。她也急想逃出去，因爲她知道屋內竹床上躺著個發臭的死人。雖然他們用石灰、木炭蓋住他。但是她還是受不了，驚嚇得沒有一刻安寧，想衝出去，連大頭都拉不住她，最後李流在她臉上打了一拳，才使她安靜下來。她的鼻子淌出血，腫起來，用一團衞生紙塞住，她的眼眶是紅的。小爺不住的開槍射擊，他們都沒注意，直到他喊：

「倒下去了，倒了！」和那聲隱約的子彈聲。他們才圍到窗口看。

「什麼人？」

「會是什麼人？」

「不知道，有人跟踪我們，我們還不曉得。」

「跟踪？不可能，警察嗎？」

「要是警察絕對不只一個，小爺你看到別人嗎？」

「沒有，就只有這個，手上有槍，眞的槍。」

「什麼人？會是什麼人？」

李流拉開屋門出去。

「喂？你幹什麼？」小爺吼他。

大頭邪門的笑笑說。久美的眼睛睜大了。

這人會是誰？李流一出門就聽到轟隆的水聲，急流奔騰的聲音。他急忙的衝向那人，滑倒了幾次，跌的一身都是泥，他感到不對，遊戲應該結束。好不容易爬到那人躺倒的山溝旁。楊刑事艱難的仰起頭看著他，手裏的槍緊緊握著，食指扣著扳機。

「你是大頭嗎？」

李流愣了一下，這個渾身泥漿，眉毛、鼻孔、嘴巴都是黃沙，認不清原來面貌的男人是誰，從光禿發皺的腦袋來看，他的年紀很大，他彎腰伸手想去把他從溝中拖出來。

「我，我……」

楊刑事扣動扳機。

「碰！」

李流的鮮血濺到他的眼睛，楊刑事咧頭嘴想笑，但是沒辦法。李流的身子往後反彈了一大步，胸前一個大洞，不住的冒出血，眼珠翻成白色，他簡直不敢相信這人會開槍。玻璃珠大的雨水落入傷口，血水淌在泥地上。

楊先生忽然有力氣從山溝中翻了一個身，仰高頭，在白花花模糊的大雨中，他看到，山屋背後驀的湧起漫天的泥漿，海浪般的沙石滾滾流動，一棵巨大的樹浮在翻騰而下的砂石中，整座山潰落下來，突然他躺著的地方急速的陷了下去。泥漿、雨水、沙石、雜草、樹木從他的上方，密密的掩蓋下來。

附魔者

二羊走在人羣中，來來往往擠動的男女老少。紅燈止步，綠燈走動。閃車，閃人，人撞人，上天橋下天橋，地下道空氣悶，味道怪。開刀的地方疼痛，抽痛。公車堵塞，一輛接一輛，拼命擠，熱氣蒸騰，黑煙噴出，跑步，過馬路，大家都急，皮條客攔人，跟在耳邊說話。「二百五十塊，坐坐，全新的小姐。」肚子痛。迎面來個漂亮極的女人。高跟鞋，內衣褲廣告。到大飯店挑剩菜剩湯要不要，有人這樣唸到大學畢業。兩個月拉不到保險，一毛沒拿到。警察太太幹這個效率高。誰敢在街頭小便。妓女接完客出來抖抖衣服裝做若無其事。攤販車聲。「碰」計程車撞上公車的尾巴。司機握著拳頭出來，吵架。警察吹哨子。摩托車沒有滅音器，狂嘯、狂嘯。外國人，綠色的眼珠，棕掃把樣的頭髮。辦公室，朝人鞠躬，一彎腰肚子痛，不要我。身體太差，學歷不夠。人人活得那麼好，有信心。大飯店，門口穿制服的警衛眞不賴，氣派。想到飯店門口大理石階上坐坐，不好意思。電影招牌兩層樓高，紅黃碩大的屁股，一把兇悍的刀、勇士、大鏢客、風流俠客，一灘血。檳榔小販，水菓十粒一百，青脆。百貨公司大拍賣，三折起。大火在燃燒沒有人看到，熊熊烈火。(我要去那裏?忽然忘了，我上那兒去?)二羊彎下身。痛啊，我痛，人們避開我，繞開我走，討厭我擋路。站直身子，百貨公司又湧出一大堆人。（可恨！可恨！啊——）打人！我當然打，殺人，刀子呢？槍呢？大劍客就是我，殺殺殺殺！瘋了！我二羊是瘋子，你們別跑，嘻，都別跑，過來，過來，乖乖都過來，別怕！哈哈哈哈——哈哈哈——（我這笑眞像藍媽媽，再笑笑看——）哈哈哈哈哈——

——原載一九八二年四月三十日《中國時報》副刊

生活筆記

某大師

我說：「你的身言像條掩隱漫漫的巨河。」
他說：「不時，那外在的，也出現淺湍的錯誤。」

磚塊

思慮和想像如同磚塊一般，愈多的思慮和想像，就似在心靈上加磚塊。時常我們看見某個人在這種磚所砌成的城堡中，無法前進、脫逃。或捧著沉重、累疊很高的磚塊，步履沉滯、踉蹌。

眞相

每個心靈都是一塊不規則的玻璃。事件，感覺是光，投射向那塊玻璃，它會映射出多種顏色，多種角度，多種長短，多種姿態……。

寓言A

有個人，緩緩的走在街道上，忽然一陣抽搐，未發出任何聲響的倒在街道上。他摔倒後的身體裂成無數的大小碎塊，分散在街道的四處。許多人圍聚過來，議論紛紛的指著這堆碎裂的身軀談論著。

「這個人我似曾相識，他一輩子爲生活而奔波，辛苦的工作，爲父母爲子女爲妻子，耗盡了生命的元氣，不論是太陽的曝晒還是風雨的吹打，不分晝夜的辛勤工作，使他的體內都是創傷的裂紋，終於他太疲倦了，跌倒下來就變成這個樣子，啊，人世多艱辛哪——」

「這是海南廟那尊出走的觀音菩薩石像，他整日坐在殿前傾聽人們向他訴說心中的苦難、忿恨、折磨，遭遇的不平，向他盼求解救。除此之外，他的眼睛無遠弗屆，可以望見海內宇宙人們的劫難，他的耳朵可以聽到凡有人發出哀苦聲音的、飢餓的、溺水、火劫、病難的他都一一接納在心中。他已失踪多時，廟中神祝說他正在人間普渡蒼生，沒想到竟然在此無意跌倒，使他的法相顯露摔成碎片。觀音菩薩的愛心無限，爲人們救苦救難而粉身碎骨，我們當迎他返廟，重塑金身。」

「這位是藝術家，他爲了寫出世人的悲苦、歡樂，做痛苦地獄的代言人，做歡樂喜悅的創造者，不斷的在接受一切恐怖的信息，反覆吐納後敍述出來，也是各種情況的描繪者，身不由己的投入悲憫、同情，極度的興奮，喜怒哀樂，千萬端的感覺、情緒、故事像鐵片般的向他心靈的磁海撞去，結果他因爲無法承受和負擔那麼多的東西，終於崩裂，碎裂成千萬個破片。每一塊破片都包含著他的心靈血肉和著無奈的故事。」

寓言B

T鎮的人們自小就知道這麼一個傳奇。

T鎮南方的那座形狀奇特的小山，原來是位在北方山上的。

那座外貌頗似石輾的石山，突兀的在平野中挺出，上面爬滿了苔蘚、蕨類和葛藤。自幼在T鎮成長的人們每當看到那座山，心中都懷著一股難去的罪惡感，是心靈裏無法擺脫的懲罰、惡夢。這種罪惡感通常是對由外地移入鎮中者的身上表現得特別明顯。原來故事是這樣的。

不知在多久以前，T鎮移進來了一名外鄉人。這名外鄉人在這鎮上幾年和別的外鄉人一樣，經常遭到當地人的譏諷、排擠和傷害，外鄉人不久後都紛紛離去，只剩下他，這人也曾幾度傷心的離開，再回來，T鎮的人們還是那麼不友善，空氣中仍是充滿惡意和尖刺。最後無處可去的外鄉人就在鎮北的山上偏僻地區定居下來。北山是一片相當陡峭的坡面，那裏除了山羊，是沒有人願住的地方，T鎮平原上的水源土壤都來自那兒。他拼命的工作，賺取每一分錢，把每一滴力量都累積下來，他在居住的小屋邊獨力建造一座奇特的「東西」。五年、十年、十五年過去了。他所建造的東西不斷的增高、龐大，愈來愈高聳，它的形狀像個圓筒，材料是用最堅實的石材和黏土製做的。外鄉人親手一鋤頭一畚箕的建築，人們也不知道他到底在那兒做的是什麼，也不在意的把那東西當作他已經瘋狂的笑料。二十年過去了，外鄉人完成了他的東西，那東西龐大得幾乎使北山高度增加了一倍。

外鄉人在一個寒冷的夜裏走到T鎮來，他的年紀已經很大身體已經很衰老，走路都在打著顫抖，辛苦的工作使他的皮膚粗糙，身體佝僂。他希望能找到一個眞正善心的人，對他存有一絲溫情的人。但是在鎮上踱了一夜，看到的只是更多嘲笑的眼光，更多緊閉的大門，甚至連小孩都結成隊伍，拍著手，嘴裏唸著從父母那兒學來譏笑他的語詞。於是他歎口氣回到北面的山坡去。第二天清晨，當T鎮的人們還在睡夢中的時候，一個可怕的聲音響起，挾著雷霆萬鈞、震天動地聲勢的石輾，從北面陡峭的山坡滾下來。那座巨大的石輾把整個T鎭上的房屋、廟宇、田地、菓園都壓毀了大半。石輾摧毀了T鎭後在南方沉重的停下來。永遠的停留在那裏。這就是爲什麼T鎭人對由外地移入鎭上的人們，有著一種既恐懼又特別客氣謹愼的原因了。

寓言C

田教授、理事長、總會長……把嘴上的煙斗放下來。他低下頭看看腕錶，還有十五分鐘就是早上十點。十點鐘有一場五百人的演講會在等待他。這時他已穿好西裝，打好領帶，演講稿就放在床几上的一隻皮箱裏。

田教授站起身準備出門搭車。忽然間，他發覺自己的腦袋在奇異的膨脹，重量突然增加了許多，他的脖子不太能習慣這個變化，而且有些無法支持的東歪西斜。他不知道這是怎麼回事。雖然時間剩下不多，但是以他的身分和地位，身體上有什麼異狀發生，最好還是自己先了解一下狀況。免得破壞了在人羣面前辛苦建立的印象。

田教授費力的走到一面鏡子前面，看到鏡子中的自己不禁驚訝得楞住了。他的頭還在繼續脹大，血管粗得像水管般的跳動，頭甚至已經超出那面鏡子的範圍。眼珠和鼻子、嘴卻和原來一般大小，整張臉顯得極不協調。頭愈來愈大使他的頸子已無法支持，身體已無法操縱它。田教授驚惶的想喊叫出聲，又感到這種事不應該那麼喧嘩，也許只是一時的夢魘。他像平常訓示別人一樣的在心中喊到：冷靜，一定要冷靜。汗水大量的從他的腦袋，四肢滲出來。

田教授想想幾乎沒有朋友可以來幫忙處理像這種有失體面的事。應該打電話給誰？事情愈來愈急迫，他簡直無法站立，腦袋像一顆沈重的大南瓜垂下來。終於他想到一個人，××醫院的院長，他有他的私人電話。田教授跟跟蹌蹌的想走到電話機邊，現在他的腦袋已經大到佔據了三分之一的房間。他一動腦袋就到處擦碰，撞到電燈，打翻茶具、雕刻品，保養得仔細，白裏透紅的面孔被牆上的掛鈎、櫥櫃的四角、玻璃碎片刮得一痕一痕的。

好不容易抓到電話，撥了個號碼，電話嘟嘟的接通。那方傳來李院長的聲音。

「喂、喂、那位？」

田教授好不容易的湊上嘴巴，卻發覺過於沉重的容量使他的嘴巴無法張開。他已經完全倒下來。」

「喂……」

膨脹的腦袋使田教授整個人趴伏在地上，無法動彈分毫。

「喂……卡！」

許多牆壁上的獎狀，褒揚狀，雅人大師的字畫紛紛跌落下來，翻倒破裂的名酒在咕嘟的流淌而出。

門外傳來脚步聲。進來的是司機老王，他看時間已經到了，來催促主人出發。房內的另一具電話響了起來——是演講會的主辦人著急的訊問聲。田教授的臉朝下，貼著地面困難的喘著氣，地氈縫隙裏的纖毛和灰塵塞入他的鼻孔。腦袋繼續在脹大，西裝已經溼透。

老王走進來，恍惚知道是怎麼回事似的，表情冷漠的拿起那通急促的電話。

「喂，……是的，田教授有點不舒服……不能去，再見，卡！」

寓言D

「眞」教會每禮拜的聚會，進行例行儀式時曾發生這樣的事情。

李太太在指引教友進入教會內坐好，牧師開始引領衆人進行懺悔那時，也負責在教堂外向路過的人，或好奇的人們進行說服及引進教堂的工作。某夜她拉進來一位瘦高、面色慘白的男子。這時候教堂的衆人們正在痛哭，嘶聲喊叫自己曾做過的惡行惡事，平日所受的委屈，盡情的向神傾吐，那一陣陣如海浪一般的哭喊，使李太太的心裏也跟著酸楚不堪，忍不住也大聲哭了出來。但是這名男子正襟危坐，睜著圓大的眼球，沒有什麼反應。

「你不要那麼拘束，把委屈全部說出來，不要壓抑自己，把你一生的罪惡都向神懺悔……」

「你心裏有什麼委屈、痛苦都表示出來，發洩出來，神是我們衆人的父，他正注意傾聽著……」

「你看大家，多麼誠心誠意的在懺悔，向我們的天父說出心裏的罪惡、委屈……」

衆人看這位遲遲不肯哭喊的男子，都來勸誘他。

男子瞪瞪每個來勸誘他，溼潤已獲得赦罪般的臉孔。他終於也低下頭來用手撫著臉哭泣。剛開始他也是像衆人一樣的啜泣，喃喃的訴說，後來他愈哭愈大聲，淚水愈流愈多，彷彿一道道的小溪從指節中瀉出。不一會，男人的脚下已經溼漉漉的一片，積成一個小水潭。男人哀嚎的聲音也愈來愈大，身子不住的顫抖。衆人的哭喊聲逐漸被他的聲音所壓下去，而不由自主的停息下來。男子不住的哭著，淚水大股大股的湧出，流向教堂四處。

男人似乎愈哭愈傷心，好像有無限辛酸藏在他的胸中，衆人、牧師、李太太都停下動作，驚訝的看著這個陌生的男子，無法相信他的悲傷、懺悔能到這種程度。突然，那男子的兩顆眼珠，似無法抵擋胸中滿溢激動想拚命湧出的淚水，而從眼眶中掉了出來，落在男人的手掌中。有人因為駭異而尖叫，大部份的人都目瞪口呆的看著眼前這不可思議情狀。大量的淚水從男人空出的眼眶中激湧而出，彷彿兩道噴泉般的射出。不一會淚水已經淹滿教堂，水的高度也到達衆人的膝蓋。男人還是在那兒拚命哭著。沒有人敢向前制止他，也似乎忘了要逃走。水逐漸上升，淹到人們的腹部、腰。……

「眞」教會的教友們從夢魘中醒來，四五十個教友狼狽的從淚水滿漲的教堂逃生，牧師也忘記了他的神，和他的羔羊們，渾身溼淋淋困惑的在教堂外走來走去。水退後，那陌生男子恍如溶進水中般的消失無形。從此以後他們再也不敢隨意的邀拉陌生人進入他們的哭喊行列中。牧師對這件事的解釋，這男子除了是「魔鬼」以外，再沒有適當的說明詞句。

妄動

有時突來的激動，情緒的奔逐，使人免不了想去出賣，出賣自己既定的現在的秩序。

盡力的工作者

從我來處，他們給我一件完美平整，光滑柔軟的外衣。現在我脫下來還給他們。在出入口處，他們指著外衣上的疤痕、創傷和我聊著。在彼處，我注視著、回憶著、回憶著那外衣上的種種刻痕，滔滔不絕的訴說著以往的歷程，痕跡的故事。

「那麼你的血肉，骨骼呢？」

他們爲我只能繳回外衣，而生命實體的物質卻無法看見而大惑不解。

「你們去看看我的工作吧，你們要的東西我都鋪在上面了。」

有一種蟲

在一次除草中，手裏銳利的鐮刀迅速的切斷草叢裏某種蟲的一側身體，那黑色的長蟲慌忙的爬動，爲了忘卻那傷口激烈的疼痛，它不得不用長著利齒的嘴咬起另一部份的肢體，這樣，好像能分散痛苦那般。

失去聲音的人

C君說話的語氣、用字和聲調幾乎和A君相同。在電話筒中或猛然間聽到，簡直無法分辨兩人何者是誰。如若兩人在隔房對話，聽者會以爲是A君或C君一個人在自言自語，自問自答。若是問兩人何者影響了何者。A和C就展開同調的笑聲，互相指責對方抄襲。C君私底下向我說：

「有一度我對說話完全失去信心，不相信講話能傳達我的想法，而且時常說得令人難受，辭不達意，視說話爲痛苦、困擾，直到認識A君，聽他說話，才覺得這是最好的語言方式，能使我自在、有信心，是一種最好的表達方式。」

A君卻向我說：

「我還沒有碰到C君以前，一向自認應對如流，能控制各種場面、氣氛，從小就滔滔不絕的喜歡說話。可是C君的沈默，不時一兩句深刻、思索過的言詞卻使我覺得自己的說話實在乏味，不由得向他學習起來。」

經過兩人私下的解說，每次我和這兩君在一起談話，不自主的都在費力猜測，這句話可能是A君的，那句話大概是C君的，原意是怎樣的，兩人是怎樣在調和的。

相對與存在

一切都毀滅了，一切都開始了。屍點開始腐爛，嬰兒從子宮擠出，亡魂大聲的狂笑，嬰兒拚命的哭，一場戲演完啦，另一位角色上場。軍隊邁著雄壯威武的步伐，高歌的向前出發，準備殺死敵人降服對方，失敗者狼狽逃亡，喪失所有的一切，在歷史上成爲罪惡陰暗的記述。愛情在神秘的片刻中乍現，遊戲，情和慾交錯的奔露，奇麗妖異的五光十色在碰撞中激射。爭鬥的瘋狂無一日不在形成，起先它只在原地打轉，慢慢的它愈轉愈快，力量愈聚愈大，愈不安，像暴風雨的中心，大股大股的雲層，隨著激變騷動的渦望滾捲了進去。狂恣肆虐一番，無法忍受，無力再戰的人們，倡議和平的偉大崇高，頌揚和平的光輝溫暖，痛哭著要暴風雨息去。

戲場上的幕在換，草屋白雲樹木，宮殿水池大廳，街道田園車輛，鐘鼓聲弦樂聲，時光劇烈的移換。這片刻的英雄們費盡心力的，竭盡生命的在爭取一件袍子、冠冕，忽爾它卻成了戲子身上的裝扮。一座頹唐剝落的老城，垂頭喪氣的趴在那兒，廝殺，流血，刀劍斧簇，狂喊，悲壯，憤怒，雄邁，卑微，勝利，死亡。老城繼續等待另一場的廝殺捲來，直到它寸壘不存為止。人們再度築起一座堅固難攻易守的城池，巍然聳立，龐大威嚴，令人們驚訝自己的偉大。郊外的樹林中有棵無名無歲月的大樹，歷來都是各地男女愛來的所在，大樹旁已有過數不盡的生死，纏綿，那互相探索的奧秘仍在進行，永不倦怠。繁殖、繁殖。日子平靜得毫無意義，仇恨又逐漸被記起來，英雄們迫不及待的呼號，想創造自己的時代。一切都滅了，一切的一切也準備開始。瘋狂又在遠遠的天邊孕釀。

死之迴旋

由於秋冬之際，山巒、溪畔、荒地、屋宇的雜草叢裏，升起一棵棵白色的芒草，在寒冷肅殺的風中彷佛招魂幡般的搖動，又像亡者的幽靈靜靜似有還無的顯現，使人不禁有探究死之奧秘的心情。

死亡是一種洗禮，生命無限奧秘中最神聖的祭場，在它的儀式裏，人在劇烈的心靈熬煉，領悟中獲得恐怖、驚慄的啓示。

沒有自殺的勇氣。懦弱的人常須要培養面對生活的勇氣，不住的鍛鍊氣勢。在妄想中的死亡境地，可使人在最大的痛苦疑雲中振奮起來，反而更有勇氣、智慧、信心去面對生活，帶著優越、興奮、憂傷、哀愁和悲劇的昇華感。

死亡是一座巨大象徵，在那裏週遊使人優越。人羣中帶著死亡標籤的人引人注目。領悟死的某種境界的人，如神般的光潔，已無勇氣、智愚、美醜、貧富、善惡、歡苦，生命界一切現象之分了。

死亡是一列悍惡、骯髒的騎士，它們在敏感憂愁人的神經上恣意的踐踏、狂奔、折磨人性的脆弱。

死亡是一個對手，有時它頑強，粗手粗脚，有時微薄、纖細。每人都遇到這對手，它不時以各種面貌身形出現，挑釁式的獰笑。那場戰爭也許似有若無，有時卻讓人筋疲力盡，勞瘁不堪。和它之戰只有絕對的勝負，沒有永恒，不留餘地，它去了還會再來，直到它的斧頭砍破你的盔甲、盾牌爲止。它永遠不忘記你，你降生它就是影，從脚跟處緊黏住你，你走了它也離去。

細靡靡的白芒草，在冬盡之際，它也逐漸變黃、散落、萎倒、匐伏下去。彷彿害怕春天就將來臨似的——消失。

某人

是站在臨海斷崖上的絕巖，在驚滔駭浪，狂風暴雨極力的洗刷，鹽份，烈日酷寒等等的侵蝕下，在身上造成刻蝕、斑痕，使它奇形異狀的曲扭。人們在晴朗的歲月、風平浪靜的時日來，經過它的身邊，都舉起手來驚詫它的美。是天和人的互相冲撞、激勵而成的那種痛苦奇秀的美。

失調者之一

A君突然自言自語的原因。

有太多字句在腦中形成，不住的堆積壓縮，無法找到適當的對象傾吐，而使人極欲表達的情狀又不時的出現。有時到了該說的時候，那字句、語言卻如寂靜、潛伏的野獸，蹲在知覺的洞穴裏不肯出來。幾番努力摧逼著要說出來，甚至躲在無人的角落用兩指深入喉嚨去嘔挖它，彼卻更頑強的躲入更深的黑暗中。某日，某片刻裏那些字句，語言，不知受到什麼暗示、引誘，隨著奔流的情緒，狂熱的跳躍出來。不論走路、看書，甚或躺下，都有隻字片語從口中溢出，無法遮掩的流瀉，那些變成野獸般肆無忌憚的馳騁，有的像火星般四射。

失調者之二

阿丙是我的舊友，彼的心靈敏感，容易接受到細微的訊息。模仿的天賦和重複別人動作的行爲，常在有意無意中表現。彼模仿別人的動作、笑聲、表情如幻似眞。崩潰後的阿丙所出現的動作令我訝異，在仔細觀察後，原來我以爲是快樂的衝動使他這樣做，但在他錯亂失神自顧自的表演裏。我看到了他所恨的李某嘴臉，白多黑少的眼珠。他像小姪女般的嚶嚶哭泣。某議員競選時的滔滔不絕，振聲呼喊。連續劇中的罪臣見到皇帝時的跪地拼命磕頭。乩童附體的跳神動作。而其中以和李某的糾葛，恨意的話最常出現。李某此人我亦甚熟知，阿丙的身子內深深藏有這人的身形，情緒，語言，不時疊現出來。

「或許他只要分清楚李某是誰、阿丙是誰，就可以正常過來吧？」醫生說。

近視

愈想看清事物，讀或追尋，卻發覺，近視愈來愈嚴重。是光線不好，昏暗不集中，或是太過光亮。是角度偏差嗎？那裏才是最好的角度，該站在什麼位置最恰當。還是眼珠生來就有問題，注視的那東西會傷害眼珠嗎?只感到人間更加模糊，愈距愈遠，思考的線索更加纏縛。

歌唱

郭因婚姻失敗回到家中，一日重新打開久未彈奏的鋼琴，琤琤瑽瑽的敲打起來，她生疏的手指好一會才逐漸適應，彈出某曲子的片斷弦律。懸掛在梁柱上的兩隻畫眉也開始興奮的歌唱鳴啾。用哀傷甜美的聲音向對面的籠子呼喚。彼此應和。郭停住手，望著兩個籠子中不住躍動的鳥。這是兩三年前正戀愛時朋友送來的。爲了聽它們優美的鳴叫，唱出最動人的聲音，從來就是把它們分開吊著。郭找到一根竹枝，把公的那隻趕進母的籠子裏。它們不再鳴叫了，滿足似的安靜下來，家中也了解她心理的感受，不去阻止她的做法。

某日，籠中的鳥死了一隻，仰躺著，蜷曲著細黑的爪子，羽毛凌亂。另一隻像著了魔，癡迷的縮著身體躲在一角。家中人都說是父親的罪過，那麼冷的夜忘了給籠子覆上布幔。郭卻不相信，以爲是一隻折磨死了另一隻。她說聽到它們的爭吵、撲打，郭於是有些異常起來，經常在半夜起身彈有些走音的鋼琴，而孤獨在籠中的那隻畫眉也怪聲怪氣的啾鳴應和著。

懲罰

15號是個中等身材的人，稍胖，嘴中的牙齒全被燻得漆黑。他被送進鐵門後一直躺在床上不肯起來，偶爾翻翻身吐出一聲長長的悶吭，不跟任何同房的人說話。飯湯送來時也只蹲在一角默默的扒兩口，眼中不時泛著紅絲和水液，無視於別人的存在。像許多新進來的人一樣，睡夢中會發出嬰兒般噫唔壓抑的哀聲。沒兩天我換了一扇鐵門，去到另一間人多也較熱鬧的房中。我相當慶幸不必和一個脆弱的人住在一塊。看到內心一角的惶惑在抽搐。

離開的次日，忽然獄中發出陣陣騷動聲，幾個警衛扛提著15號的四肢匆匆的拖拉出去。15號哀哀的哭泣。

「他把一根長釘子從腦袋中央釘下去——」有人說。

「他一直叫，釘子只剩下頭留在外面，七八公分長的釘子都釘進去了——」

「他是用床板慢慢打進腦殼的。」

「他爲什麼要這樣做？」

「他是想把自己固定下來。」同房一位年輕人說。

「他想去住病房，故意弄的，想逃走還是想交保，老招式啦。」一位資深犯人說。

「想自殺，伊眞的想死，不是裝的。」一位曾經切腹的犯人用悲壯的語氣說。

「他在處罰自己……」

「大概想開玩笑，釘子是假的啦——」

15號不久後回到牢房，嘻嘻哈哈的和衆人打招呼，露出焦黃的牙齒，欣然的走進鐵門，自在的與大家相處。每當人們問起他在頭上釘那根長釘的理由時，15號總嚴肅的閉上嘴，紅眼珠浸滿了水，不肯回答。

瀕死的美

甲先生在衆多的工作人員間顯得特出。頭髮梳得極爲仔細，暗黃色額頭上的髮根歷歷可數，像羣黑色的士兵，那髮油溼潤得似乎可以滴淌下來。他打著顏色鮮豔的領帶。胸袋插著眞絲的白手帕。一日一日換著成套的昂價華服。多骨的指節上套著黃橙橙的金戒指。各種品牌的香水、古龍水的味道，不斷的從身上散播出來。不知底蘊的人批評道：他那上身長下身短不協調的身軀，鬆垮的肌肉，毫無美感，竟然如此愛修飾，以他微薄的收入，怎麼應付身上的那些奢侈。他五十出頭，四個小孩最大的也已十九歲了，他既不像是在留戀逝去的青春，也非沈迷於不正常的愛情，那麼突然愛修飾的理由到底何在？

甲先生愈見乾瘦，目光愈黯淡，身上的衣服就愈顯得豪華，指節上的戒指也變得鮮亮碩大。他對任何人投來的眼光和批評的言語，都保持沉默，不加解釋。直至一日甲先生突然死去，人們才知道他自知病毒已深，離死不遠，在殘餘的生存日子，對自體產生了某種美的夢想和奇行。

甲先生去世後，一些有意無意間曾嘲笑、譏諷他的人感到內疚，對他那種顯得有些淒厲的掙扎，感到值得同情和可以諒解。

「眞奇怪，我最近老是做錯事，一做錯事就會想到甲先生坐在辦公室不說話，只用眼睛瞪著我看的模樣。」

「是啊，我也有這種感覺。他死以前瘦得臉上的肉都沒有了，又不說話，就是盯著你看，也沒有人知道他有病快死了，他盯著你，眼中的意思不知道是責備，還是怨恨，還是……羨慕。」

「羨慕？」

「是啊……我想來想去，他的眼神眞有這種味道。」

畸零人

某日下班時間，騎車經過一座四叉路的圓環。擁擠的大大小小車輛，恍如魚網中即將從海水裏撈收上來的魚，那麼緊張、跳動。一霎時的疏忽，我給擠到馬路邊緣的電線桿邊，稍微停頓了會，喘口氣，四面匆促的車輛毫不遲疑衝來衝去，呼嘯向前，不經意間，路旁灰色的柱子上我看到潦草寫就的「人吃人」的黑字。這令人不快的字眼一閃而過，我調整好方向，繼續往前騎去，遭人搶道的懊惱雖然還在心中不平，但這字眼更有種引人的力量引我思索。不久我再度到圓環這一帶辦事，幾乎已經忘記的字眼，又重新衍殖的出現在這附近的地下道牆壁、樓房石柱、綠色的電氣設備上，是同一個筆跡，用不褪色的粗大簽字筆寫的。

這是個怎麼樣接受著苦難的靈魂呢？何以有如此極端的反應？他在都市的那一個角落游蕩？是男是女？年紀多大？背景如何？什麼委屈使他如此不安、憤恨？因爲瑣事繁忙，時間、空間，不斷紛攘移動。我一旦離開圓環附近，轉瞬也就忘了這三個字忘了去探究的興趣。只是偶然向友人聊起有過如此的人、事。這日，我又騎車返回住處，赫然在附近的一根電桿上，歪歪斜斜的寫著那三個「人吃人」的字。這個頑固的傢伙。好像競選時的候選人般的，到處貼上自己的標語、相片、政見。這一帶的告示牌、牆壁、公車票亭，凡有空白的地方都能發現同樣的黑色字跡。

他在競選什麼？此夜在我凌亂的片段的夢魘裏，看到那傢伙，暗暗的竊笑著。在冷淸的深夜，在四處容得下字跡的地方偷偷寫下他的標語，強迫人們知道他的存在，要人們忍受他發洩出的怨意。

左髮

伊的家族相當繁盛，僅伊一家中就有十二個子女。在七個女兒當中伊的面孔，身形都不算特出，以她的面貌特徵和姓名排行，人們一看就知道伊是出自那個家族。

伊十五歲時開始把頭髮左披。她的髮式常常遭人議論：爲何故意與衆不同，似乎有意向放蕩的字眼挑戰。披左髮的伊在人羣中顯得有些突兀和傲慢，久了人們都以「披左髮的那人」來分辨她。稍帶浮動纖細的美在她逐漸成長後，也使得不少男人們在感情上發生困擾。伊經歷了些愛情事件後，草草的和一位追求她許久的男子結婚。數年後我偶然間再見伊。她的身材豐滿，表情散漫，短而直的頭髮熨成時下所常見的廉價髮型，已無任何特殊之處；似已安飽的歸回到家族固定的形貌中。

有陰影的

顏打電話來，天空下著雨，凄清而且寒冷。

「這次來台北是帶伊來選購結婚用的傢俱，棉被等等用品……」

「恭禧你了，眞快樂啊你現在，是不是？」

「嗯——我們準備去那家進口北歐式的廸瑪店——」

「………」

掛下電話想像著顏帶著未婚妻在那些名貴的器具店裏，細心的選購兩人日後所需的用品，兩人的心中必是充滿幸福之感的。兩人走在百貨紛陳的高雅店裏，彷彿兩朵輕盈潔淨的天鵝。

「嗯——」那個喉音是我們談話中的一點挫痕。伊大概不知顏家族中的男人是有名的早逝，家族顯赫富貴，但男子少有活過五十歲的，皆以奇特而嚴重的病症去世，顏的父親亦如此。因此彼家族的男子多出外迎娶不知情的女子們，亦有知情的但羨於彼族的財富和聲望而冒險下嫁。失去伴侶後的女人們都明顯的進入相當憂愁，寂寞中，漫漫長途的度著晚年。

快樂嗎？我知道他倆是眞正相愛才結合。顏的那聲嗯——使我有了過多過於敏感的反應。想著顏和伊在幸福汁液中的那點陰影。

給友人信

聖徒莫不如此，世界當如我想的那樣。他總是站在正義、光明的一方。竭力呼喊，讚頌美德，要和人類的惡史打一番賭。道義永遠沒錯。但是他，在現世永不得成功，除非道義另有解釋。

柔道

跌倒早就不是新鮮事了。逐漸的學會，落地時身體成爲圓形，或分散撞力，就不致受傷。勤習之後，連摔倒也成爲一種漂亮的姿態，心靈也當做如是的苦練。

某一種心思的轉化

我的心。原先是黑色高聳巨大的巖層，覆滿潔白冷酷的冰雪。後來它逐漸傾頹、腐蝕，冰雪也融化了。它緩緩聚成一池深潭。是深沉寂靜的潭子。慢慢的那潭面有了波紋，波浪愈擴愈大，搖動起來，它愈搖愈厲害……那些細碎的波浪不住的顫動，後來它們竟然變成一隻隻拍動翅膀的鳥兒，興奮的飛舞起來，一大羣一大羣的……最後連潭水也不見了。

修道者

我是一內在的舞蹈家，追求一舉手一投足間的美。

觸動

我向L說：

有時候你會碰到這樣的人。在候車室，在坐車的時候。衆多的人羣你看到那人，那臉孔和那表情，似乎很熟悉。有一段時間你們要相處要等待，那張面孔是全然陌生的。在此刻之前絕沒有見過。在這段時間裏你們發覺彼此特別顯眼，很容易的就望見彼此。你們在猜測和想像裏交談，不敢很直接的互相接觸眼光，當你很認眞的注視他的時候，他就有意廻避。當他若不經意把眼光轉過來時，你不知怎地就把眼光看別的地方，身體也有些不自然了起來，然後你突然發覺你相當了解他，而他的眼光也有如此令人驚異的反應，他居然也從你的眼中看出什麼，忽然你們之間有個軌道相通，它穿過嘈雜的人羣。對某些事物或感覺一定有共同的看法和結論。一時間你有些混亂了，又驚又喜，難以置信，再看一眼，你很肯定，但是那種肯定似乎也很脆弱，他的眼光瞧過來，竟然也是如此複雜的情緒……。過了一會兒你們就各自分開了。

L向我說：

我曾碰到這樣的情況。有一次我和一位女同事一起搭車上班。我初次看到一位臨開車時才匆匆上車的女人，她的臉孔相當平常，要不是她在比較突兀的情況下出現，我可能是不會注意到她。她和我那位女同事原來是認識的，她和我的同事上車後便坐在一起，聊天。下車後，我那位女同事向我說：「她今天不知道怎麼回事，不斷的向我說她和她先生認識、戀愛的經過，她以前交往的男朋友，一些愛情故事……她還問你是誰，問很多你的事，你知道嗎？我跟她只是點頭之交，在以前不曾多談什麼話，她姓什麼我都不太能記憶……她對你好像有種奇怪的印象和感覺……」

我後來偶爾又見到這位女士，從她困惑和出神的眼珠，慢慢的我才恍然了解。有些異性，完全陌生的異性，你見到她，就只單有一種愛情的感覺，感情的觸動，愛情的幻想，脫離了現實的對人的判斷，禮貌和智慧，她立刻吸引住你，使你情不自禁的有那種想法，難以控制，而只能利用這種想法感情和她相處，當然對方未必和你一般產生這般美的情緒的漲潮。也許我曾經給這位女士這樣的感覺，我也想起以往曾經使我傷痕纍纍的女人們。

鐵籠

早已喪妻的A先生退休後，兒女們也各自離家求學、創業。他的生活一直顯得寂寞、無聊。唯一能顯示A先生曾有的在社會秩序的威嚴和尊榮，是他叱喝家中那條不滿兩歲的狗，這條年輕、浮躁的狗對萬事萬物都有著高度的興趣，一點奇特的聲音都會引起牠觸電般的吠叫。A先生有時很能容忍牠神經質不停的吠叫，有時這狗剛發出聲音，就會遭到A先生憤怒的制止。A先生猛的推開紗門，揮舞著棍子，將狗趕進一座大鐵籠內，這長寬都是一公尺半的鐵籠，有著拇指粗的鐵條，堅固沈重。有時狗不情願，他就會毫不留情的捏住狗的後頸皮，又踢又打的把牠塞進去。狗兒使力的掙扎，用著哀求可憐的眼光看著主人，發出嗚嗚抗議的叫聲，希望主人能夠放了牠，使牠能重享在庭院中奔跑的自由。A先生雙手扠在腰上，斜著眼珠望著這堅固的大鐵籠，那狗只能由鐵條間探出一根脚爪或鼻孔出來。抓索或呼吸一下自由。狗哀聲的低鳴，直到A先生情緒佳，或是下餐餵食的時候，牠才有可能重獲自由。牠大部分的時間必須待在大鐵籠裏，這是牠的本份和責任。

注意起陽光裏的灰塵顆粒，及茶几上螞蟻行走路線的A先生愈來愈感覺時間的漫長和難過。

庭院不時有幾隻麻雀快速的飛落下來，啄食狗食盤裏剩餘的飯粒。這是沒有秩序和節奏的日子。

A先生由臥室走到客廳，讀一會報紙上的訃聞欄，再推開紗門走到庭院，繞了一圈，再回到臥室躺下。在昏沈裏他感到牙疼。他緩緩的起身，穿上衣服，想上街就醫。走到大門口，停下了腳步。牙疼仍繼續。但是他好像不想現在去。他習慣下了班，晚上才去牙醫那兒，那是習慣，長久以來辦這種瑣事的習慣。但是現在是下午一點多而已。

A先生穿著正式的外出服裝，無聊的走到關狗的大鐵籠旁。狗興奮的站起來。A先生安靜的站在鐵籠邊。他對自己突然有的幻想感到吃驚。A先生覺得可笑的走開。走到紗門旁，遲疑了一會又走回來。他終於把籠門打開，費了些力氣擠了進去。狗相當的驚異。牠用爪子撲了撲主人，舌頭舐了主人的手掌。A先生進入籠內，那狗在歡迎之際，瞧見籠門是打開的，抓住機會便急速的衝了出去。牠在庭院暴躁的吠叫，四處跳躍，興奮極了，牠在樹根撒了一泡尿。一會牠平靜了些，慢慢的走回鐵籠邊。用著詫異和不安的眼神看著籠子內的主人。

狗體的氣味，糞尿的腥騷，陰暗潮溼的籠子內，A先生不斷的咒罵自己後，拉開籠門重新鑽出來。十分鐘過後，他歎了一口氣再度鑽進籠內，態度沈默而且嚴肅。這次他用一把鎖把自己鎖住，然後把鑰匙丟到手很難搆到的地方。如同往常下班的時間到了，他再設法使自己出來。A先生覺得自己會習以爲常的。

狗兒在籠子邊走來走去，很無聊的打著呵欠。

偉大的事物

一羣人，他們因爲渴望、好奇、需要、有利可圖決定建造一座巨大的東西。聚集的人羣很奇特的會產生朝向某一目標，發揮全體力量的企求，個人的力量大家都已知它的能力和限制，人羣力量的累積會是如何的結果呢？人們的慾求變成一種牢固的誓言，誓言融合了神秘的威力，那威力在聚合羣衆，神秘的懲罰和恐怖力量，威脅了懷疑者及不肯獻身其中的游離分子。第一座巨大的事開始進行。它是破天荒的創作，因此它的過程是凌亂的，錯誤百出的，脆弱不均衡的，它很可能崩塌，危險性極高。人們卻因爲無法抗拒的壓力，和已燃起的熱潮，不得不去建構它。甚至大部份人已知它的命定崩塌的，仍然奮力的去搭建它。它終於在某刻時間崩塌了。壓毀了努力去建築它衆多的生命。給許多無辜的生命造成悲劇。

人們並不因此而終止，他們賦予它更大的意義和熱情，神秘裏包涵了更多邪惡，巨大的東西再度被建造起來。……它顯示了人們不屈不撓的意志、毅力……終於它完成了。立在人羣最顯眼的地方。

這座巨大的事物形成堅固而崇高的象徵。於是人們成爲它的奴隸，開始膜拜它，受它的左右、威脅、犧牲……這些也使它更崇高更龐大。第一座巨大的事物形成後，超過它、模仿它、變化它的建築在四處傳播、進行。繼起的更有經驗的智慧者，利用光線、結構和線條、精緻的設計，給予它神秘的氣氛，懾人的景象，逼顯人的卑微和渺小。環繞這巨大事物自然也造成聖潔者，促成偉大的情操和行爲，這也是巨大事物所具有特質之一吧？巨大事物以廟堂、人物、神獸、墳墓……等名目出現。

天生藝者

劊子手站好位置，拔掉插在犯人背後的牌子。他並不識字，牌子上寫的是什麼人，曾有什麼官銜，肥瘦高矮，犯了什麼罪都不重要，他只知道日子到了，準備好刀，例行公事一番，他就把那等在彼處的脖子砍下來。我說的這位劊子手是他們羣中較特殊的一位，不像別的同行只知道魯莽的砍下首級，對皮骨的柔韌、結構沒有感覺。他在從事這工作時，進行過各種試驗的樂趣。有時他把刀磨得鋒利，只須朝脖子一斬，那大刀迅速的穿過骨縫，平整的落下。或者在斬入時一剎那一偏刀面，那首級就會飛滾而來。倘若首級正好面對自己的軀體，首級還能知覺，看到自己的血從腔中湧出。長久的經驗使他一看人的脖子就知道該用幾分力才能使它平整的落下。或者他用把鈍重有意不甚保養的刀去斬。由於刀的平鈍和用力的遲滯，往往要砍上七八下，那血肉模糊的頸才斷裂下來，在這種場面往往使圍觀的人們顏色慘變、嘔吐的、哭喊的，有著各種恐怖的反應，繪聲繪色的去談說斬殺的殘忍和刺激。當然在家屬要求時，他也會恰到好處的把首級切到剩下最後的一點皮，讓腦袋懸掛在胸前，不至於完全和身體離開。他收點錢或禮物，而死者家屬認爲那一層的黏掛，他算是替家族保留了顏面，盡了某些孝道了。

當然劊子手們在飛舞著黃沙的刑場，那幅奇詭恐怖的景象，由生到死那麼的絕對，令人心中不由己的產生顫怖和浮起鬼神、詛咒的想像，許多人們爲了治病向他們要些鮮血，或無名屍體的五臟器官也是有的。我所知那位劊子手卻只對切斬人脖子的藝術著迷、執著。甚至自認自己是天上星宿神祇的降世。由於他手法的精緻多樣，善於控制刑場的情緒，每當他出場，用紅布紮綁雙手執起刑刀時，從大老遠趕來圍觀的萬衆，早就因爲等得太久不耐煩的鼓噪起來，叱喝他進行最佳的表演。甚至法官們也坐在棚子內不退席，擺起酒菜觀賞他的刀法，一面也摸著脖子，想，那日或許可能綁縛在刑場了，也可給自己挑一種喜歡的斬首方法。

至於被斬首者的疼痛與否，替天行道的他並不在意。

生與死

在一次繪畫的聯展中我看到這樣的兩幅畫。

成名已三十年的老人畫的風景我頗熟知，取材的角度亦能想見，那大山秋天的美，在感覺中是相當嚴峻、蕭索的，他卻用金黃、金紅、鮮豔的顏色將那層疊的山畫成一個鼓起飽滿的乳房，熱烈而且充滿豐潤的力量，筆法老練純熟而無不自在。老人還在歐洲旅行，這張畫的價錢是平常人家一年的生活費還綽綽有餘。

一位名字陌生的青年，站在他的畫前比手畫脚的向人解說他的企圖，購買者沉吟不語，眼光游移。那青年的畫充滿絕望、死亡前抽搐的模擬，暗淡、焦躁，肢體扭曲，構圖生硬，逼人走向一塊殘敗枯槁的境地裏。他的雙頰陷落面色彷如積雪，想是與飢餓孤獨搏戰許久。

罪之一

K某日向我激動的訴說被一位極相熟友人倒去一筆錢的事。

「我們眞的是最要好的朋友，絕對沒想到會被出賣，被別人倒了還有話說，你吃人人吃你，可是竟然是最好的朋友，他明知道我的錢一點一滴存得不容易，這下我可完了，怎麼向家人交待，說了家人也難相信，他竟會是這樣的傢伙，幾十萬，一走了之，他全家都是老朋友了，這下怎麼開口——可惡！」

「他有困難也不告訴我，幾十年的朋友——哈哈哈——」

「我突然想起來了，他以前告訴我像這樣的一個惡人惡事，用陰謀把最好的朋友的財產、家庭併吞了，破壞了，還霸佔了人家的妻子，眞是可恨，該死；他那時的語氣我不了解，現在我想起他的講話的樣子了，嘴裏是罵得很兇，可是好像也覺得滿有意思，很著迷的樣子，對了，還笑，他還笑。說眞滑稽、荒唐——」

「多奇怪啊，我知道他的情況不太好，可是沒想到他會用這招，……對了，他還問我對那個惡人惡事的看法……他不是個壞人，平常循規蹈矩，本份的老實人啊，大概眞的是被逼急了。多奇怪啊，他怎麼會想到用這招呢？人眞是難了解啊——」

罪之二

A君因某案的牽連，很委屈的關進監獄中，一段長時間的禁錮生活出來後。A顯得適應不佳，不安和異樣精亮的眼神常令與之相處的人感受壓力。由於現實的生活，A又重新從事入獄前的生意。他的才幹和能力使事業蒸蒸日上，遠景甚佳，朋友們都慶幸他的恢復和更加堅強。未料，在某一項資金週轉上，不知是他有意還是無意的錯失，使整個生意面臨破產，債主紛紛風聞上門。A君連夜避走。這件事對A來說應該僅是舉手之勞就可以應付彌縫的，更多危殆驚險的情況下他都處理自如。A君再度被捕時向人說：

「我變成不會和沒有罪的人相處，我對自己已經沒有罪這件事覺得很難相信，整日都不安心，心裏某個角落有個深淵，經常我就會跌入裏面，滑進去，沒有辦法控制，不能不去幹一下——」

人們對他的咒怨、指責、執法者的追捕，逃亡的刺激，苦心經營事業的崩潰，親人的憂傷，合夥人的悔恨，各種打擊。平靜入獄的A君彷彿在那裏面得到某種滿足，像一尾悠游的魚。

人間即事

這是一羣在深夜等待賭友的賭徒們無聊的談話。

「假如你輸三百萬，債主找殺手向你要債，你怎麼辦？」甲說。

「死呀，自殺呀，比被人打死好多了嘛——」乙說。他揉著鼻子，吐著煙。

「我也有這樣的想法，要死就得死得漂亮點。」蹲在地上的丙說。

「死，你說怎麼死法，自殺有很多方法哩。」

甲最近一陣贏得多，手風極順，多肉的臉孔不時發出油亮的紅光，信心使他覺得一切都顯得有趣，說話的每個字裏都含著笑意。

輪慘了的乙鐵青著臉用乾冷的聲音說：

「你們知道那座新建的三十層大樓嗎？我準備了一根很長的繩子套在脖子上，打好結從上面跳下來，大約會吊在第十五層左右，風一吹我就會搖晃，走過的路人每一個都會看到，我會把身分證、駕駛執照放在身上，吊一陣子我就被解下來抬回家去。一跳一拉馬上就結束了，很快。」

「這樣啊，這樣啊？」

「這樣很可能頭會斷掉，身體會掉在地上，十五層樓呢，你的身體太重，繩子一拉，身體可能會和腦袋分開。」

丙認真的說。

「你眞的這樣想嗎？眞的嗎？怎麼想到的？」

甲把臉湊向乙，眨眨眼。

「我也不知道，可能是很討厭那座大樓吧。」

「你會上新聞，出風頭，這念頭很久了吧。」

「……是呀。」

「那你還再玩！」

「……」

「每天晚上我都有那個念頭追趕，不能不來這裏，那東西我已經看到了，它變成一個人形、人體，每天都來推動我，提起我，跟我說話，在我身上潑澆又酸又苦的液體、燒灼我，像煎魚一樣的反覆翻動，使我不得不呻吟，皮破血流，被它踢打著趕來這裏，變成一種習慣。每次下桌回家我就想到去它那裏的方法，不要叫它來找我。用瓦斯、吃里長發來的老鼠藥，朝嘴裏灌噴氣式的蟑螂藥，用刮鬍子的刀子把臉刮爛，再把手上、腿上的動脈割斷……」

丙抱住雙膝，睜著驚惶的雙眼，瞪著用平淡語氣說著這件事的乙。甲的汗不流了，張著嘴，覺得有些冷。

「跳海淹死若不趕快撈起來就會被魚吃掉眼睛，咬得一洞一洞的我不喜歡，我討厭水。有一次我半夜坐在鐵軌中間抱著頭等火車來，卻被人發現拖走。你們知道煉鐵的鍋爐嗎？如果掉進去的話就會融化和鐵水混在一起，我家附近就有這樣的工廠，還有……」

忽然在黑暗中無聲息的走過來一個人，三人都吃了一驚，乙的煙頭掉在地上。

「嘿！是你呀！」「奇怪了，不是我是誰？」後來的丁說。

「警察嗎？不會啦，這麼晚又這麼冷。」

三個人偏過頭各自想著事情。

「喂，喂，怎麼了，打牌去啊，看到鬼啦！走啊——」

四人陸續走入一間嘈雜的地下室。丁在牌桌上咬著嘴唇，不時用眼角瞟著三個人，這三人的表情木然、詭異，是不是說好了要合作吃他呢？他才不是傻子，要吃他沒這麼簡單，連贏錢愛罵人說話的甲都不吭氣，哼！等著瞧吧。

——原載一九八二年十月《台灣文藝》第七十七期

健康公寓

南風社區是這幾年突然冒出來的公寓羣，金萬利建設公司耗資千萬，在短短的兩年間，蓋出了四十棟四層樓公寓。這批公寓以十棟爲一組，分別命名爲健康、陽光、美華、遠景。原來在這兒只是一片雜亂的空地。民國六十年代後期，經濟起飛，人口大量移入都市，建築業猛的興旺起來。南風社區的成立，改變了這兒的景觀，同時也預告一個新的時代即將來臨。

社區中的某棟坐南朝北，背著日出方向的四層樓房。正好是一九八〇年底的地方選舉，候選人正無孔不入的四處拜訪。

清早，健康公寓一樓A的榮利雜貨店王老闆，陪著位體面身穿高級西服，滿臉笑容的候選人。由本樓的B號開始，逐一的做問候拜訪，懇請諸人惠賜神聖的一票，投給這位眞正爲民喉舌、苦幹實幹，腳踏實地有服務熱忱的候選人。王老闆的話大致是如此：

「×先生你好啊，早啊——這位是×號候選人，我們這一里的人通通投他的票，好人，是老實人，南強企業、忠信汽車的董事長，專誠來拜訪的。」

候選人呵呵笑著，遞上幾張五彩的印著正面照片、政見及口號的宣傳單。打躬作揖一番。他比王老闆客氣，懂得看人說話。有人不喜歡那麼早起，按完門鈴，打開鐵門所見的臉孔，臉色很難看。像三樓E號的大廚師一樣，他悶不吭聲，胡亂的搶過宣傳單，碰的一聲關上門，不經意有張宣傳單掉下來，彩色選舉單上的候選人被門夾住，變形啦。候選人、王老闆慌忙的要去拉出來，稍一用力氣竟然破了。還是候選人有度量。

「算了，算了，不要了。」

「這種人，不識抬舉。」

「沒有關係，一點也沒有，打擾他了。」

F號的李教授起得倒是很早，他已經散完步回來，精神奕奕的在陽台上做擺手的運動。王老闆和候選人被請了進去，三人坐在客廳裏。教授明白他的來意後，用著嘹亮的、上課時教學生的口氣向他們發表對現任民意代表的看法。

「我見過許多議員、委員的，很多這方面的朋友。××你認識嗎？噢，你知道。這人我很不喜歡，野心太大，卻不認眞研究問題，深入探討癥結所在，資料不全，亂發一些不成熟的意見，呵呵，那其實不能算意見，只是成見而已……」

「是，是，我的態度、立場是……」

「還有一位××你認識嗎？」

「噢，聽過，未曾見過，很仰慕他的……」

「這人完全是爲出風頭，仗著幾個臭錢而已。」

一位歐巴桑替他們端來茶點。兩人謙讓了一會。有間房間的門打開，出來一位面孔白裏透紅，光頭的青年。他睜著大眼睛看著客廳裏的人。他的左肩歪斜，背也是彎的，身體好像不太好，眼珠卻反常的黑亮。

「李明，過來見見王老闆，市議員候選人×先生。」

青年聽話的走過來，雙手貼在褲縫，規規矩矩的向兩人鞠躬。

「王伯伯，×伯伯您好……」

候選人忙不迭地也起身向他鞠躬回禮。

「不敢當，不敢當。」

王老闆尷尬的笑了一下。

李教授皺著眉頭喊道：

「快去做運動，現在幾點了，又睡懶覺，你這身體怎麼會好。」

「唔……是。」

李明握起拳頭，很認真的打開房門，跑了出去。

王老闆和候選人告辭出來，再往上走到四樓G號。

「H號現在空著，沒人住，聽說有人要租來做托兒所，房東有好幾棟房子，全部租人，自己住鄉下。噢，這間住了兩家，姓黃姓范的。」

「噢，黃先生、范先生是什麼職業？」

「范先生是開計程車的，有兩個小孩，一個四歲一個三歲。黃先生呢，只有一個兒子在外面讀書，他自己在家裏弄部機器做拖鞋加工，滿吵的。」

「家庭工廠啊——」

兩人拜訪完健康公寓的諸家，便往樓下走，正巧看到D號的大小姐正和來收錢的清潔工爭吵，兩人走了過去。

「你這算是打掃過的嗎？樓梯那麼髒，垃圾也不倒，掃地都不會掃乾淨還要跟我拿錢，三個月漲了兩次錢。」

「我怎麼沒有掃哇！你們不愛乾淨嘛——我剛掃完你們就亂丟東西，扔菸頭，我怎麼辦？」

「什麼！你說我不——愛——乾——淨！」

候選人上去，用手勢止住大小姐的口，另一隻手握住了清潔工骯髒的手掌，大聲的咳嗽了一聲。

「讓我們平心靜氣的，根據事實，以一種客觀的態度來討論這件勞資雙方的問題。」

清潔工低頭看看自己黑髒的手，竟被一位那麼體面、身上飄出香味的人握住，不禁笑出了聲。王老闆也過來：

「大家，大家，都是住在一起的嘛，有事好商量。」

C號的房門也打開了，白順珠翻著眼皮看看圍在樓梯間的衆人。候選人在百忙中向她擠擠眼。白順珠抱著一大堆衣服下樓去了。她走到一處每日垃圾車必會停下來的牆角，把這堆衣服往那兒一扔，低下頭拉緊身上的衣服，抱著雙臂匆匆的離開這個地方。

一會兒，住在大水溝邊的蔡媽媽買菜回來，經過這兒，看見牆角下堆著的衣服，大嚷一聲便湊了過去，放下菜籃，挑啊揀的，選了一件火紅色的旗袍，兩件毛衣，一條長褲。兩個女兒又多了幾件衣服啦！她提起菜籃，喜孜孜的回家。

B號

詹先生口中叼著菸，手中提著工具袋，把它放在車後座，綁好，踩動引擎，往豪園金世界駛去。

金世界蓋在某條尚稱繁榮的大馬路邊。樓高六層，共四十間不同格局的住宅和店面。房屋的結構大都已完成，木製的鷹架也已拆除，剩下的只是外殼的裝修和接通水電而已。金世界賣出不到四成，幾位股東爲這事爭吵不休。天水建設的老闆很發愁，每日跑支票，怕人倒帳。據說自家的房子、轎車都已抵押出去。還好，工人的錢還算按時分發。因此，詹先生很認眞的督導手下的人工作，並未偷懶。不過他自己很謹愼的處理錢的問題，並且在言語中暗示，搞水泥、鋁門窗、砌磚的年輕工人要省點錢，免得到時公司倒了，拿不到錢，生活問題就來了。工人們認爲他過慮，他們五天十天就拿一次錢，這麼大的建設公司怎麼會有問題。詹先生不多說，抽著菸，四處看看，拿著工具不時動手做做自己不滿意的地方。他才聽說郊區山坡的萬大建築公司包的怡翠小城，積欠了工人五個月的錢，工人把怪手開到工地威脅要破壞已經整好的土地，有什麼用呢？要是股東倒了，誰也別想弄到幾塊錢。

當初他個人由朋友介紹到都市來做建築，正巧碰到黃金期，忙得三、五天都沒睡覺，錢怎麼賺便怎麼花。三兩個月，甚至半年他都無法分身回鄉下的家。都市建築業一片爆發的景象。他乾脆弄了筆錢，買了間房子，把一家大小都搬了過來。因爲和老闆之間合作得很愉快，憑他的經驗和靈活的頭腦，替公司賺了不少意想不到的錢。他甚至買了輛國產的兩千CC的黑色轎車。家裏也進進出出許多豪客，經常的麻將擺開好幾桌，打得昏天暗地，一些他從未見過的好菸好酒，漂亮得驚人的女人都在他滿佈血絲的雙眼出現。都市繁榮、奢侈的、高級的聲光歌舞他都享受到了。他幾乎相信了算命的說他在中年以後，有飛騰之相。詹師傅的口碑和價錢，在那時是人人要豎大姆指的。

也因爲如此他得罪了不少人，被流氓揍過，被黑社會的人物威脅過。這些都不是什麼大事。有次他蓋的一批五層樓的房子，還沒建完就發生歪斜，地基下陷、牆壁龜裂的情形。那塊土地當初他曾去看過，認爲地基會發生問題，一層表土下面是流沙和地下水，表土也太鬆散，這塊地以前是河道淤塞成的沙洲，它可能撐不住五層樓的鋼筋水泥。他不答應去做這件工程，但是公司的總經理、課長三番兩次的找他懇談。拿設計師畫好的藍圖給他看。並且找來幾位日本來的專家和他商量，在飲酒、猜拳、唱歌中懇談。他們一致認爲對付怎樣的土地，就將會有怎樣的方法，這樣的設計藍圖，是在日本本土實地試驗過的，幾乎一成不變的抄過來，那邊的土地比這裏還壞，這建築物是蓋在富士山區某處火山地帶呢。詹先生被說服了，由於自己童年以來對日本的好感，和藍圖上日本字的權威感，使他相信自己可能會犯錯，這種設計當是可靠的，雖不是很好，但是也應該可以應付的。他也沒有直接去工地監工，別處正忙得很，他派出跟他工作多年的歹李去那兒照顧，不料還是出了問題。

歹李這個人不夠意思，在詹某的設計下他又和工人們勾結，想撈一筆，本來就有問題的材料、人工，再少了那麼點，房子自然會歪斜、破裂了。也幸好如此，否則詹某人親自去的話，房子在賣出前保證不會有問題，但人搬進去後就難講了。要是再碰到颱風、地震的話，就更難說了。詹先生每次想及此便一身冷汗。事情發生後他和一位大學文科畢業、公司老闆的秘書去坐了一陣牢。這位秘書可憐，文科出來，找工作找了兩三年，不是待遇低就是工作重，失業了好久，爲了一筆錢，他心甘情願的去坐牢。當初那兩位設計房子的日本熊谷組的工程師，老早便吃飽喝足，撈了一票走了。詹某出獄後楣運就跟著來了。

一連串的倒閉、退票、併呑，賣不出房子的聲浪，不景氣的潮流猛然而至。詹先生的車子也賣了。他的媽媽、太太，從鄉下自己的田地弄來花生和包穀，煮熟了，每天推車出去做起臨時攤販來了。他還是幹建築工程的包工頭，只不過賺錢的機會大不如前了。他也安於平穩的過日子。

C號

「我又夢見她了，又夢見她了。」

「誰?別那麼神經病，她死了快半年了。」

「嗚、嗚，她罵我不孝，說我恨她，她滿臉都是血……」

「……你要不要禱告一下，還是要去找張牧師?」

「不要，不要，我什麼也不要，你去看看房間裏還有她的東西嗎?」

「那裏還有，都扔掉了，不會有啦，我都看過了。」

「眞的嗎?」

白順珠抬起頭，兩隻周圍有黑眶的眼珠，含著淚水不住眨眼，疲倦的看著坐在沙發中的先生。夜晚的電視正在轉播一場冗長、沈悶，兩隻差勁隊伍的足球賽。比賽的性質是「世界盃足球賽大洋洲地區資格賽」的分組,兩隊已被淘汰的隊伍正在爭末尾的排名。

「眞的，眞的，不相信你自己去找找看。」

白順珠從她躺著的床上爬起來，用手掌胡亂的抹了抹臉上的淚痕。拉開衣櫥一件一件的翻找，一遍又一遍的看。她不知那來的精力，搬過張椅子站到壁上的儲藏室去，一會又走到廚房，一會走到鞋櫃。最後她抱著臂膀，好像不勝寒冷的站在客廳中央。她睜大眼睛在四處看了看，發現牆上掛了具塑膠繩做的大龍蝦模型。

「這是，這是她買的嗎?你記得嗎?」

「……」白先生仰過頭看了一下。

「不記得了，好像是，是在那家百貨公司買的。滿久了。」

「是她買的吧。」

「好像是，記不清了。」

「那我把它拿下來，你去扔掉好嗎？」

「現在啊，很晚了，明天早上上班的時候好嗎？」

「我……」

白順珠從牆上取下，雙手捧著那個東西，出神的看著。

「明天一早好嗎？你把它放在門口好了。」

「我實在受不了，受不了啊——」

足球賽雙方都沒有什麼進展，球老是在中場附近踢來踢去，沒有一個人把球傳得很好，也沒有人盤得很好，老是被對方搶走，又搶回來舞兩下，轉播員好半天沒有說話。

白順珠拿著大龍蝦拉開鐵門放在樓梯間。

「你的心情放輕鬆點，不要那麼緊張，想想輕鬆一點的事，禮拜天我們去看場電影好了，你想看什麼片子？」

「我就是不敢睡，怕再看見她。我……她說我不孝。」

「我們沒有那點對她不好啊——她癱瘓了也不是我們害的。我們有自己的生活啊，總不能二十四小時都陪著她啊。」

白順珠走過來坐在他身邊。

「可是她說我們討厭她，希望她早死，折磨她。」

「其實我們也沒這樣說啊，我們白天都要工作，累得很，賺錢養活她她還說這樣的話，我們也沒送她去養老院，夠好啦！」

「她是我媽媽啊！」

「媽媽又怎樣？你眞的不懂，在外國他們的父母來找兒女，住房子都要付錢的，那裏像我們這裏一樣，要是我是她，還不如死了好。」

「爲什麼？爲什麼？」

「活了那麼一大把年紀，不捨得吃不捨得穿，那裏也不去，我們帶她去看電影、郊外走走她都不肯，整天守在房子裏，一點也不肯和別人交際應酬，她活著有什麼意思呢？」

「她是不想拖累我們，她節省慣了，她想我爸爸。」

「唉！眞是奇怪了，她是什麼時代的人啊，心裏有話也不說，悶在肚子裏。人活著就是要享受啊——想那麼多幹什麼？別人是怎麼活的從來也不去看看，去參加老人會，跳跳土風舞，練練太極拳都好啊。要不就去大水溝邊找那些三姑六婆聊聊天，打打麻將也好啊，幹什麼想不開呢？」

「我們這裏沒有她的東西了吧？」

「你不是都找過了嗎？」

「那隻蝦子會不會被四樓的小孩拿去玩呢？」

「這麼晚了不會啦！你看她一癱倒在那裏，腦筋不清楚了，一天到晚亂講話，你就是那時被嚇著了。」

足球賽的上半場結束，雙方都沒有建樹，回到休息區。廣告一幕幕的跳換。

「她好的時候不喜歡說話……」

白順珠若有所悟的沉思著。

「啊——」白先生打了聲呵欠，伸了個懶腰。

「太太，我看也晚了，你該休息休息了，別想那麼多好嗎？對了，你今天去看醫生，醫生怎麼說？不會是有了吧！」

「沒有沒有，還好不是，你現在不能靠近我，我不舒服，沒有心情吃藥。」

「嗯——好吧！要是有了可眞頭大，上次你太不小心了。我認爲養小孩實在是件困擾的事，你看……」

白先生乾脆把雙腿蹺到桌子上，滔滔不絕地發表他的意見。

「養大一個小孩，母親至少要付出四到五年的體力和精力，要是有兩個，時間要更長，要多兩年，這六、七年的時間是多大的損失。要是有一種機構專門來照顧這些小孩，團體管理，孩子的父母有時間就去看孩子，那麼孩子的母親的體力和時間都可以應用到社會上，從事建設，多好……父母親沒有小孩的牽掛也可以自由自在，追求快樂、美麗啊——」

足球賽的下半場開始，仍是沉悶、單調，沒有什麼高潮。

「將來子女父母間的關係會更趨冷淡，何必爲他們付出這麼大的心血呢？」

白順珠彷彿沒有聽見他在說什麼，緩緩的站起身，走向浴室。

「早點睡，明天晚上還要去參加趙小姐的婚禮，要忙一天啊。」

「………」

電視裏，兩隊的實力因爲很接近的緣故，纔鬥至今還沒有分出勝負，甲隊的前鋒主將因爲帶傷上陣，往往欠臨門的一脚。乙隊的攻擊方法也被甲隊研究得很淸楚，所以乙隊也無法得逞。總之……這兩隊是五五波之戰。

「啊——你啊，你呀——來看，快來看！」

突然白順珠在浴室中狂叫。白先生跳起來，三步兩步衝向浴室。

「怎麼了，怎麼了？」

「你看，你看，這是她的牙刷吧！還有她的牙齒，假牙，啊——」

白順珠慘叫一聲，手中的東西掉落下來，那是一把用禿用扁了的舊牙刷，和一副顏色黯然的假牙，它是一個金屬環，環上是四顆臼齒。

「不要怕！不怕，我去把它扔掉，馬上去，你在那裏找到的？」

白順珠捂住臉，彎下身，用手指了指浴室牆壁上的壁櫥，那兒很是雜亂，而且許久沒有整理，沒想到那裏面還有這個東西。白先生扶著她到床上，抱抱她，安慰了幾句，給她蓋上被子。然後拿了個塑膠袋把牙刷和假牙放進去。打開門，撿起大龍蝦，走出公寓，扔在一處牆角下。等他回到房內，電視轉播的這場球賽結束了。最後的比數是：零比零。

D號

大小姐十五歲就到英國唸書，三十歲的時候回國來，自己買了這間公寓。她回國的原因據說是爲了個男人，一位有婦之夫的男人，最後的結局不太好，上過法庭判了妨害家庭。因此大小姐對男人總帶著恨意，她不時向租她房子的兩位小姐說這個道理，千萬要小心，注意男人的話，甜言蜜語的絕對不可以相信；任何一個無緣無故接近你的男人都可疑。大小姐的身材枯瘦，肌肉僵硬，走起路來總是左肩在前面，眼睛狠狠盯著任何一個經過她身邊的男人。

她在一個研究機構上班，兩位小姐雖然覺得大小姐太緊張、昏亂、神經質，但是對她的學問和生活經歷卻是佩服得很。大小姐房間內四壁的圖書也令人看得肅然起敬。

黎小姐在一家晚報當會計，薪水低剛夠她一個人生活。她戀了幾次失敗的愛，相當灰心；雖然大小姐一直在灌輸女人要獨立、有勇氣的想法，可是她覺得自己委實沒有那個腦筋，沒有勇氣。她長得並不怎麼好看，微微有些胖，帶了副金框眼鏡。但是皮膚很白，人家說一白遮三醜，皮膚白是她最值得炫耀的本錢，有不只一個男人這樣稱讚她的。為了她的皮膚，每年夏天就算到大太陽的海邊，她都寧願躲在休息區或陰涼處吃東西，擦橄欖油。她偶爾才化一次粧去上班，主要是怕大小姐和楊小姐說她，在身上臉上弄大半天只是為討好男人，出賣自己。大小姐和楊小姐談的話很多她都聽不懂，說實在要不是這裏的房租便宜，人也單純，住了也有段時間，否則她早就搬走。她也弄不清楚是不是就是因為這裏太單純了，不准任何男人進來，打電話常會被掛斷，使她喪失了很多找對象的機會，這點誰也沒有把握。每日上班下班，日復一日，生活單調也沉悶，逐漸的她看起佛經來了，大小姐書架上這類的書，她半懂不懂的看了，竟然很是著迷。某日夜晚，大小姐向她開口：

「喂，你啊為什麼看那些書呢？不太好哇！」

「為什麼?眞的啊?」

「那些東西會使你意志消沉，情緒低落，對人生失去信心，沒有目標，沒有衝勁。」

「這樣啊?那你呢?為什麼你有這些書，你不看啊?」

「哼!那些東西只是拿來做資料、參考一下的而已，沒有什麼値得深入探討的。對了，你看了那麼多有沒有心得?」

「心得?我想它裏面說的輪迴和人生在世的罪孽、造業實在太多了。唉!我到今天才好像明白了……」

「明白什麼?我告訴你，你有沒有發現那個所謂佛的世界，都是男人的世界嗎?常常就說女人是禍水，是令人墮入地獄，犯戒的魔鬼，太可笑了。女人就這麼可怕嗎?沒有女人我看也沒有人來信祂的教了。」

「……」

「這東西不好，我看你還是不要唸這些好了。我有一本法國婦女運動的書，放在楊小姐那……」

忽然一陣開門、進門的聲音響起。

「嘿!我回來了!你們都沒出去啊……」

進來的是楊小姐，她穿著條牛仔褲，剪短的頭髮，臉孔黑中帶黃，肩上背著大皮包，一副風塵僕僕的樣子。

「你回來啦！去了兩個多禮拜喔！」

「是啊——累死了，這次的收穫眞大，我三四天沒洗澡啦！哈哈哈——」

黎小姐吃了一驚，大小姐點點頭笑了笑。楊小姐把大皮包往沙發一扔，蹺起脚倒在沙發中。

「我們一道去的共有五個人，三個男的兩個女的。到最後兩天，到最後幾天只剩下我一個人啦！」

「怎麼會，吵架啦？你一個人回來的啊？」

「眞搞不懂那些人，我們到山地村去訪問當地的居民，問他們如何的受文明的侵略、社會的破壞、經濟的剝削、傳統文化的消失等等。我們要替他們說話，眞實的做報導，問他們最需要什麼，剛開始我們五個人都很清楚自己要幹什麼。」

「是啊，怎麼搞的，怎麼會鬧翻的？」

「他們竟然說，這些山地人根本不需要我們，根本不需要我們的東西、想法。因爲有人告訴他們這是很自然的現象，沒有什麼大驚小怪，如果眞正關心當地的人，就留下來幫忙工作、建設，你想可能嗎？」

「嗯？這個……」

「這眞是笑話，可能嗎？他們是平地、都市裏面的人，他們不可能留在那裏，沒有理由，那些山地人太天眞了。」

「後來呢？」黎小姐問。

「他們不想再詢問下去了，很沮喪，吵著要下山回去。那我當然不樂意了，我說你們要走走吧！我還想去玩玩，好不容易來一趟山上，就這樣下山啊？」

「於是你就自己一個人在山上走啊？」

「是啊，當然，嘿，我一個人走了八十公里的山路。」

「我眞佩服你，眞有胆量。」

「我拍了一大堆山地村落面臨崩潰、瓦解的照片，訪問了一些失意的人。研究他們的性關係。我和他們喝酒、賽跑，他們還送我一對野豬牙哩。」

楊小姐打開她的大皮包，把一大堆膠捲、稿紙、衣褲放在桌上，接著掏出用草繩串著的一對巴掌長的白色野豬牙。

「哈哈，怎麼樣，很棒嗎？」

「嗯，不錯，不錯。」

「可能值不少錢吧！」

「嘿嘿，這算不了什麼。」

楊小姐把豬牙朝桌上隨意一扔。

「我還有更好的東西咧。」

她朝兩人神秘的一笑，兩丸狡黠的眼珠快速的一閃。

「什麼?什麼東西?」

「嘿，大小姐你看!」

她得意洋洋的搖了搖手上的一具木偶，大小姐緊張的走過去，從她的手上接過來，仔細的端詳。

那是個男人面孔的木雕，但是卻有兩個鼓出肥大的乳房。有條百步蛇緊緊的纏在他寬厚的身上。男人胯下有根很誇大昂起的下體。雕刻很粗糙，但是由它的陳舊、泥土味和造型看來，這東西是很有價値的。

「你，你是怎麼弄來的，這個東西。」

「……我有我的辦法啊，老實講是偷來的，就像你說的，男人都不是什麼好東西。山上的人也一樣。我只不過略施個小手段，他就帶我去一個他們族人祖先住的祭鬼的地方，又翻又找，他根本不懂這東西的可貴。」

「你的運氣眞好，我看這東西能賣不少錢，一定有人搶著要。」

「我要是告訴那幾個半途而廢的傢伙，不氣死他們才怪。」

「祭鬼的地方?是不是很可怕啊?」

「怎麼不可怕，樑柱都倒下來了。石塊的屋頂上都是雜草，裏面有蛇、有死人的骷髏、蚊子、螞蟻、嚇死人喔!」

「你拿的時候沒被發現吧!」

「沒有，沒有，我聰明得很哩。」

「恭禧你，很有收穫，去洗個澡吧，我看你眞是累了。」

「但是很興奮。」

「眞是，這是個大消息，你這東西我幫你去查一下它的來源和代表的意義，能了解的話，可能更寶貴，目前我們必須保密。」

「對，不能讓別人知道，否則那些人一窩蜂的又去了，把我的事抖出來可吃不消。」

E號

丹尼爾在陽台上晒衣服，襯衫、長褲，瑪莉蓮的褲襪、洋裝、牛仔褲，兩人的內衣褲。一件一件的掛上去。不一會架子上都吊滿了。一邊掛，他一面聽到厨師和他太太在自己房間吵架。

「你又把錢賭光了，今天我吃什麼？吃什麼？」

「賭光就賭光，你要怎麼樣？」

「我能怎麼樣？我要回娘家你又不讓我走！我餓死算了，眞丟人，怕我回去人家會笑你，笑你連老婆都養不起算什麼男人！」

「媽的，你少廢話，你再說說看，臭女人。」

「哼！怕人家說你就去拿錢來啊——」

「……」

「這樣就算啦，告訴你明天就要交房租了，我下個月就要生了，錢呢大爺？」

「……」

「你三五天不回家有什麼關係，把大肚子的老婆丟在家裏，自己去花天酒地，一個月才賺幾個錢，窮騷包。」

「你再說……」

「啪！啪！」廚師的房間傳出一陣扭打的聲音，女人哭泣、掙扎的叫聲。丹尼爾安靜的把最後一雙襪子夾在衣架上。然後提著兩隻大水桶，打開紗門走回自己的房門。瑪莉蓮還躺在床上睡著。他擦乾身上的水漬，坐上床上小聲的喚：

「瑪莉蓮，瑪莉蓮，起來啦——十一點多，你快遲到了喔。」

「咿——唔——」

「起來嘍，快遲到了。」

「吵，吵死人了。唔——你衣服洗完了沒有，我快沒有衣服穿了。」

「洗好了，都洗好了，我今天沒去跑步，把衣服都洗好了。」

「洗衣服也是運動嘛——」

「我買了點東西，你要吃嗎？」

「好啊——」

丹尼爾打開衣櫥，脫下身上的短褲，換上一條西裝褲。

「我拿菜刀，一刀——」

「你去拿啊，去！立刻就去！一屍兩命……」

「又吵架啦。」

「嗯……」

「廚師不是就要出去了嗎？護照不是已經下來了嗎？」

「是啊——他太太就要生了，他在那邊的烹飪班最近就要開課。」

「唉喲，怎麼都湊在一起，多累啊——」

「他這個人做事就是沒有計畫。」

瑪莉蓮起床，攏了攏頭髮，豐滿的身體，散出誘人的味道。丹尼爾從後面抱住她，握住她的乳房。她打了他一下，掙脫了。打開房門走進浴室，丹尼爾跟出來，浴室門猛的關上。丹尼爾雙手叉在口袋裏，無聊的在客廳的一張椅子上坐下來。廚師表情狼狽的也從房間走出來。他丟了根菸給丹尼爾，自己站在一邊點起火猛抽著。他的老婆還在房內抽泣。

「喂，丹尼爾，你大哥的居留證拿到了沒有？」

「拿到了，好幾個月了，他寫信給我要我準備一下好過去。」

「媽的，你全家都去吧。」

「我父親還在南部，他生病，不吃東西，眞拿他沒辦法。」

「怎麼，他不肯去啊？你母親、妹妹不是都過去了嗎？」

「是啊，我父親那個人喔！很奇怪，腦筋很死，精神好像有點問題，拿他沒辦法，越老越怪。」

「眞是，他不能這樣啊，兒子那麼有出息，他卻和你們搗蛋。說眞的，他為什麼不肯去？」

廚師也坐下來，問他。

「我也搞不清楚，好像不想離開家鄉的樣子，我實在弄不清楚他的想法，我唸高中以後就跟他沒話好說，也不知道要講什麼。」

「丹尼爾，呃……吳經理……」

廚師忽然壓低了聲音，湊在丹尼爾的耳邊說：

「我們在同一間大酒店工作，認識也不是一天了，你了解我的情況，我……」

「你前天輸了多少？」

「我現在身上只剩十塊美金，眞的。」

「碰到郎中嗎？還是——」

「媽的，說不定喔！我想憑我這麼多年的經驗！」

廚師的聲音忽然大了起來。

「你打算怎麼辦？你不是要走嗎？」

吳經理的聲音還是很低，很平穩，軟軟的。

「我怎麼不去呢？你想就算我在這裏混三十年還是沒出息啊，一個月拿多少錢，我不出去弄點名堂回來，做個留美學廚，根本沒希望嘛——現在誰不是這樣？」

「需要多少？」

「你借我十萬好了，其它的我向別人湊湊，你到美國來我連利息還你。我跑不了，我太太還在，你要相信我，我這人從來不扯爛汚的，只是最近不太方便……」

「我頂多借你三萬，還要向瑪莉蓮湊點，我父親在生病，我也有問題。」

「……好吧，三萬就三萬，利息還是一樣。」

「好，一句話。……你今天是晚班啊。」

「嗯……謝啦，對了，你要走，那瑪莉蓮呢？」

廚師用手指了指傳出嘩啦嘩啦水聲的浴室。

「她沒有問題，我們講好了的，不會有牽掛，到時候各自走路。兩個人住在一起只不過是省點錢，彼此照應一下而已，倒是我的老爹……眞傷腦筋。」

「頭痛，眞頭痛。」

「他如果這兩天打電話來，或者找人打電話來，就說我不在好了。酒店裏忙，你也是知道的。」

「誰？」

「我父親啊——」

「好，我跟老婆說一說，免得……」

F號

歐巴桑煮著飯，不時的探頭出來看李明的房間。他們這兩個年輕人處得還不錯。當初她說要給李明公子找對象的時候，李教授還是很躊躇。李明的年紀不小，二十八、九了，是該找個女人結婚生子。但是兒子那個樣子，怎麼找呢？他兒子精神有問題的事，幾乎很少人不知道。凡是有點身份、門戶相當的人誰肯把女兒許給李明？他曾努力過，但是兒子只有初中畢業，海軍學校退訓回來，有人要嗎？他爲此事和幾個多年好友交惡，李明的智商並沒有問題，醫生說是心理上的障礙。心理障礙是什麼？這麼嚴重啊？

歐巴桑從家鄉帶來了杏子，杏子姑娘雖然只有十九歲，小學畢業，但是她胖胖的身體，憨厚的笑容，害羞的表情，柔順的態度，卻使李教授非常滿意，贊成他們兩人來往。這會杏子到台北來玩，探訪歐巴桑，李明就負責招待她了。女方也很中意這門親事，李教授的門第令人羨慕，於是也就催促歐巴桑盡力撮合。兩人現在正在房裏，一切看來都不錯。

「你們有這麼多照片喔。」

「嗯，小時候到現在，很久沒有照了，都是舊的。」

李明把一疊相簿打開，攤在床上讓杏子看。

「這是輪船噢，你坐過輪船，好大喔——」

「是啊，去花蓮照的。」

「這戴太陽眼鏡，站在你旁邊的女生是誰？」

「她是我媽媽。」

「噢，你媽媽，好漂亮哦——我拿出來看好嗎？她現在人呢？」

「死掉了，癌症死、死掉了。」

「噢——這樣噢——」

杏子點點頭，很同情的噢了幾聲。她把相片翻過來，發現有一些用鉛筆寫的東西。

「這是英文嘛——你會英文。」

李明有點難堪，害羞的把照片搶過來。

「沒有，沒有，那不是，隨便寫的。」

「沒有媽媽很難過呵，心裏一定很傷心。」

「唔……」

李明白得幾乎透明的臉孔，漲滿了紅潮，口裏喃喃的唸著，把照片收了起來。房門外有人回來的聲音，是李教授。他提著公事包，精神奕奕的走進客廳，一面解開脖子上的領帶，一面喚道：

「歐巴桑！杏子來了沒有？李明呢？」

歐巴桑慌不迭地跑出厨房，雙手拿起圍裙擦著手。

「來了，來了，五點鐘的時候就來了，她和李少爺在一起。」

「嘿！來了啊——」

他大步的走到李明的房間，李明和杏子聽到他的聲音都站了起來。

「你來啦！好好好，坐車累不累啊？李明！你怎麼沒有招待人家，人家好不容易來一趟，你看你這樣子。」

李明垂著頭，眼睛不知看向什麼地方。杏子紅著臉，羞澀的笑著。

「不累，不累，李先生有招待我。」

「知道人家要來，房間也不打掃一下，你看東西亂丟，你看你這幾本相簿擺在這裏幹什麼？」

說著李教授就動手去拿相簿，把它們歸回原位，李明也幫父親遞相簿。

「你就是不聰明，凡事不肯用腦筋。」

李教授擺好相簿，發現地上擺了兩只箱子。

「這是誰的箱子，怎麼可以擺這呢？這樣進出多不方便。」

「我的，那是我的啦，暫時……」

杏子急忙的說。

「噢，是你的啊，李明你看看你，也不替人家想一下。這箱子要擺那，不能放這兒啊？嗯——我看……」

「來來來吃飯嘍，吃飯嘍——」

歐巴桑喊。

「好吧，好吧，我看我們大家先吃飯好了，杏子的肚子一定餓了，坐那麼久的車子，來來來……」

「不好意思，李伯伯我老是來打擾你。」

「那裏的話，歡迎你來，隨便一點，把這裏當做你自己家一樣看好了。咦——李明你怎麼站在那兒不動，招呼人家啊——」

「噢，噢，走，走，我們大家一起走。」

到餐廳裏，杏子去幫歐巴桑端菜，擺碗筷，李教授去房間換衣服，李明木訥的拉張椅子坐下來。杏子向他微笑著，替他在身前擺好一副餐具、毛巾。

「我們吃過飯去看場電影好了，全家都去……」

李教授換好衣服便走進餐廳，李明看他來，慌忙的起身。

「咦——坐啊，杏子，你是客人，來來，坐下坐下，歐巴桑一個人可以啦。」

「沒有關係，沒有關係，馬上就好了。」

「李明，你怎麼坐在這裏發呆，我看看你的手洗了沒有?」

李明眨眨眼，不說話，把雙手攤開來，放在父親的眼前。

「很乾淨，很乾淨，眞的很乾淨。」

「乾什麼淨，你沒有洗就是不乾淨，快去洗!」

李教授凌厲的眼光盯著他看。李明垂頭喪氣的走出餐廳，去洗手了。

一會兒菜都上來了，四個人坐好，李教授不住的給杏子挾菜，她的碗堆得像座小山。

「對了，你今晚要住在那裏呢?是住歐巴桑家嗎?」

「嗯——還沒有，還沒有說好啦。」

「我看這樣好了，看完電影再說，要不住我們這裏也可以，你可以住李明的房間，沒有問題。」

「噢——」杏子偷瞧了李明一眼，他面無表情的吃著飯，沒有什麼表示。

「好啊，好啊，年輕人在一起較有話說，和我這老太婆在一起太沒意思，年輕人有年輕人的想法——」

「李明，你聽到了沒，唉!我這笨兒子，每次我都被你氣得腦袋瓜充血。李明，去，去給我拿藥來——」

李明放下筷子，去找父親高血壓的藥。李教授愈看杏子愈覺得高興，整個臉都是紅的了。

G號

范橫生躺在車盤底下，滿身大汗的拴好最後一顆螺絲釘。他慢慢的爬出來，歪起肩頭擦了擦一下臉上的汗水。後車廂安上的瓦斯桶夠牢了，不再搖晃。彎身把墊在地面的報紙、椅墊拿起來丟進後車廂，猛的關上後車蓋，拿條抹布擦了擦手上的黑油。守望相助巡邏的孫先生，搖搖擺擺的朝他走來，范橫生瞧見他向他點點頭，在一隻大水桶裏揉了揉抹布，開始擦起車體來。

「喂，范先生啊，我說你這個車開了不少年了嘛——」

「是啊，三、四年了，還能跑得很哩。」

「是啊，只要保養得好，沒有問題的，你很照顧它嘛，我看你常常擦它。」

「不好好侍候怎麼行，一家人靠它吃飯哩。」

「你有幾個孩子啦？」

「兩個，還有幾個，兩個就夠受啦，拚老命在賺錢哩，老婆肚子又大啦。」

「你還年輕嘛，沒有問題的。你是住健康公寓A棟四樓靠右的那間是吧！」

「G號，是啊，你都很淸楚啊。」

「嘿嘿，職責所在，職責所在。你們那間房子是不是有對夫婦在做拖鞋加工啊？」

「不是，只有黃先生做。那個女的不是他老婆，是他的……。黃先生每天晚上去擺地攤，都是些小孩的鞋子啦。」

「生意還好嗎？」

「看起來還不錯，房子就是他的啊。」

范橫生擦完門窗，再擦擦車頂。

「嗯……我剛才好像看到，你把汽車的油箱拿到樓上去了呢。」

「唔——」

范橫生停了一下，眼珠一轉。

「昨天公家檢查車子啊，不把油箱裝上怎麼行。」

「用瓦斯好久了啦？」

「一陣子嘍。」

「聽說用瓦斯，車子的力量差很多啊，是不是？」

「不會啊，那裏，差不多啦，爬坡差點勁。」

「你有沒有想過如果出車禍的話，我是說要是你的尾巴被人撞上……」

「哎啊，你這就不懂了，假使出車禍要爆炸燃燒的話，汽油反而比瓦斯更容易著火，要死死得更快，外行人才會害怕，其實安全得很哩。」

范橫生乾脆不擦車子了，一手拿著抹布一手比著手勢，向穿著制服、皺著眉頭、晃著腿的孫先生說。

「眞的嗄——唔……」

「我有兩個孩子要養，老婆肚子又大了，我要付房租、保養車子，付這個稅那個稅，貸款買房子，沒事被開張罰單，要是我用汽油的話，每月賺的錢剛夠吃飯，沒有希望，一輩子都要住人家的房子，要是我用瓦斯的話……」

「省了很多，賺得也多。」

「兩倍哩，哈哈，說眞的也不是說我不守法，怎麼樣啦—我們這些小市民比那些鑽法律漏洞，賺黑心錢，吃人不吐骨頭，一弄就是幾千萬的奸商好多了，我這算什麼？那些人才該抓該罰，找我們這些可憐兮兮的幹什麼？」

「嗯……你還是要當心一點哦。」

「除非有人告密，檢舉我，否則我想應該不會有什麼事才對。」

范橫生向孫先生瞧了一眼。孫先生的嘴巴變成一條直線，繃著。

「抓一次也沒關係啦，一千多塊我還付得起，算算還划得來，哈哈。」

孫先生無趣的背起雙手，搖搖頭。

「你們這些開計程車的啊，難怪人家印象那麼差。」

他一邊說一邊走開。

「孫先生，再見啦，需要車的時候說一聲，馬上就替您服務，哈哈，保證安全可靠的——」

范橫生回到屋內，黃先生的兒子黃子玉剛好坐在客廳裏，正在把一把電吉他放進袋子裏。

「小黃，哪，這包菸給你。」

范橫生從口袋掏出包菸，丟給他。

「喔，不抽了，戒了，戒了。」

黃子玉搖搖頭，把菸遞還給他。

「喲，怎麼了，戒菸了，你學好啦，眞難得。」

「唉，不好意思，上禮拜被記了隻大過，我五年級了，再幾個月就畢業了，被退學不太好。」

「嗯——」范橫生點點頭，心想這傢伙大概眞正長大了。懂事多了。前幾年不是打架就是偷東西，在三流的專科裏鬼混，成績差得一塌糊塗，他老爸爲他傷透腦筋。黃先生老婆死了，在外面女人不斷，又不娶回來，難怪兒子討厭他。父子倆一見面就吵架。

「我現在專心搞樂隊，老頭不支持，老是罵我，總有一天我會搞出名堂給他瞧瞧。」

「好啊，可是不簡單啊。」

「放心，我有計畫，等著瞧吧。嘿，老范我要回去啦，那天我把我的班子，那批兄弟找來，表演一段給你聽聽。」

「怎麼，回學校。」

「走了，我們這個『黑色敵人』樂團，一定會搞出名堂來的。」

黃子玉拎著吉他走出公寓，口袋裏揣著李明給他的一千塊。李明是他的好兄弟，李教授不准李明和他這種人來往，且常常罵他是敗家子，不良少年。但是李明卻對他甚好，他倆都一樣，是反抗的青年，是不被了解的一代，對這時代社會有滿腹的牢騷。原來他們並不相識，有一回李教授在樓梯間破口大罵，責備黃子玉可能偷了他一封重要的信件。黃子玉因此被父親狠打了一頓，且使得健康公寓人人都用怪異的眼光看他。那晚他接到一封由五樓樓頂上用塑膠繩垂下來的一封信。內容是他爲自己的父親行爲感到抱歉，並希望和他交個朋友。署名是李明。從此他倆就成了好朋友，無所不談，李明所具有的深刻的思想令他敬佩。「黑色敵人」樂隊的事李明很支持，並且聽過黃子玉錄給他的帶子。李明鼓勵他，並且寫了幾首歌詞要他去譜曲。黃子玉想起這位被半囚禁的，思想深刻的友人，不禁愁愴起來。他們是被誤解，被歧視的孩子。整個南風社區的人都用異樣的眼光看他們。其實他也同樣嫌憎這裏的人們。因爲他們都貪圖利益，男女關係隨便，缺乏公德心，沒有正義感，自私又骯髒，只會打擊年輕人，他垂著頭走著，走著，忽然忍不住的握起拳頭，哼起一首李明作的詞他譜的歌來：

我們都是憂傷的人
請給我們乾淨的心靈
你們不愛我
我怎麼愛你們
從來沒有人教我們怎麼愛
我期待你們愛我
正如我也想愛你們

讓我勇敢的愛吧
讓我光明的活吧

H號

吉屋租、售
有意者請電：九三一六五七四

健康公寓這批房子還沒蓋好的時候，這一帶還很荒僻，一間很大的克難的修車棚，一排陳舊的磚瓦房，空地，雜草叢生，道路不明顯。沿大水溝旁邊，搭蓋有許多違章建築。水溝旁的木造房子建得奇形怪狀，瀝青枕木做的梁柱，七併八湊釘釘補補的門窗，屋頂上鋪著一塊塊鐵皮、石棉瓦，這上面壓著磚頭、雞籠、塑膠布、瓦片。那時，住家有人賣早點燒餅油條、賣消夜麵點、滷菜。有人替人洗油菸機、通馬桶、打蠟、洗水塔。水溝旁也有幾棵枝葉稀疏的樹，溝內的流水永遠都是青黑色的，陽光照在上頭，只不過映出一片濛然而已。水面漂浮著穢物、泡爛的竹竿、死雞、塑膠袋。溝底是一層厚厚的淤泥，流水經常是停滯的很少移動。上下學的小學生們，喜歡朝黑髒發臭的大水溝扔石頭，互相威脅的要把對方推進去。這條大水溝確實令人很頭痛。

新社區剛成立，一棟棟公寓蓋出來，排水道未整好，泥土地交通不便，風沙飛揚。空房子常遭不良少年打破窗戶，強行闖入，在裏面睡覺，吸食強力膠，鬼混。新住戶也不時遭小偷。大水溝偶爾也有兩三名工人，愁眉苦臉的站下去，打撈裏面的東西，臭氣燻天啊，水流還是不通暢，顏色還是那般青黑，深沈得如同一聲猙獰的暗笑。逐漸，社區裏住進來的人愈來愈多，慢慢的他們也羣聚在一起，商量要解決大家共同的問題。健康公寓的王老闆是個熱心的人，他和老婆不辭辛勞的各家各戶去說明、勸告，要大家具名，共同出錢。

「大水溝的問題不是我們這一帶清掃就能解決的，你這邊挖乾淨了，上游的人不弄，垃圾髒東西還不是沖下來了，這水溝這麼長，沒辦法啦，要整個弄乾淨是不可能的，但總不能讓它這樣下去啊，我們要反映上去，找里長，找市議員，不行我找黨部，一定要解決，是吧？」

「前兩天陽光公寓張科長的家被偷了，鐵窗給剪斷了，損失慘重啊——洋酒幾十瓶、現金、金子……這個月是第三次啦！派出所也沒辦法，他們也有巡邏，人力不夠，注意不到死角。」

「那個高太太的大女兒你知道嗎?晚上上夜班回來,十一點多,走在巷子裏,你猜怎麼著,一個小太保搶她的皮包,還把她打傷,縫了好幾針,眞不得了。住四樓的范太太說她正好在陽台上親眼看到,嚇得都叫不出來。我不說出來,你們沒有人知道吧!是啊,大家都上班忙,那種事要發生在自己身上才知道,隔壁被偷了都不曉得,是啊,這也是沒辦法的,彼此不認識嘛——這樣好了,以後有什麼事你就到我店裏來問一下好了,有什麼事大家商量、商量。」

大水溝最後是蓋起來了,眼不見爲淨,一塊塊大的水泥蓋子,厚厚重重的壓了上去,不久後又舖上了一層柏油,竟然可以在上面行車、走路,久而久之人們幾乎忘了有這條大水溝的存在,新搬來的人們更是不知道有這麼回事。有的搬走了,有的好像發了點財,竟然用水泥磚頭蓋起房子來了,也有的空房的屋頂倒塌下來,看起來仍是那般古怪。清早有人在水溝上散步,把鳥籠掛在枝葉稀疏、根部埋在柏油裏面的樹上——這一帶僅餘的幾棵樹,聽聽那鳥在清早的籠內歡唱。南風社區的守望相助巡邏隊也成立了。他們由一羣尙稱健康的退伍老兵組成,他們盡忠職守,配備齊全。幾個月內這一帶新興的社區,由提心吊膽變爲心情穩定,各家各戶按月繳錢,就得到安寧的日子。有錢好辦事,有錢一切都好。王老闆的榮利雜貨店生意也是興隆得很。

公寓右側一條通往郊區的幹道，也是和市中心的主要聯絡道路，修修補補，挖挖整整，大概是因爲經費問題，或是當初設計問題，或是排水設施，或是產權等等的困難，搞了五、六年終於修通了。這一帶的房價節節上漲，人們不再抱怨路的泥濘，上下班交通不便，颱風下雨就淹水，道路變成河流。寬寬整整的大路宣布竣工，車輛在上面急駛，人來人往，不必要的天然物、阻礙都消失了。新的設施、計劃一件件的發展過來，十年來這裏的景觀已是大大不同。

清早，公寓巷道裏就會有推車的小販叫賣，賣豆腐的、饅頭花捲的。稍晚就有流動的小貨車載來一車的青菓蔬菜，賣菜的把車停在巷子口，開始呼喚，一些太太打開門，提著菜籃圍過來，挑啊揀的。賣豆花的擔子也來了。中午過後，是一位青年人騎著一輛黑色的摩托車，用錄音帶配合喇叭不住的重複播放，他賣甜粿、菜頭粿、紅豆粿，一遍又一遍來回的向樓房叫喚。賣烤蕃薯的，推著個熱烘烘的大泥爐，搖著發響的竹筒過來。再往夜裏，賣燒肉粽、臭豆腐、豬血糕的聲音響起。賣臭豆腐的老鄉脾氣壞，不准人挑剔他的東西。他的叫聲很奇特，好像一隻大號的布穀鳥。「咕——咕——咕——」的聲音不時在社區內迴響。

大馬路對面有個臨時市場，又窄又小，貨色少，髒亂得很，東西貴一成。攤販們把一條巷道佔去了大半。進進出出都不方便，但是因爲就在附近，方便，人們就都忍著點。

這裏一到夜晚就變成熱鬧的夜市了，燈火輝煌。麵攤、水果攤、海鮮、山產應有盡有，有錢就可以盡意的吃。夏天有楊桃汁、甘蔗汁、生啤酒，冬天就是香肉、各式火焗、炒牛羊肉。社區裏面的人都來這裏消夜，一直鬧到深夜兩三點才會收攤。攤販佔據的半邊馬路和人行道，一出太陽就發出古怪的腥臭味。有人看好這一帶的人們好吃、愛喝，大水溝蓋好，鋪上柏油變成路面後，他們也來了，佔據一角擺好桌椅，開始招攬生意，不料管區的警員不讓他們這樣做，開罰單給他們，他們來晚了，這裏已經不行了，等等看吧，或許將來法令變了又有希望在這裏做生意，現在可不行，有礙觀瞻。原來的，既然早來佔了位置就算了。到別的公寓社區去看看吧！由這條剛修好的大馬路下去，據說那兒靠山的坡地，正在興蓋幾千戶大公寓羣，趕快到那裏去看看，儘早找個角落下脚吧！要賺錢就得快。

南風社區的人們都喜歡在陽台上，一塊四方形水泥花盆中種點植物。有的種長春藤，有的種聖誕紅、鐵杉。有些人的家擺滿一盆盆的菊花、玫瑰、萬年青，從樓上吊下龍鬚草，有的乾脆架起花棚來，讓九重葛爬滿門牆。一年四季都有不同的花開放。健康公寓的花草比較遲些綻放，顏色深沉，因爲陽光無法直接照射，它們能活著已經不錯啦。每逢澆水的時候，樓下的人家要吃點虧。有時訪客、郵差、推銷員來，在大門下不免要被水淋到。

黎小姐房間的窗戶，正對著兩棟公寓的背後，每日她都瞧到令人不快的景像。背後一樓的塑膠屋頂上丟滿了垃圾、魚骨頭、空罐子，被風刮來的灰塵，樓上晒衣服不小心掉下來的襪子、衣褲、衣架，密密麻麻帶了褐銹的鐵窗，掛得五顏六色、亂七八糟的衣服。灰髒邪惡的貓在屋頂跑動。那是一片永遠沒法清理的角落。公寓裏有相當多的蟑螂，不管用什麼殺蟲劑、毒性多強的餌都沒有用，偶爾也會毒翻幾隻適應不良的，但是牠們還是夜夜出動，愉快的在廚房、垃圾桶中出入翻找；有時下班回家，打開門就會驚動牠，使牠在空中飛舞。夜晚醒來或意識模糊間也能聽到牠在紙上、塑膠袋中划動、嬉鬧的聲音。甚至也有一兩隻瘦勁機靈的老鼠會出現。

夏日暴雨或是颱風，健康公寓的樓梯就會進水，原因是五樓平頂的排水不良，水管被髒東西阻塞；五樓的木門壞掉了，也沒有人修理，風雨直接灌進來，樓梯間像整個被水洗過那般。二樓白順珠和大小姐的房間都會有水滲進來，由牆壁角開始陰溼，不一會就有水珠滴下來，慢慢的成爲一縷水流。這種情形還好不太多，而且修理起來好像很費事費錢，大約是樑柱或結構的問題，工人通常千請萬請都不願來，因此兩家人都沒太在意，只是在風雨太大的時候準備好水桶、拖把、抹布而已。一九八一年的夏季，南風社區竟然也淹水了，一樓的水淹到膝蓋這麼高，這種情況是從來沒有過的。王老闆的損失慘重，許多包糖、鹽、米都浸到水，垃圾桶飄走了一隻。也因爲這次水災，詹先生偷偷養在後院違建搭蓋廚房裏的三條豬，被發現了。詹先生眼看黃髒的水漲起來，關在柵欄裏的豬拚命嚎叫，他穿著雨衣，光著脚先指揮家人把放在地上的冰箱、電視、床鋪抬到高處。然後打開柵欄，扯著豬耳朵把牠們拉到二樓去。肥豬不聽話，不高興的慘叫，許多人都打傘出來看。詹先生揮著棍子打豬。大小姐隔著鐵門向他尖叫、抗議。還是守望相助的兩位老軍人有辦法，他幫詹先生把三條豬的十二條腿都綑起來，擺在四樓的樓梯間，嘴巴塞了布團，才暫時止住了牠們四處的竄動，擾得全公寓不安寧。

四樓的范太太帶著兩個既興奮又害怕的小孩，指著躺在地上掙動不已的肥豬，高興的笑啊叫的。

范橫生趁著都市各處淹水，各路公車停開賺了一大筆。不過也因爲經過郊區某處水深的地方，排氣管進水，汽車拋錨。在又溼又冷的車廂內過了一夜。

水退去後，大家在榮利商店談一談，慰問慰問王老闆，一致認爲是最近山坡地開發得太厲害，土壤流失，水土保持做得不好，以致山洪直瀉而下，害得這裏都淹了水，往後的日子令人躭憂。至於詹先生的那三條肥豬，因爲大家的一致抗議，認爲破壞環境衛生，逼他賣掉了。

健康公寓這棟樓，原來是有個藍漆木門的，木門上有一個對講機，從二樓的C到四樓的H。不知道什麼時候門就壞了，整日的開著，兩輛重型的摩托車，一部小的玩具脚踏車擺在那裏，門是關不上了。樓梯原來白色的牆壁噴滿了一格格紅的、藍的漆，大都是搬家、清洗馬桶、修理電器的廣告，雜亂繽紛。樓梯間的電燈倒是維護得很好，晚間都是亮著的。

歪斜的灰藍的木門上有六個古銅色、像半張開嘴唇樣的信箱。每日各家的信箱都不會空著，銷售房屋的廣告、托兒所、幼稚園的傳單，美容、健身補習班的宣傳品，五花八門推銷大部頭圖書的DM、電話費、水電費、各種稅務的通知單，要不清理，幾天就堆滿了，再也塞不下了。李教授的信箱獨自加了個鎖，他的東西都很重要，不能讓小孩子拉出來亂扔。

E號

「喂？你找那位？」

「請問有一位吳金火先生在嗎？」

「吳金火？我們這裏沒有這個人啊，你打錯了。」

「喂，喂，你等一下，他是在××酒店當經理的那個。」

「噢——你說丹尼爾啊，他不在。」

「不在？那他的女朋友在嗎？」

瑪莉蓮正好坐在客廳裏吃麵包喝牛奶，看著介紹歐美最新流行服裝的雜誌，廚師太太朝她看一看，比了比手中的電話筒，瑪莉蓮馬上向她搖搖手。

「喂？請問你是那裏找她。」

「我這裏是吳先生老家的人啦，他父親的病可能不太好了喔，他父親要找他。」

「這樣啊，你等一下我去看看她人在不在房間。」

廚師太太掩住話筒向瑪莉蓮說：

「丹尼爾父親的病好像很危險了喔！」

「老一套了，跟他講我不在，我會跟丹尼爾講。」

「喂？對不起，我敲她的房間，沒有人在，大概是不在喔。」

「……好，好吧。」

忽然廚師的房間傳出一陣「呀——呀——」的哭聲。

「哎喲，哎喲，趕快去吧，你的女兒哭啦。」

瑪莉蓮說。廚師太太急忙的跑進去。

晚間十一點半。

丹尼爾和瑪莉蓮說說笑笑，愉快的打開門進來。室內原來是一片黑暗，廚師太太穿著睡衣，慌忙的走出來隨手打開客廳的燈。

「丹尼爾、丹尼爾！你家剛才有人打電話來，說你父親很不好了，要你馬上回去。」

「噢——這樣啊，他們怎麼不打電話給我，我在酒店啊——」

廚師太太和瑪莉蓮交換了一下眼光。

「我看你最好還是回去一趟。」廚師太太說。

「這樣啊—好吧。」

丹尼爾走到房內，換了件衣服。

「瑪莉蓮，明天幫我打個電話，跟他們說一下好嗎？」

他出門不到十分鐘，電話鈴響了。瑪莉蓮出來接電話。

「喂，請問找那位？」

「噢，眞的啊，哎喲，什麼時候過世的？眞的啊？——丹尼……吳先生已經回去了。他剛剛才知道這個消息說他父親情況不好。不知道，他不知道他父親過世了。好……好。我知道……好，再見。」

「怎麼了，他父親死了啊？」

廚師太太問。瑪莉蓮覺得她這個人有點無聊，丈夫走了，就不知道要怎麼活，整天呆在家裏抱著她的嬰兒，很喜歡管他們的閒事。

「去世了啊，就是剛才十一點多。哎喲，丹尼爾這下可頭大了。媽媽、大哥、妹妹把爸爸交給他照顧。這下死了。好好的人這下死了，你看要怎麼交代呢？」

瑪莉蓮想了一下，匆忙的走回房間。廚師太太坐在沙發上，白天她睡了太多覺，這會睡不著，腦子又有點迷糊。瑪莉蓮換了外出服，手上拿了件外套，向她揮揮手。

「我去車站找他，告訴他這件事。」

「咦——他不是已經回去了嗎？」

「那個傢伙不一定，有時候跟我說要回家，可是跑到別的地方鬼混，要是有人打電話來，就說我們回老家去了。謝了。」

「好……好，他是不是去賭博啊？」

「不知道，我要走了，再見！」

「再見、再見。」

F號

「李先生，我想回去了。」

「回家？嗯——怎麼搞的，你才來幾天嘛。對了，李明！」

李明溫順的走過來，眼睛不知看向什麼地方。

「你爲什麼又去理髮了，現在那有年輕人剃光頭的，你是怎麼搞的。噢，杏子你先坐下來。來來，坐下。我們聊聊，眞抱歉，我學校的事很忙，沒時間陪你。」

杏子眼中帶著委屈、怨尤的神色看了看李明，一聲不響的坐了下來。

「這幾天不是李明陪你去看電影，到郊外去玩的嗎？」

「唔……」

「李明！你怎麼搞的，鬧得人家要回家，你到底想怎樣？招待人家都不會啊？什麼都要我告訴你才會是嗎？是不是錢不夠，我給你的那些錢呢？」

「錢，錢，還有好多，在，在……」

李明結結巴巴的說。

「還有好多？你剩那麼多幹嘛？去玩啊，花啊，你怕什麼！」

李教授看了看低著頭，眼淚欲落的杏子，再看看站在那裏一副死樣子的李明。

「好了，好了，你先回房去，我有話對杏子說。」

李明鞠了一個躬，回房去了。

「杏子。」

李教授的聲音變得非常柔和。

「我跟你講，我對你非常滿意，下個月我就去找歐巴桑到你家提親，我很願意你做我家的媳婦。呃……」

杏子臉紅了，仍是低著頭。

「要是李明什麼地方得罪了你。呃……或者是對你不太……呃，就是說，我是說，現在的年輕人和以前不太一樣。呃，有些觀念比較開放，所以……」

「……」

「那麼這樣好了，你們兩人的事，一切由我做主，你放心好了，我絕不會讓你吃虧的，你在這裏再待兩天，過兩天我叫李明送你回家好了。你看怎麼樣，嗯？」

杏子點點頭。剛才李教授講話的意思她全懂，可是她難過的不是這個。因爲她發現李明好像不喜歡她，對她的身體竟然沒有興趣，而且有意的迴避，在很多時間和機會，她向他暗示或主動的製造機會，他都沒有任何反應，沒有表示。這眞傷了她的心。

她站起身來向李教授點點頭，慢慢的走到李明的房間去敲敲門，李教授給了她一個安慰和鼓勵的笑容。她和他住在這個房間已是第五天了。這是李教授有意的安排，歐巴桑也沒有說話，只是要她小心不要懷孕。

李明坐在床邊發楞的看著她走進來，杏子不說話，反身把門鎖上。背著李明，安靜的把衣服脫掉，換上睡衣。李明看著她，她走到床邊，拉開被單躺了進去。她把臉孔朝外，側著身睡了。好一會，李明也關掉燈，睡了進去。他沒有任何反應。杏子緊閉的眼皮，湧出一顆淚珠，慢慢的滑落下來滴在枕頭上。隔棟的公寓傳來鐘響，……十……十一……十二。好一會，她幾乎要睡著了，頭腦模糊，胡亂的想著各樣的事情。她感到床鋪在搖動，輕輕的搖晃。她微微的側過頭，睜開眼睛，她看到李明腰下的被單在不斷的起伏。她恍惚知道是怎麼回事。李明也發覺她是醒著的。杏子在黑暗中依稀的看到一雙凌厲、憤恨的眼珠。

G號

深夜一時，范橫生拿著水壺，一隻裝錢的餅乾盒，和一個裝滿雞肉的塑膠袋。疲倦的回到健康公寓，范太太在等他。

「阿枝啊，你看土雞肉，去弄弄吧。」

「你買了這麼多啊？要不要叫小孩子起來？」

「不要，不要，那麼晚了，明天你再弄給他們吃。」

「生意好嗎？」

「這是你的錢，一千八百塊！嘿嘿—笑了，錢多你就笑了。」

「去你的！」

范太太打了他一下，點點錢，收好。把雞肉拿去爐上燉煮。在廚房餐桌上擺好副碗匙，范橫生洗完臉、脚從浴室出來。

「嘿！眞香，他媽的，活該老子發財！這不是我買的，在車上撿來的。」

范太太又打了他一下，向他呶呶嘴。

「怎麼，姓黃的還沒睡啊？」

「你這雞肉怎麼來的啊？」

「我載了兩個客人和兩個臭女人，從北投到中山北路。四個人都喝得醉醺醺的，不幹好事，下車的時候，把這包東西忘了。媽的我看到了也不叫他們，一關車門就開走了，該我發財啦！」

范太太用大調羹舀了一碗放在先生的前面。

「黃先生說他兒子畢業了，要他搬回來住。」

「搬回來住，住那裏啊？難怪我剛才看到房間門口堆了一堆東西，他在淸東西啊。」

「黃先生問你的意思怎麼樣。」

「問我？還用問我啊，想趕我們走啊？」

范橫生沈吟了一會，端起鷄湯大聲的喝起來。

「我們要不要去找房子搬呢？」

「哼！沒有那麼容易，當初簽約了啊，簽到今年年底，還有兩三個月啊，他不能趕我們走，法律是保護我們沒有房子的人的。」

范太太靜靜的喝著她的湯。

「不是我不想搬啦，你肚子大啦——我們又有兩個小孩，現在的公寓都不肯租給有小孩的人家。當初我們會搬進來，還不是他這房子租不出去，客廳亂七八糟的。」

「找找看好了。」范太太說。

「嗯……」

「我們預訂的那間房子蓋得怎麼樣了。」

「還不是那個死樣子，才蓋到二樓，我們的五樓還早咧，而且……而且……」

「怎樣？」

「可能有問題，聽說……有點週轉不靈……呃——」

「眞的，會不會，你要去看看啊——我的金子手鐲都賣掉了啊，房子要是有問題……」

「嗯，他們要是坑了我，老子非捅他們每人一刀不可，我的血汗錢。坑了我，我非宰了他們不可。」

「碰！」范橫生猛的拍了一下桌子，范太太困難的嚥了一下口水。

「明天我跟房東談談，他得給我時間找房子啊，總不能明天就叫我搬吧！」

范橫生又盛了一碗雞湯。

「眞不錯，有錢什麼都好，女人、房子、轎車，什麼都有。嘿！對了，明天不想跑了，我載你們出去玩。」

「去那裏啊？我沒有……衣服好穿。」

「媽的，隨便啦，我載你們去海洋樂園看海豚表演，好不好啊？哈哈哈，小子他們一定樂死了。」

C號

「英雄，我看我們把房子賣掉好嗎？這裏我實在不想住了。」

白順珠向丈夫說。

「這個……再說好了。」

「我去上班，同事都說我現在的臉色很可怕，身體一直瘦下去，眼眶整個都黑了。」

「你不是去看過精神科醫生嗎？」

「沒有什麼用，只是拿了一些藥而已，沒有用，我自己託人去買了一些別的藥。」

「我今天和總經理吵了一架，心裏也不高興。」

「怎麼了？」

白順珠趴到先生的身上說。

「最近我們公司的業績直線上升，我認爲我們業務科的策劃和執行佔了很大的因素，我要求加薪，或發獎金，結果總經理批不准，但是總務科的人卻發了一千塊，太不公平了，眞想辭職不幹算了。」

「不行，不行，你怎麼能不幹呢？你不要忘了我們要環遊全世界的計畫，忍耐一點好嗎？」

白順珠吻了一下她的英雄，伸手去床頭拿了瓶藥，打開罐子倒出三、四顆，放在嘴裏，閉上眼吞了下去。

「我始終搞不清楚你在吃什麼藥，我看你好像一天沒有這個就不行。」

他的手臂環著她，白順珠側過頭，躺在他的身上。

「我們要活著，快快樂樂的活著，不要任何人打擾，抱我、抱我，抱緊一點。」

英雄疲倦得要命，他的工作太繁重，回家已經沒有什麼興致了。但是白順珠從他一進門開始就一直纏著他，要他緊緊的摟住她，和她做愛，她變得異樣的飢渴，有時候一個晚上要來兩三次，他實在感到疲於應付。沒辦法得到適當的休息和睡眠，他想拒絕或推開她。可是看她那副楚楚可憐，無助的樣子又忍不下心。

這幾日工作不順心和競爭對手太強的問題，使他不禁對生活感到厭倦。換個工作吧？或是換個居住環境。——他剛才向白順珠講的情況，實際上並非如此。上個月公司新進來一位副理，這人的儀表口才都好，能力又強。上個月的銷售策劃其實是出自新副理的腦子。他自己幹業務副理已有五年的資歷了，眼看就有可能平安的升上經理，沒想到突然冒出了這麼一個傢伙。總經理不時的打電話找他，關上門和他密商；公司很多新計畫，還是透過他，自己才知道的。人人都在稱讚這個月銷售成績時，他都很難堪，有意打斷別人的談話，滔滔不絕的向人分析、暗示，認爲主要的功勞都可能在於自己的執行經驗，和各方面的關係夠好。但是從人家不以爲然的表情看來，自己每說一次，就會渾身汗溼，是有理由的。

A號和B號

榮利商店的老闆娘是喜歡活動的都市媽媽。白天一早她參加南風社區的媽媽土風舞、太極拳研究會。晚上則是插花社、烹飪班，她熱心公衆的事情，也是這一鄰的鄰長。

人人都認識她。除了健康公寓這棟樓的女人外，每棟樓的太太、小姐幾乎都有參加她的組織。老闆娘人緣好，大家都喜歡到她這兒聊天，有好幾戶人家曾經想過要另外開間雜貨店，做點生意，但總競爭不過榮利商店。老闆娘也滿有犧牲精神的，常常給小孩點糖，借人家點錢，賒點帳。偶爾停水時，她也願意讓大家到家裏來提用馬達抽出來的地下水。排解家庭糾紛也是她拿手的本領。也許有很多人住在對面幾年都不相識，但是講起她，都是熟得很。老闆娘可是好人啊，從來沒和誰結過怨，生過氣。唯一一次她發了脾氣，和一、二、三、四樓的人都眞正生上了氣。那次大家都有錯，怪不得她。那回是因爲不知那樓的抽水馬桶壞了，水管堵塞，結果穢物都湧向他們家的廁所，怪了，只有他們家的馬桶咕嚕有聲，而且溢出來，流了滿地，一樓嘛，吃虧大了。她找了大家來修，鬧了好久，大家都不肯承認是自己的錯，不肯拿錢。最後老闆娘請了工人，重頭到尾清理了一次，結果發現水管裏有菸頭、內褲、頭髮、報紙、手套、尿布。老闆娘戴著口罩，用一根棍子一樣樣的在糞堆裏指出來，那件是那家的東西，那樣又是誰的東西，她都認得，結果大家只好都出錢，除了詹太太家以外。

原因是這樣的。詹先生發覺地下室實際上沒有任何用途，除了灰塵、垃圾和蜘蛛網沒有別的。以前裏面還躲過小偷，著過火。他和榮利商店的王老闆商量，既然地下室沒有用的話，不要讓有關方面發現，他打算來運用一下。

「呃……這個嘛——這裏的管區我熟，我想是沒有什麼問題的，空著也是空著。詹先生你打算做什麼用？」

王老闆飄動著眼珠問，他們都住一樓。

「我想擺點東西，當倉庫啦——每次我的工程啊，嘿嘿都有剩下東西，多出來的，買多了不能退，放在那裏被雨淋壞也算不合。」

「是啊，好啊，那就這樣吧，我想樓上的人不會有意見，你不拿來做生意就好，要做生意就不行喔！」

「不會，不會啦！我負責把它打掃乾淨，這樣啊，環境也比較衛生，大家的身體哪也會健康。哈哈哈……」

「呵呵呵……」

於是詹先生三天兩頭的就載東西回來，有時一天就回來好幾趟，他包裝得很好，看不太出是什麼；有時甚至是用三輪車載來一車車的鐵筋或水泥、三夾板。他給地下室安了個門，配了一付大銅鎖。王老闆看在眼裏，心裏不太是滋味。(這個傢伙怎麼手脚不乾淨啊？）他表面不說，可是有意無意在詹太太來店裏買東西的時候，說些試探性的話。

「詹太太怎麼？你們準備開建材行啊？」

「那裏，那裏有啦，那些東西都是人家不要的，我的頭家——」

「我看不見得喔，有些東西新得很哩，很值錢咧。哪！水晶米一包算一百二十塊好啦。」

某天傍晚詹先生笑嘻嘻的手叉著腰走進榮利商店。王老闆嘿嘿的向他咧咧嘴，沒說什麼，也沒掏出菸來請他。詹先生挺著肚子四處看看，然後向王老闆說：

「我看，你這裏需要重新粉刷一下喔，門口的油漆都掉了，牆壁太髒了。我那裏剛好有幾罐油漆，你要不要看看，我明天找師傅來給你做一下好了。」

「喔！那裏，那裏，不必不必，太麻煩了，這樣可以，很好，湊合湊合，不必啦。」

「沒關係啦，不算你的錢，大家都是好鄰居嘛，互相幫忙，互相幫忙嘛——」

「是——是，你太客氣了，呃……」

王老闆睜大了眼睛，不太相信的說。

「你說不要錢啊？」

「是啊，沒有關係，小事情，明天就來做，打擾你做生意，失禮失禮，我走啦！」

「那裏的話，等一下，哎，哎，來來來，詹先生抽根菸，抽根菸，怎麼剛來就要走。坐下，坐下，喝杯汽水好了。」

第三天榮利商店，裏裏外外容光煥發，面貌一新。牆壁粉白，「榮利商店」四個字精神抖擻，特別的顯眼。王老闆和詹先生經過了這次愉快的來往，兩人決定合作。詹先生地下室的建材，只要南風社區有人用得著，必然就有得供應，而且價廉物美。不多時，王老闆在巷道後的防火巷佔用了點地方，用三夾板、石綿瓦，搭了個擺空汽水瓶的小倉庫，王太太私下也要了批華麗的地磚，把家裏的地面改裝了一番。總之，他們兩家的感情是融洽極的。

D號

楊小姐因爲發現了那件山地人的寶物，在某雜誌上大大的出了一陣風頭，也賣了筆大錢。不過也並沒有造成婦孺皆知的轟動，她還是有些不滿意。大小姐了解她的野心，告訴她除了當電視、電影界的紅明星才有可能，造成她希望的那種轟動。她想想自己確實也沒那個條件，皮膚太黑、個子太矮。那怎麼辦呢？雖然她因爲那件寶貝出了點名，偶爾也會出席什麼文化座談會，保存民族文物演講會之類的活動。但是那些好像都太嚴肅，與她個性不合，而且自己也不是主角，去到那邊也只是重複的講，她怎麼發現寶物的故事而已。到後來她甚至連參加的機會都沒有了，人們已經沒有胃口再攬這些。她再去山上一段時間，也沒有什麼收穫，很是洩氣沮喪，她跟大小姐談，大小姐也沒有說出所以然來。

大小姐是不了解自己眞正想法的，她那麼恨男人，可是她卻不知道，一個女人要在這個社會成功，抓住男人的心是多麼重要的一件事。楊小姐抱著棉被在床上翻來覆去的苦惱了好久，男人她是懂得怎麼應付的，但主要的是還是自己要弄出一套來才行。某日，她突然想到了一個辦法，這個辦法必然能使大家的眼光重新投到她的身上來，而且會有更多，更多的羨慕向她而來。她決定去流浪了，撒哈拉沙漠已經有人流浪過了，她沒興趣。她的目標是南美洲、巴西，那些熱帶叢林、亞馬遜河、食人族、大魚、巨蟒。一位年輕的女人，在那蠻荒中，重重危險中流浪。或者是去到南北極，在那冰天雪地的世界，那兒有雪橇、愛斯基摩人，溫度是零下幾十度。她高興極了，立即開始進行準備。她在大學時代認識了許多的外國朋友，也有一些同學在國外，她和他們聯絡，決心要去闖一闖。

黎小姐弄不太淸楚楊小姐那個人在想什麼，說的話也攪不淸，只知道她說要去巴西，她跟著興奮，爲她高興。一起住了兩三年，她只有羨慕的份，楊小姐那種敢做敢爲的性格，她是衷心的敬畏的。黎小姐現在已不必躺在床上睡覺了。她每日的休息都是依靠打坐。寶禪寺的一位師父說，她有非常人的慧根，與佛法有緣。黎小姐丟掉了化粧品、裝飾物和花色艷麗的衣裳，樸素無華，說是已經歸還本眞了。她認爲以前自己會有那麼多痛苦，無明的業苦，就是在於追求不可及的享樂，在追求享樂之間產生了太多慾望，慾望便帶來煩惱，她現在要努力的是解脫煩惱。除了在健康公寓以外，她以得悟佛法之心，見人即傳佛的消息，勸人依佛的法旨而生，平日她拒絕一切聲色的享受，室內力求簡單，得空必然誦唸佛經，參加禪七、法會，甚至加入托鉢的行列，為寺廟化緣。大小姐是偏愛楊小姐的。她對兩人說：

「楊小姐，你回來後，必然可以是新時代女性的發言人，憑你的努力必然會使那些狂妄自大的男人們，臉上無光，扯下他們的假面具。你想想看，我們國內男人豈有一個敢去那麼蠻荒、原始的地方探險，有那樣的勇氣，現在有個堅強的女人要去啦，我看你們好不好意思，臉上掛得住掛不住。」

「黎小姐，你為什麼不向她看齊呢？搞那些佛經、法會的幹什麼，對社會、國家有貢獻嗎？那些人好吃懶做，其實是一堆廢物哪，寄生蟲！」

黎小姐低垂著雙眼沒有回答，她說不過大小姐，她必須為自己的修習盡力。逐漸的這些日子來，她在打坐冥想時，已能見到諸神的法像，體會到大歡心。她要搬離這裏，不想再受打擾，以致心神不寧；師父告訴她大小姐這種人，已陷魔道，是罪業所致，因果報應，要超脫是很困難的。搬家這事又讓她苦惱。她在都市已經換了六、七處地方，許多朋友、同事都因她一再換住所而失去連絡，使她的世界愈來愈寂寞、陌生。她在健康公寓住下，甚至連她父母都不知道，她實在也懶得再向他們報告自己的新環境、地址了。

南風社區的某間修補衣褲的人家，有個精神失常瘦高的男子，經常在社區內走動，他的左脚是跛的，只能用脚尖踮著一歪一斜的走，左手臂是倒反過來彎曲的，那手臂沒有壞的樣子，像是他故意如此扭過來的。他從來不曾給什麼人麻煩，若你到他家店裏，拿衣褲去請他們縫補，這男人還會很客氣的請你進來坐。聽說這男子原來在鄉下是好好的，來都市以後工作不順利，不能適應，就自己變成這樣的，左脚的跛是自己用棍子打的。他整天在社區裏晃來晃去，久了大家也就習慣了。健康公寓一樓的兩家，榮利商店的王老闆對他很頭痛，一見到他就大聲吆喝，轟他走。這男子見到他就既興奮又害怕一扭一拐的逃走。詹太太捉弄他的點子倒很多，有時候她把一大碗的綠豆撒在地上，這男人就會嘻笑著，很認眞的趴在地上一顆顆撿起來；有時就在地上畫了個白圈要他站在裏面，如果他聽話了，就給他糖吃。這男子也樂此不疲。四樓G號范橫生的兩個小孩，都學會了這個男子踮著脚尖，扭著手，歪斜著身體走路。有時他們爲了想得到詹太太好吃的糖，也願意站到白圈裏去。

健康公寓的人們也養些動物。李夫人活著的時候，養了一條棕色的狐狸狗——吉利。每早牠都會去抓李夫人的門，要出去大小便、散步活動。李夫人死了，牠好像很傷心，不吃不喝，生了一種奇怪的病死了。這樣也好，在附近的紅磚上，也少了處處黏人鞋底的糞便。

詹先生家的動物可多了，除了養過豬外，還養過雞、大型洋狗、鴿子。他現在養的是幾籠兔子。

黎小姐曾經在房內養過一對相思鳥，她把鳥籠裝飾得很漂亮，繫著紅彩帶，吊著風鈴，她偶爾彈起大小姐的鋼琴時，兩隻鳥便會不住的歡唱。可惜不久便死了一隻，另一隻不時去抓牠同件的屍身，悲傷的啾叫，她不忍心便放走了牠。連精緻的籠子也送給別人了。

范橫生的兩個兒子，有過一隻拖鞋般大的烏龜，據說牠可以活五百年。可惜養不到兩年，牠就被愈來愈重，愈來愈有力氣的小孩給踩扁了。他們吵著爸爸要再弄幾隻天竺鼠來給他們玩。

原來南風社區這一帶，是歸北極神宮所管轄的。這裏的人民歷代都祀奉此廟的神祇。近年來因爲土地所有人的變更，遷來許多流動的新居民。這批人來來去去，不甚穩定，不明瞭此地神明的法力，也無人代爲引見。祭拜的情形不太熱鬧。像健康公寓的詹太太仍信奉家鄉的王爺，每逢祭日即包車回鄉祭拜。王太太常在一座基督教路德會出入，其實並不信神，只借助他們的場地人力而已。黎小姐乃佛門子弟。近年來社區公寓內增加了兩個神壇，一個叫做混玄壇，一個稱做九天玄女娘娘黑壇，亦吸收不少信徒。范橫生帶太太小孩去參拜過，但覺得神靈設在公寓似乎沒有那個味道。而且似乎死要錢，拜一次大人小孩都三百塊，不太有意思，不再去了。白英雄是個無神論者，根本不相信那些東西，信得愈兇的人，他愈是瞧不起，認爲都是頭腦不清楚的傢伙。丹尼爾三年前曾經參加過摩門教，也經常和教會來往，但是一方面因爲工作忙，一方面他們似乎對他去美國的幫助不大，一陣後也逐漸疏遠了。

E號

瑪莉蓮整理了三隻箱子，有的背有的提，把東西全都搬出來。

「厨師太太，我現在要到朋友家住幾天，丹尼爾的媽媽、大哥、妹妹要回來暫時住在這裏。」

「噢，回來辦喪事，全部回來呀，那飛機票就要好多錢呢。」

「沒辦法啊——好了，我要走了，這兩包東西暫時不帶走，麻煩先放你房間好嗎？」

「好、好，你還會回來住嗎？」

「………」

瑪莉蓮走到門口，低下身穿鞋子。

「我會打電話回來，他媽媽的飛機下午六點鐘到。」

丹尼爾的鞋架上還有一雙白色的高跟鞋，她把它提過來塞進廚師太太放鞋的地方。

「我走啦！再見，我會打電話過來。」

丹尼爾和他的家人晚上十點才回到健康公寓。一夜之間，廚師太太都聽到他們爭吵的聲音。

C號

「喂，順珠嗎？」

「是，是我，你是英雄？你怎麼這麼晚還不回家，怎麼了？」

「呃……我有事，公司臨時派我到南部去出差，可能要三、四天才回來，我現在人在車站。」

「眞的啊，喔！你不要去，不要去啦！我怕，我一個人會怕！」

「我不去不行。我會儘快回來，你找同事來陪你好了。我的車來了，我要走了，我會打電話回家。咔！」

「英雄……英——」

英雄提著皮箱走出人潮洶湧的車站。攔了一部計程車，開到一家中下級旅館的門口。他決定要離開健康公寓幾天，他發覺自己的身體不知那裏出了問題，這個問題出在今天他上班的時候。順珠過度的依賴，糾纏他，使他疲憊不堪，早上他賴了一會床，到公司時已經遲了二十分鐘，他匆忙的趕到。總經理正和新來的副理，從電梯中一前一後的出來。沒法確定總經理是否看到他了。但是副理向他點了點頭，他向總經理打招呼他卻連眼皮也沒動一下。這也不是沒有可能的，人在匆忙間或是心中有事，有時會連照面而過的人都看不見。很可疑啊，他坐在辦公室魂不守舍的想這件事。他坐在那兒用手指敲打著公事，眼光注意向那位胸脯高聳的會計小姐。

（請她去喝杯咖啡好了，這女人對他一向很有好感，常常在他面前做出嬌媚的姿態，語氣誇張，她很需要男人，只要他想要的話，這女人很簡單的，現在就去找她吧！現在就去——）

他倉促的站起來，身體撞在桌椅上，碰的一聲大響，辦公室許多人的頭抬起來看他，包括那位會計小姐。他既然站起來了就必須走動，他看了看會計小姐妖媚的臉孔和肥厚的胸脯，忽然心虛了。他繃緊了臉從她桌前走過，要到那裏去？上個廁所好了。似乎有些尿意。他就是在那裏發現自己不對的。他發覺自己無法舉起，他扶著牆壁驚嚇不已，努力了一會，渾身冷汗直流，但是還是失敗了。不錯是陽痿。他洗把臉重新回到座位上，攤開一疊又一疊的公事，銷售策畫、案子。他覺得下身冰冷，生殖器不住在痿縮、退縮，最後好像消失了，縮進了他的胯間。他恍惚看到自己坐在牆角，拉開褲子像個小男孩，一面悽慘的哭叫著。

F號

李教授家種花蒔草的方形花台，自從李夫人死了以後就荒蕪了，只剩下一堆淡黃色的泥土，也沒有人著意它。不知那時泥土中竟長出了一株荊棘，混身長刺，紫黑的顏色如同隻毛蟲般的。沒有人在意它，它自在的活著、生長，逐日的蔓延成長。某一陣雨後，在極多銳刺裏竟長出兩朵鮮紅色的花。

李明和杏子的佳期已經決定了。一切從簡，兩人到法院公證結婚。在紅牡丹飯店宴請男方的親友，大約是五桌。女方在鄉下也辦桌，請親戚朋友大約有二十桌左右。杏子嫁給大學教授的兒子，在鄉下是極有面子、風光的事。女方的代表是杏子的母親，男方當然是李教授。證婚人、介紹人請的是在黨國、學術界享盛名的大老。F號房客廳正面，掛了一幅彩色八開大的結婚照。李明頭戴假髮，神情木然眼珠偏斜，和濃粧艷抹得看不出原來面目，面帶微笑的杏子靠在一起，照了這麼一張。李敎授夜半獨對那張照片，想起妻子，不禁也會流下欣慰、辛酸的眼淚。

李明在結婚前夕接到黃子玉來信，祝福他有個人愛他，並要求他在這種狀況下，爲健康公寓的人們作一首歌詞，他要爲這些人演唱。

H號

范橫生和H號的房東談這間房子出租的情形，正好黎小姐也上來想打聽一下。

「范先生要住的話也可以，我這房間是整層出租的，錢照算，而且你有兩個，呃……快有三個孩子了嘛。你住我這要是牆壁被畫髒了，電燈打破了，家具損壞了是要賠的。」

「這樣啊，不能只租一間啊？」

「沒辦法啦，水電費你都要自己付，我住很遠，一個月過來收一次錢。」

「這樣啊……」

「喂，這位先生，你要租這間房子啊？」

「是啊，我沒辦法，租不起一層，怎麼，你也要找房子嗎？」

「是呀，這樣好了，我要一間，我們合租好了。」黎小姐說。

「眞的啊，那好，價錢我們家多付一點沒有關係，我們人多嘛——嘿嘿。」
「房東，你讓我們看你的房間好嗎？」
「好啊，我來開門。」
「咦，這位先生你好像是住四樓的啊？」
「是啊，你也是住這裏的吧，你住二樓是嗎？」
「哈哈哈，住在一棟樓，竟然不認識。」
「房東，怎麼家具這麼少，只有這張沙發，一張桌子啊，而且好像很舊了。」
「有些房子出租根本什麼都沒有。」房東說。
「這位小姐以後大家就住一塊了，我小孩很吵喔。」
范橫生不理這位看起來很刻薄的房東，和黎小姐聊起來。
「沒關係，沒關係，這樣才熱鬧哩。」黎小姐用著溫和沈靜的聲音說。

E號

「喂，請問……噢，你是廚師太太啊。」
「是的，你是瑪莉蓮啊。」

「丹尼爾有沒有打電話來找我？」

「嗯—沒有、沒有，沒有你的電話。有很多人打電話找他，他哥哥、妹妹住在這裏，一直吵架，只有他媽媽哭而已。還有很多客人來，說他爸爸死得好，早點死掉比較好。」

「丹尼爾眞的沒有打電話找我？」

「沒有，呃——眞的沒有，他們好像一直在談金子的問題，他們好像帶了金塊回來賣的樣子。」

「氣死我了，那我不回去了。唉！好吧，過兩天我去把放在你那裏的兩箱東西拿回來，麻煩你了。」

「那裏，那裏，過兩天你要來啊。」

「對了，如果他家人問起我，你就說不知道好了，不要說我住在那裏。」

「好，好，我知道。你不要跟丹尼爾去美國啊？」

「我自己會去，我自己有辦法去，你放心好了。」

D號

大小姐登報紙，想把房間租出去。雖然來看的人不少。但是大小姐中意、認爲可以的幾乎沒有。事實上她也不在乎，空著就空著吧。有時她在路上或是樓梯間看到活像尼姑般的黎小姐。她立刻就變了臉，不搭不理，連罵都不罵她一句，左肩在前急急的走開，像碰到向她搭訕的男人一般。黎小姐幾番想和她說話都沒有辦法，依佛法來說她們是沒有緣份的人。她還有幾本書還沒還給大小姐，她不理她，沒可奈何，她只得把書用紙包好，塞到D號的門底。沒想到被范橫生的大男孩小子順手偷走了。黎小姐第二天經過沒看到書，感到心中很自在，覺得並沒有對不住她，沾她的福份。大小姐心中卻是記恨這件事。在她寫給遠在南美洲的楊小姐的信中，還不時提到。

黎小姐和范家五口住在一起，還算融洽，由於黎小姐苦口婆心的勸說，范太太也開始吃起齋來，為天天奔波於馬路的范橫生祈福，保平安了。

C號

白順珠某日下班回家，來到南風社區，忽然看到一位女人穿著火紅的旗袍，從巷子中迎面向她走來。她大喊一聲，丟掉手中的皮包，向後跑了幾步便昏倒在地。幾個路人走過來扶起她，拍拍她的嘴，白順珠昏糊的醒過來，全身僵硬，用手指著那條巷子尖聲的慘叫。

「我看到她，我看到她了。她穿了那件旗袍，我丟掉的那件，我又看到她了。」
人家招來了一部計程車，送她上醫院。
「是想她媽媽的緣故啦！」
「是啦，眞是孝順的孩子。」
兩位南風社區的老太太說。
失業在家的白英雄，煮好飯菜擺在桌上，等待太太回家，不知太太被抬到醫院的事。

尾聲

新的一年即將到來。榮利商店的老闆娘應黨部的召示，積極的發動媽媽土風舞社、挿花班、烹飪班的婦女同胞們，準備去參加七十一年元旦在總統府前廣場，舉行的萬人升旗典禮，可忙得很。

因爲連日陰雨的緣故，李家花盆中那條荊棘，竟然發霉了。白色霧狀的黴菌爬在它的身上，要是繼續下雨，這荊棘可能會被泡爛，因水份過多而淹死。

黃子玉畢業回家，住進健康公寓後，帶回一整套樂器，不時有幾位長髮、神情委靡、服裝怪異、表情誇張的朋友來找他。幾人聚在一塊練唱，從喉嚨中發出古怪的聲音，有的很悽慘，有的很興奮，有的就像動物的喘息。兩人彈吉他，一人彈電子琴，黃子玉自己打鼓。他們不時聚會，哼啊唱的，一段一段重複的練著。詹先生家新養的一隻大型秋田犬，每次聽到他們的合唱，都會直起脖子跟著咿～嗚～。除了范橫生的兩個小男孩外，經過健康公寓的人，仰起臉聽了一會，都搖頭說不好，唱得難聽，鼓點節拍不準，歌詞意思模糊。這天，他們覺得練得差不多了，便把樂器通通搬到五樓的平台上，裝起一架強力的麥克風和喇叭，咿哩嗚嚕朝著青色的天空唱這條歌。巷子內擠著人們，小孩高興的拍手。巡邏的孫先生皺著眉頭搖頭，無事的或買菜的婦人們有趣的瞧著，指點著說。三樓F號留著小平頭，臉色蒼白的李明，咬著下唇，站在窗前，跟著打拍子，哼著。挺著七個月身孕大肚子的杏子，忙進忙出的照顧坐在輪椅上的李教授。前幾個月李教授因爲各方面的傑出表現榮升爲商學院院長，可惜不幸的事竟然發生了，他公私繁忙，太過勞累，沒注意到血壓的問題，在辦公室中突然就歪了嘴，中風了。還好情況不甚嚴重。

歌聲，音樂聲響起，由健康公寓五樓向四處播放出去：

哀愁的人要流淚
憂傷的歌唱

若是忘了怎麼做
重新來學習
驚人的歲月
迷人的城市
快跑難免摔倒
旋轉不免迷失
想想去那裏
唸唸我是誰
哀愁的人要流淚
憂傷的歌唱
若是忘了怎麼做
重新來學習
愛使人勇敢
愛使人健康
我們將要來臨

希望將要來臨
舊土地
要住新生民
要住新生民
……
……

——原載一九八三年四月《中外文學》十一卷十一期，一九八一年十二月初稿，一九八七年六月修訂稿

東魚國戰記

這是某世代裏一座被稱爲東魚國的大島，所發生的戰爭記錄。當事情發生過後，它就變成歷史，在這整個過程中，我不知道你得到怎樣的結論。

東魚國的長老光裸著身體，面帶微笑的從洞穴中彎著他佝僂的腰走出來。他混身上下都是一道道一縷縷的傷痕、創疤，疤痕有的已經剝落，有的正淌出鮮血，有的已經再三受傷，皮翻肉裂，慘不忍睹。

「親愛的你，用不著擔心東魚國現在的局面。何必那麼恐懼、煩惱呢？從遠點的時代來說，東魚大島和附近的大陸塊是相連的，那時候這裏還是溫帶氣候，猛瑪、巨象、犀牛、虎豹、水牛在島上快樂生活、繁殖，歷經數十萬年，人們僅是生物羣中的一種。後來地層下陷了，海水浸過來，天氣逐漸熱了。大動物們慢慢的在進化過程中遭到淘汰。人們死了一羣，又一羣，忽爾又來了一批，繁盛了幾千年。活下去的佔著一角，生老病死。地面上升，海水退去……。近一點來說，許多種族都曾領有這島，太平洋列島上的人種羣，東強人來了，西強人來了。都領有過這島，打打殺殺，發生了一些可歌可泣的故事，很多人以爲自己才是這裏眞正的主人。但是這島還沒上升或下降一公尺，那些說大話的君主們已經像灰塵一樣消失了。大島仍舊像一尾自在的鯨魚在海洋盡情的徜徉。

——」

東魚國原先的領導中心，曾是很堅強的政治組織。因爲種種原因而瓦解。於是東魚國發生了戰爭，開始了權勢的調整。你知道這是在人類間不論如何都要重複發生事情。沒有一個政權像他們的口號一樣享有萬載永恆。東魚國因爲位在大陸塊的邊緣，東北方又有連島的強國。全球各大勢力對東魚國這種具有戰略價值和經濟利益的島嶼，都有興趣，於是不惜遠渡大洋來爭奪一己的權益。東魚國過去夾在諸大勢力之間，是須要相當的技巧和智慧才能生存下去的。他有時依附某一大勢力，對彼勢力極盡讚美、聽從、依附；和彼一起呼吸、驕傲、痛苦，強烈醜化批評其它勢力。有時他又倒向另一勢力，那態度完全相反的用對或錯，黑與白來截然分別現在的敵和我。他在矛盾和流動間生存。因爲如此，這國的軍事、經濟、思想和文化是多元紛雜的，是依賴性的，有著各種強勢文化不同的色彩。它在各種不同心態的人羣中顯出來。同樣的也顯示出東魚國不能自主，易受影響的狀態來。

東魚國的政治中心瓦解，人們因此也分成若干不同的勢力範圍，各爲各自的團體和政治見解，奮鬥得不眠不休。

在東魚國剛剛出現不穩定狀態的時候。東強先就發表聲明。他們從未放棄在一百多年前曾佔有東魚國的主權。某次全球大戰後他們是因爲種種不得已，才暫時放棄這兒，現在正是收回這座島的時候。他們等不及東魚國政治指揮力的瓦解，就已出兵佔領了東魚國的南部。

在有著東強武士魂傳統的軍士們進入南部首城後，一切均安。司令部的旗子高昇在熱陽之下的第三天，大門口就來了一羣神情懇切的士紳，士紳後跟著堆花枝招展藝妓打扮的女士們。士紳們身穿和服，足踏高齒木屐，胸前佩著代表地位、財富，昔時的紳士章。口中「嗨咿！嗨咿！」的鞠著九十度的躬，代表大家向司令官表示赤忱的歡迎，衷心的服從。並由一位有著東強某一地特殊腔調的老州議員發表了一篇正字腔圓的歡迎詞。他們用幾十輛東強原裝進口的大卡車，載來大批的禮物和慰勞品來送給武士們。武士們嘴上留著太平洋戰爭時代的仁丹鬍，雙手拄著武士刀，綳緊下巴。坐在司令部的受降台上，滿心憤怒。他們乘登陸艇搶灘上岸，喊殺震天的衝向東魚國的堡壘陣地，卻發覺那裏沒有任何人抵抗，看到的只有溫和害羞的笑容，甚至連半推半就也沒有。他們無法發揮儲備已久的悲壯淒美的精神。這些武士們發覺佔領的地方跟自己的家鄉幾乎沒有什麼差別，同樣形式的建築，一般的飲食店、料理，神似的衣飾、電鍋、洗衣機、電視、汽車；甚至連女人化粧品的氣味都一樣。所謂異國風味，傳聞的東魚國女人的滋味，半點也沒有發現。武士們生氣了，牙齒咬得吱吱咯咯的發響。

司令官一句話也沒說，等幕僚長向紳士們朗誦完「安民歸順」的通告後，從鼻孔中冷冷的哼了一聲，就起身和他的高級官從員轉身回休息室去了。觀禮已久的武士們早已耐不住這種阿諛乏味的場面，一陣子起哄叫嚷後，便紛紛站起來衝向歡迎的行列。踢翻擺著鮮花、食物的桌子，撕毀各色的旗子，看到男人就一陣亂打。抱起尖叫穿著鮮艷和服的慰安女子，磔磔的怪笑吼叫。

佩紳士章致歡迎詞的老州議員，被一位孔武有力的軍士一巴掌打倒在地，趴在泥土地上「啊喲！啊喲！」的呻吟了半天，好一會兒他才喘過氣來，他看到眼前的嘈雜混亂，面頰在火辣辣發著刺痛，使他不禁想起自己年少時代。那在東強佔領時期，所遭受過肉體刑罰的經驗，眼淚便從幾乎乾枯了的肉體中升了起來，他太久不曾哭過了，有半個世紀的時光不知什麼是激動了。他危危顫顫的想站起來，一下子又被碰來的人體撞倒了，乾嚎幾聲，他又試著重新站起來，他是佩有紳士章有身份形像的人，豈可坐在泥濘裏。一會兒他又被人不經意的拐倒，這樣子重複了好幾次，好不容易他扶到了一根柱子，蹣跚的爬起來，站直身子。他向那露出原始猙獰狀態的武士們，大聲呼喊：

「好啊，好啊，眞正的東強武士精神，男子漢！眞正的武士來啦！」

這會兒，佔領和支配的慾望，在武士們的大腦裏熊熊的燃燒。半點也沒有注意到老人悲壯的聲勢。

東強司令部深處，大將們皺起眉頭，研究著東魚國全圖，他們準備在兩個月內拿下全島。但似乎全球的幾個強大勢力都企圖染指這裏，兩個月恐怕沒有那麼容易就辦到。但是愈艱難的不可能，他們圖戰的心情卻更是熾旺，東強太久沒有戰爭，沒有戰爭來磨鍊，顯示他們的國力和氣質。他們須要戰爭。國際間折衝，談判是政治家的事。大將們只負責戰爭，打贏這場戰爭，接受勝利和崇拜。他們盱衡情勢，爲了創造東強歷史之光，不惜全軍玉碎。

大將們在深夜三點離開會議室時，黑暗中站立了十幾名年紀都在八十歲左右的老人，他們身穿太平洋戰爭時，破舊泛白的皇軍制服，他們都是東魚國數十年前的勇士。他們舉起手臂向大將們高喊——

「給我們從軍的機會，我們要赴沙場打敗西強……一日皇軍，一生皇軍，永遠效忠天皇陛下，請給我們機會……」

司令官用力的點點頭，嘉許了這批老勇士一番。贈送每人一大包高麗人參以示嘉勉。

整夜裏軍營中都聽得到老勇士們用低沈悲壯的聲調，唱著東強數十年前的戰歌。

東魚國原有的政治組織中，有一股影響力最大的勢力。他們是由西強所主持，這般人全都是留學美洲的人士，他們同時擁有兩個以上的國籍。東魚國數十年來的思想、生活方式、經濟型態、武器除了東強以外大多模仿自彼方，這股人就是最有力的傳播者和實行者。他們各自到西強取得一部份的經典，返回東魚國。許多年來他們受到優渥的待遇，特殊的看待和無數的羨慕。他們努力把西強的一切移植到東魚國來。當然也包括罪惡、新型性病、工業污染等等。

東魚國四分五裂，他們亦擁有一批武力，甚至較支持東強還要廣大的羣衆。他們在努力的重新統一東魚國，或者將東魚國畫歸西強的一個州治。他們聲稱東魚大島所以會造成分裂的局面，實際上是他們所渴望達成的政治理想裏摻有太多雜質。這股人擁有最新式有效的武器和西強不斷大量供給的軍需品。這批聲稱最明瞭自由民主的人士們，已和西強達成某一方面的協議。但這批人彼此間仍有分歧，其間有一組最佔優勢，要求陣營裏觀念和行動統一，這組人雖不是大多數，卻已經控制了大部份情況，他們自稱爲民主中興派。另外有一組並不同意他們的目的，則稱爲無爲自由派，他們沒有選舉權、發言權，已無任何作用。其間亦有些不甘雌伏，沈默者、不滿意轉而投向其它勢力去尋求發展。

民主中興派領導者，他們雖然身受西強民主多元化教育多年，卻認爲東魚國應當先在他們這羣精英，智慧者所領導的政治組織下接受指導和學習，他們才是勝利與成功的保證。他們一致通過的行政綱要上認爲，東魚國目前不適合多元化的體制，國民根本不具備獨立判斷能力。選票無意義。絕大多數人在潛意識是希望被一個強大有力的、有效率的機構來安排。他們所要做的就是這樣的工作，他們必須爲此一神聖的任務一戰。(爲了廣大民衆內心眞實的渴望)。他們向西強承諾，只要彼方的大力支持，他們會做利益上的承諾，將來的社會及經濟體制，工業發展模式將完全實行及配合西強的期望，除了政治的某些權勢分配外。他們派出許多曾在彼處留學的人士，財經、政治，民間具有影響力的角色，進行各方面的遊說。

這批人士的主要勢力在東魚國北方區域，這一帶也正是東魚國首府及精華區的所在。很奇怪的，他們雖然擁有最新式，有最強大火力的武器，充分供應的軍需品，但他們的戰士卻似乎總缺少了點什麼，屢戰屢敗。在與敵軍接戰時，除了拼命浪費彈藥，打了就跑以外，他們似乎害怕作戰，極爲珍惜生命。他們在有空調設備的戰壕裏，喝著可樂、抽煙、打牌。戰爭，使得許多爲這方作戰的東魚國青年，得到了他們以前從來不曾享受過的待遇，從許許多多的物質和刺激物裏感到西強不可思議的偉大。西強甚至從國內用直昇機運來大批的白膚金髮美女，做大膽、香艷的勞軍表演。青年戰士們嚼著口香糖，依偎在精良科技結晶下的殺人武器旁，用鋼鐵的冰冷、砲彈的冷酷來清醒一下樂得亂跳的心臟。他們不想死，不想受傷，喜歡戰爭又害怕走出戰壕，他們想到西強國去。在短短的數十天內許多勢力都來加入東魚國的混亂，民主自由人士在北方的區域逐漸被更強而有力的勢力侵佔，使它的控制範圍逐漸縮小。西強在形像受到損害，影響力減弱後便運用各種外交說辭和政治詭辯，以光明正大的名譽派出數萬名陸戰隊，二千多名戰爭顧問，登陸東魚國。揮著和平義務的旗幟駐紮在北方首府。他們想用正式訓練精良的本國軍隊，來完成這場戰爭。但是各勢力也不是弱者，在幾場交戰，主力出擊的接觸後，他們沒有佔到什麼便宜，人員卻犧牲了不少。

因爲屢戰不利，西強的國務院、國防部、情報局發現，戰爭沒有任何進展的可能，許多軍援物資在層層轉手間飽入私囊，民主中興派領導者間，有人大批的購買黃金，有人將大筆款項滙入S銀行，大部分人的家族業已飛離本島。領袖羣中有人去向不明。眞正堅持要征服全國者只剩下兩三人。而西強國內反戰示威的羣衆形成勢力，反對派出和平戰士的聲浪高漲，反對西強的子弟在太平洋陌生的島上流血，無謂的犧牲。他們業已威脅到即將舉行的總統大選。總統內部的策略高峯決議，不再求得勝利。不必要爲這種燙手而無甚意義的島國而誤了大事。

於是北方，堅持作戰到底的領袖，忽然失去了聲音，據說生了重病匆匆出國療養，他英明的形像和決戰統一的言論，被大量的謠言和譏諷所取代。十天後，北方的街道、垃圾桶內都是揉皺、撕破、碎裂的前領導者的半身像紙張，看版、圖片。新領袖被有計畫的製造出來。西強目前只要談判，他們要求談判。他們三番兩次的誘導東魚國的各種勢力進行認眞的討論，眞誠、和平的談判。西強可以退出戰局，他們不要東魚國了，他們只要兩個港口，以及一些貿易權利而已。佔據在北方的部隊仍然有效。仍然從陣地胡亂的發砲，或者受命進行新武器的攻擊、實驗。西強的總統不時邀請新領袖訪問，認識這位有新計畫，愛好和平的新領袖。西強的軍士是不輕易撤退的，任何一方勢力想攻佔北方都要付出極大的代價。如果要他們安靜的退出當然可以，只要條件合適，讓給那一方都無謂，當然除了死敵中處處威脅西強，勢力龐大到足以彼此抗衡的北強以外。除非各種勢力答應他們的條件：兩個港口、飲料、電腦、黃豆、核子發電廠的貿易和工程合約。否則他們是不會善罷干休的，不輕易放手的。他們是重視人權、民權、愛好自由和平的偉大國家。

北強和東魚國僅隔一百多公里海峽的大陸塊統治者，在一陣叫囂互罵之後，展開了爭奪戰。他們行動的目標都相似，以東魚國西海岸狹長平原爲目標。這一段也是東魚國富庶之地。雙方在以往積久的嫌隙、雷同的野心裏，在軍事家們的指揮下，展開了血的行動。

北強的艦隊繞過東強的領海，在海峽裏和大陸塊的艦隊不期而遇，艦隊立刻互相以飛彈、巨砲、飛機攻擊，潛水艇在淺海裏發射魚雷。東魚國的守軍、空軍也在沿海處零星出擊。海岸邊碧藍的海水逐漸染有血紅、屍體在波浪間起伏，傾斜的艦艇，冒著濃煙發出陣陣的爆炸聲，逐漸沉入海底。火光閃耀，尖銳的砲彈從紅熱的砲膛以摧毀性的速度，射入鋼鐵艦身，碎片嵌進人體。死亡對任何戰士都很公平的降臨。海內的魚羣咀嚼著屍體；不時在海面、海內爆炸的彈藥，也使它們大批死亡。旗幟落下來，徽章、階級章落下來，文件、武器，以及那些藏在人體內的善惡愛恨都落了下來。在黑暗安靜的海底，加入沉澱物的行列。在未來，成爲考古、生物學者們研究的對象。在另一方面，活著的遺屬們也遭到失去父親、愛人、丈夫、親屬，那種錐心刺骨的創痛，他們必須忍受這種哀傷的酷刑。在有生的記憶中反覆的想起。

夕陽在雲霧海風裏模模糊糊的消失在地平線。兩強的將領們皺著眉頭在海圖上數著自己的損失，興奮的計算彼方被消滅的數目。想著如何去把己方的失敗，轉化成不關痛癢的詞句，編造合理的謊言來鼓舞國內的民衆。將殺戮的意義增強，將遺屬們的傷痛化爲對彼方的仇恨。

跨海而來北強的艦隊，因爲長途的航行，以及在陣勢上未先展開，雖然武器較精良，算起來是吃了敗戰。大陸塊方面也僅獲得慘勝。北強殘部繞到東魚國的後背——東部，勉強的登陸，建立了臨時基地，等待支援。雖然大陸塊方面在海戰間，由於空軍密集俯衝攻擊機的配合，而獲得代價甚高的勝利。但由於內部的貧窮，經濟能力薄弱，不能支付龐大的軍事費用；以及政權高峯的鬥爭，意見分歧。北強因爲惱羞成怒，由其本土發射了幾顆洲際飛彈，給予大陸塊重工業區及精華區相當大的毀滅。因此，大陸塊的執政者正在考慮是否要放棄只是爲了名詞上的統一，而須要付出如此高報酬的戰爭。(在歷史淵源上有數百年東魚國是大陸塊政治體系的一小部分，東魚國的存在一直是他們一處搔不著的癢痛點)。東魚國西岸的民衆對登陸的大陸塊軍士，也顯示出強烈的敵意和不滿。對這羣軍士的粗野、貪婪和貧窮有著厭惡的反應。東魚國國民的富庶遠超過這羣落伍入侵者的想像。北強除了出兵東魚大島外，另外也在兩國的邊境結集了重兵團，毀滅性的核子洲際飛彈業已瞄準目標，他們咆哮著要對大陸塊國境進行絕對性的攻擊。大陸塊也並不示弱，宣言將傾全力與北強做兩敗俱傷的犧牲戰。話是如此說，兩國的高峯心底都有數，彼此傾巢而出的互鬥，無論如何都便宜了冷眼相看、等待機會、擴張全球勢力的西強。

另外在東魚國內有一股屬於以自決爲目標的狂熱組織。他們的領袖以熾熱的情緒，反抗一切的反抗意志，突出東魚國歷史源流的悲慘命運，來聚合效忠者。這股勢力的領袖們用簡單的口號，刺激的語詞，製造了大量的犧牲偶像，恐怖的情狀，來控制他們的屬下。他們由生命的陰暗罪惡出發，不斷給人們暗示，給予目標，使這羣人們浸入一種恨意的瘋狂。他們的成員有失去領導中心的散兵游勇，裝備不全，連遭敗戰的隊伍、失意的政客、寂寞抑鬱的羣衆。他們沒有任何勢力支持，沒有經濟來源，主要作戰方式是游擊戰。他們在各強勢力間掠取些殘羹剩飯。

他們開始在巷弄中、大街上、人潮聚集的地方展開攻擊、暗殺，爲破壞而破壞。在被告知的一個茫然不知所以，不確定的目標、理想裏，奮不顧身的前進、犧牲。領袖們說，今天我們的敵人是東魚國前任的文化部長，因爲他所辦的教育摧毀了東魚國的幼苗。明天是東魚國宗教的長老，因爲他利用人類的愚昧操縱了大部份人的心靈。後天則是×軍矗立在大街上的總部，因爲那些戰爭販子把東魚國優秀的子弟們送去屠宰。於是瘋狂意志力的驅策下，勇於赴死的青年們，組織成敢死隊，身上都綁著炸彈從飛機上跳下，從地道中鑽出，在毀滅和破壞的邪惡力量裏，找出各種方法、力量和快樂。他們神出鬼沒，達到目的就撤退，他們只負責摧毀，負責報復。

愈大的破壞在他們愈能獲至聲名，愈瘋狂的舉動愈能在興奮的大腦引起震撼。自決集團的成員平均年齡在三十歲以下。這羣年輕的破壞者經常感到騷動不安，他們渴望領袖給他們命令，給他們目標，他們一如飢渴的狼羣，將東魚國視爲一攤可口的獸肉。領袖們以冷漠、節制、愛睬不睬的態度對待這羣焦躁的手下，以表示犧牲的偉大。

自決勢力對少年們的吸引力尤其大，紛紛離家投入他們的行列。十三、四歲的孩子們，對於手中的武器能夠在短短的時間內炸毀龐大的建築物，使權威的成人世界在片刻間消毀而感到興致勃勃。他們破壞建築、雕像、神像、公共設施。他們不久後成爲最具聲名的一隻瘋狂隊伍。自決勢力中有一名個子矮小，誰也猜不透他年齡的傢伙在領導少年們。他意志堅強，神態傲慢，被人稱做「新拿破崙」。他爲隊員製作黑色制服，打造紅色的心形勳章。他們的服裝引起少年們崇拜式模仿，類似的勳章在少年羣以榮耀的心理佩帶。他們逐漸的擴大隊伍，吸收游蕩街頭失家的兒童，形成了一支血腥的屠殺漩渦。在東魚國各處人羣中像利刃般滾動。他們像一羣掠食性動物，向大衆予取予求糧食、車輛、裝備。他們號稱是最受平民支持，最得民心的團體。在世界的弱小民族陣營廣獲同情和支持。

東魚國戰事初露端倪時，各國的記者、作家、報導員都從世界各地湧來，使這平靜得令人不耐煩的世界，發生了些刺激，令人清醒的事件。報社、雜誌社的編輯們不再須要絞盡腦汁去編造新聞，他們從昏沉裏振作起來，眼珠發亮，匆忙的展開企畫和採訪的步驟。他們坐船、乘飛機，透過各種方式和關係進入戰火處處的島上。到戰況最激烈的地方去拍照、攝影、搶鏡頭、寫報導。彈藥在空氣間穿梭，發出尖銳刺耳的聲音，各勢力軍人互相拼命的攻擊，記者從這方到那方，做著公平客觀的報導，他們要把最精彩、最有趣、最恐怖、最奇特的戰爭，分析給世人知道。他們在極嚴肅、極莊重，每個人都必須投入儀式狀態的情況下，他們能自由出入，不受阻撓，要他們所要的東西，人們也能夠忍受這樣的騷擾。同意或者期望把自己的事，把這個儀式公諸大衆。屍體、傷殘者、勝利者、俘虜等等微末細節，他們都向有權利知道此事的大衆做毫無保留的公開。記者們爲報導最眞實、慘酷的事件，爲爭取獎賞，不朽的名譽而努力不懈。

西強和北強以其能觀察到地球任何角落一根細釘子的太空衛星，以其強大的偵測能力，每日固定的向他們的附屬國，彼集團的效忠者傳遞消息。由報紙上電視、廣播、雜誌廣向民衆傳播東魚國的戰爭。人們隨時打開電視，清早醒來，走在街上，無時無刻，無處不在的接受他們的報告。看到橫陳的屍體，血腥的文字，殘破的街景，惡劣的獸行。不論男女老少，各種心理狀態，各種不同思想的人都必須接受。他們告訴你這就是世界大事，目前世上最重要的事情。爲平息戰爭，均分利益的談判在進行，談判好不容易完成了協議。政客在照片上向世人微笑，敵對雙方的代表人互相擁吻、握手。會議結束半小時，戰爭又開始了。打得更兇狠，煙硝瀰漫，使讀報人的鼻孔充滿灰塵。和談還是要繼續，一會還是有人要戰死。各強的記者們互相攻擊，互相指控。提出負傷者訴說對方用不人道的化學武器，不道德的手段去操縱交戰團體，濫殺無辜平民；化學武器下的受傷者，可怖的創傷將留下永久的，最痛苦的損害。他們指控對方攻擊醫院，向無武裝的飛機、輪船、車輛發砲。辯駁的言詞則說那是一種惡毒的僞裝，是運軍火、情報的工具。彼方的效忠國，附庸國也都相信自己主子的話，相信他們改造過編造過的圖片，是鐵一樣的證據。百姓們對意識型態對立的彼方無恥的行徑和謊言感到憎惡，認爲對方是企圖破壞和談者，是軍火販子，是東魚國情勢的操縱者。是任何愛好民主和平人士所不能忍受的，與他們立國的精神、憲法都違背。

一座耗資甚巨，是東魚國工程家智慧的結晶，花了六年才完成的大橋，在火箭、大砲短短的一小時密集攻擊下斷落下來。橋兩端的交通以及各項重要的連繫全部中斷。各國人士在用晚餐時刻，清晰的看到斷裂的橋樑，爆炸時一刹那毀滅的美。

某個西裝革履的男人，頸上結著花領帶，手中提著一隻藍色的塑膠筒一把長刷，走到馬路上，把由剛搬走的兩具屍體所淌出的鮮血黏液沖去，用刷子刷刷柏油地面。然後走回馬路邊他住的公寓去。

幾顆沉重的砲彈落在西部平原的城市裏，一大片的樓房、住宅區變成斷垣殘壁，大股的濃煙升向天際。

一架東強被擊中的戰鬥機向山坡墜落，駕駛員跳傘逃生，在半空中被北強的兵士用機槍擊斃。

戰事啓端，市面上的糧食、黃金、日用品的價格暴漲，東魚國的幣值急速下跌，票價低到只值戰前的萬分之一。東魚國曾有米倉之號，每年都有大批餘糧外銷，過剩的稻穀積滿全國數千座大米倉。據說，現在一袋五十斤的米，須要一公斤的S國黃金才能買到。糧食的搶購潮，使得數名商人在短期內聚積了上噸的金塊。

難民的數字在大量增加，東魚大島四面環海，乘各式船隻逃難的人們，在大海飄流。這數目衆多的難民船命運各有不同。有的在大浪巨風裏沉沒，有的遭到武裝海盜的搶奪，有的僥倖到達目的地；有的擱淺在無人的海礁坐以待斃。被鯊魚吃掉、渴死、餓死的、人吃人的事件經常出現。

東魚國內所有交通鐵路、公路、航空都已中斷。平民想到別處去，唯一的方式就是步行。各重要橋樑、路口、戰略要點、勢力範圍都設有重關卡。各勢力間禁止一般的平民來往，宗教團體、紅十字會所運往戰地救濟的醫藥、糧食也受到阻礙。由於髒亂所產生的流行病：瘧疾、霍亂、瘟疫在快速的傳播。北強將帶菌者，疑似帶菌者一律隔離、焚毀。

在都市裏曾是最繁華熱鬧的商業區，已成鬼域。百貨公司的貨物被搶購一空，玻璃被打碎。各行業的招牌碎裂在地面，空洞黑暗的地下室裏聚集許多失去家園的平民。碎成瓦礫的大樓，像一堆堆的巨型墳墓。

大陸塊的轟炸機羣，將南部蓄水量最豐的水庫炸毀，想借以淹滅東強的某隻快速野戰兵團。但沒有收到什麼效果。水庫洩出的洪水使得一萬餘戶民家損毀。兩萬多平民死亡或失踪。南方平原灌溉的水利措施，遭到無法估計的損失。

要求各勢力退出東魚國，要求和平不要槍砲，要求食物和飲水的一羣示威學生，遭到警察和軍士們的射擊，有一百多名傷亡。學校全部關閉，軍隊駐紮進校園。學生武裝團成立。十四歲以上的學生皆須參戰。

一處被稱爲「桃花源」的和平戰俘營，發生嚴重的屠殺事件。一千多名婦女、小孩、無武裝的戰俘，在毫無抵抗能力之下遭到亂槍打死、屍體扭曲成各式各樣的形狀。報導詳盡的畫面上可以看到子彈打在頭部、臉上、胸部、四肢所造成的效果。屠殺者辯稱，婦女孩子們是他們的大敵，是暗殺、狙擊者，是消息傳遞者，是糧食消耗者，是咎由自取。他們跳動，揮舞手中的刀子，向天空扣機槍扳機，說明他們的憤恨，不承認有過失。他們做出勝利的手勢，告訴世人他們的責任是消滅敵人。自天上落下尖銳彈殼，打死不少在旁邊看熱鬧的人。

大批的痲醉藥、鎮靜劑進口，在西藥房以昂貴的價錢出售。酒成爲東魚國人日常生活最不可缺少的飲料。

一位在荒蕪田地邊採野菜的老人，用沙啞的聲音向採訪記者說：「我只要活下去，我什麼都沒有了，丈夫、兒子、孩子、房子都死了，都毀了。但是我要活下去，我已經沒有眼淚了，你看我的眼睛，我已經瞎了。」

隨處，在東魚國任何角落都可以看到用油漆、印刷、泥巴、血、染料所塗下的標語、口號。

「戰爭就是幸福的來源。」

「爲愛舉行的戰爭就是聖戰。」

「拯救東魚國是必須流血。」

「敵人永遠是敵人，管它黑的、紅的、黃的、白的。」

「消滅一個敵人就是拯救一個自己人。」

「完全的摧毀才會有全面的建設。」

「殺！殺！殺！勇敢的人們。」

東魚國中部有一處各強同意維持和平的特定區。任何地方發生戰爭，當然就有倡議和平的人士出現。爲了和平，爲了東魚國不致被敵人佔領，不被邪惡的那一方所併吞，各強都出動和平軍來到這一地區，維持均勢，保護本國的僑民、商人不受到傷害。各國的兵士爲了尊嚴都裝備齊全，有著最精良的武器。他們唯一和作戰正規軍不同的就是，在臂上戴著綉了一個黑底印有白色大鴿子的臂章。他們通常時間都在各自的陣地部署，服裝整潔，武器森然。他們不作戰，不準備犧牲。放假時間，在這個特定區的酒吧、彈子房、妓院、商店可以看到各色各樣的人種在那兒搖晃。放假時間，他們是被規定不准穿制服、配武器的。

特定區的商店，出售本次戰爭的紀念章，出售各國被擄獲的軍旗、戰刀、損毀的武器。照相師們讓那些沒有直接參加戰爭的兵士，來到這些戰品前攝影留念。如果你想要的話，他們有化粧師替你穿上髒臭破爛的野戰服，弄亂頭髮，貼上假鬍子，發給你詳細的說明書，帶你到一處經過設計的戰地，告訴你你是參加那場戰役，這武器裝配曾經是屬於一個少校、中尉的，這人是如何被你殺死的。替你拍一張精采的照片，或幾捲錄影帶。當兵士們結束這場冒險後，能回去甜蜜的家鄉向家人、鄰居、朋友、愛人炫耀一番。東洋武士刀擺在客廳內挺合適的。西強製的小型武器精緻得可以當藝術品陳列。

在某一高級將領、政府代表才能進入的沙龍裏。西強參謀幕僚長的膝蓋上，坐了一位眼光兇惡，臉孔滿布驚惶的女人。她正迫不及待的用尖長的手指，把一團奶油蛋糕塞進塗著鮮紅唇膏的嘴巴；看她進食的神態，似乎有太久的時間處於飢餓狀況。東強的代表撫著嘴上的仁丹鬍，表情祥和。他光裸著上身，腰下只繫條白色的丁字褲。肥大的屁股底下壓著兩名不敢掙扎又不敢離開、瘦弱的女人。北強的將領剛被東強代表的一個黃色笑話，弄得還沒喘過氣來，臉漲得通紅，手中的香檳潑了大半在他絲質的禮服上。一位來自北方的面孔，皮膚白皙，鼻樑上架著一副鋼絲鏡框。這位和平軍長官，正用憂鬱的眼光看著眼前一桌營養過剩的大菜。他擔心血液中的膽固醇過高，將會影響到他衰弱的心臟。以他學者式的面孔及思考，他無視於各國軍人，代表們恣縱的淫慾。在他來說這些僅是少年時期的妄想併發症。他也愛女人，但大部分是男人。他自認是個雙性戀者，一個愛探索者、前進者。他並沒有輕視眼前人的想法。他沒看到任何一張滿意的面孔，身體倒是有的。但臉和神態卻都因爲戰爭使他們變形，失去涵養和優美。他們也不夠粗野瘋狂，驚嚇佔有大部分的神經。他決定明天去一般兵士的酒店找找，或許能遇見激發他過度刺激後疲瘁的靈魂。

「等這兒的事結束後，我請大家到我黑海濱的別墅去釣魚，附近的森林去獵熊，你們看如何？」

「好啊，同意，獵動物比殺人有趣多了。」

「這樣好了，黑海的打獵結束後，我有更好的地方可去，你們有興趣嗎？要享樂還是東方人比較懂……」

「等它結束！」

「等它結束！」

「爲這場遊戲乾一杯，謝謝它給我機會認識各位紳士……」

同一時期內，地球上的戰爭也不只發生在東魚國，只是沒有此地具有衝突性，沒如此熱鬧罷了。還有很多地區的不滿份子、野心家也正準備在他的國度內發動政治奪權，他們所須要的是軍火和各種物資。以和平正義爲理由的各國勢力，在表面上自然是不會公開出售精心製造的殺人工具。但在和平區內卻有著各種各樣身份、背景的中間人，軍火販子在這個區域內交易。小到一把匕首，大到飛機、軍艦、整團的傭兵都有得賣，都有價錢。和平區內大家各管各的，和平軍只有負責維持秩序，其他事項則不在任務範圍內。除了軍火，東魚國的女人也成批出售，一羣羣年齡適當的女人，經由各種管道離開她們恐懼，厭恨的家鄉，不計一切代價的逃離它。或許有的會想辦法接運陷於困境的家人。貌美的東魚國少女一時成爲廉價的搶手貨。

短短數月之內，可以使人暫時麻痺神經，造成幻覺的各類藥劑、鴉片、大麻菸的買賣，迅速繁絡起來，在此區內大批的交易、轉運、半公開的出售，成爲世界毒品市場最大中心。放假的士兵們在這裏可以得到大量的刺激和滿足，使他們的生命有了各種奇異的顏色和經驗。

和平軍們經常有放蕩的行爲，或因爲種種微末細節而發生衝突。像爲爭某個酒女，因爲皮膚的顏色、身材的高矮、說話的語調、喝酒的方式、看人的表情、鈕釦的形式、鬍子的長短、身上的氣味等等。每次在這區域內發生衝突，和平部隊的吉普車，鎭暴大卡車就會響起尖銳的笛聲，荷槍實彈的疾速衝向糾紛處。在一陣哨聲、混亂的毆打叫嚷聲下，把過份衝動的兵士們逮捕了起來，押上車，轟轟烈烈的駛向拘留所。明天，明天也許逮捕人的軍士，在某區鬧事也被別的和平軍抓了起來。和平軍的誓言是永遠爲維護本地區的平靜而勇往邁進。是維持本地繁榮進步最重要的秩序權威。大家都知道秩序的安穩，是一切繁榮進步的最重要條件。

和平軍在許多方面是不被歡迎的。尤其是大陸塊的執政者，東強和東魚國自決團的成員們。他們極不願這由六七個國家所組派的勢力佔據著中部，妨礙他們支配這座島的計劃。雖然和平軍是由聯合國一百多會員國一致提議通過的決案，是爲和平而出軍，爲了使東魚國恢復平靜，監督野心家的併呑而來的。但是，他們並不因和平軍的進駐，就放棄努力，公理正義的名詞是道德家口中和教課書上才有的教條。他們不斷的透過各種方式向和平軍施加壓力，暗殺、突擊、安置炸彈、傳播謠言製造矛盾和糾紛。引起不少對立和騷動。但其中一次和平軍西強軍營的大爆炸案，卻肯定不是他們所幹的。這次事件引起國際間極大的重視。這次大爆炸是在西強的軍火庫和彈藥庫發生的。眞正的原因是有位醉酒的兵士，在服勤時，不小心掉落煙蒂引起的。地面的一灘汽油引發了劇烈的燃燒，立刻波及了彈藥庫，爆炸聲震撼了和平特定區。兩百多名裝備精良，號稱驍勇善戰的兵士，在一刹那時喪失生命。大火燃燒了四五個鐘頭才告結束。濃煙遮蔽了大半個天空。

西強的軍事發言人，不斷的強烈暗示這事件的主謀是北強或東強，或是無知盲動的自決者集團。北強則反唇譏道：西強和平軍爲何在和平區內屯積大批火藥汽油？若不是販賣軍火，就是供應物質給他們支持的東魚國一小撮政客，甚或自己的部隊。各強互相指控他們最主要的敵人，蓄意的、有陰謀的進行破壞和談，破壞和諧友愛的氣氛。當然也有一個屬於自決團的恐怖血腥組織，自稱是他們幹的，他們揚言會再幹下如此轟轟烈烈的戰蹟。世界性的弱小聯盟極力稱讚自決團的英勇，是給各強權的一個嚴重的教訓。各國的宣傳機構不斷在互相謾罵，互相攻擊，但都沒有找出確實的證據，確實的破壞份子，當然利用來充數，或宣傳的嫌疑犯倒是有不少。

東魚國發生戰爭的第一年後，有一本描寫東魚國最慘烈戰役的「沼澤會戰」的書，在世界各國極爲暢銷，平裝本已經賣出三百萬本。人類學者、社會、心理、文評家們展開熱烈的討論，學校也將列入教材編成煽情的故事，做爲反對敵國的宣傳品。作者南凡，是眞正參加本次戰役的作家。他是死亡了近二十萬人的沼澤會戰，少數倖存者之一。這次戰役的慘烈與錯綜複雜，是人類歷史上少見的。而作者的際遇是令人羨慕的，有太多不甘平凡的人渴望一生中，有如此的經歷和機運。

沼澤位於東魚國東南的地方，原先是北強佔有了這塊不起眼的荒地。但東強的戰略官認爲這塊凹地，極具有戰術上的價値，只要佔領這裏就等於控制了全島的心臟。而西強的科學家在人造衛星的分析圖上，發現此處的沼澤底可能存有稀有的礦物，非常具有發展新武器的價値。北強在任何一方面都以蠻橫狂暴出名，他們不能忍受任何退讓和挫敗。另一方面自決團的孩子們聽說此地將有一場眞正的戰爭要爆發，便連夜趕來看看場面，至於將會幫助那一方則還沒決定。

各強的情報方面都知道彼此的軍隊主力向此地移動，都有意的想在這塊溼地展開明暗的較量。直接由各國國防部指揮的軍士向這地方集中、增援。南凡是運用了各種手段、威脅和利誘、哀求才有機會隨西強的某後勤小隊向沼澤進發的。南凡懷著興奮激顫的心情跟著他們前進。他知道，在幾十年默默無聞，小牌作家長久的積恨裏，這一次是他最有希望揚眉吐氣的機會，他要拼命的把握住，失去了就不會再回來了。

戰爭總共進行了十天。沼澤的上空在短短的幾天內飛滿了各式各樣的戰鬥機、直昇機、飛彈、俯衝轟炸機。方圓幾十公里的沼澤，每一寸地幾乎都被炸翻開來，爛泥水花不住的激射。空氣間飄滿黃色的、藍色的、紅色的毒氣。巨大的爆炸聲每秒發生十數次，煙塵充塞在每個角落裏，屍體塡滿了砲彈的坑洞。二十萬的軍士們除了死亡，就是留下不可彌補的創傷、殘廢。東強的八萬軍士算是最驍勇善戰的，他們長於肉搏、佈陣，以他們長官所灌輸的觀念，奮勇向前，對死亡視爲美麗的歸宿。西強的兵士在接戰不久後，他們的長官就發現他們其實是很注重禮貌的，對身體相當愛惜，不太願前進。在犧牲超過三分之一的時候，指揮官已經決定要撤出這場不合乎利益的戰爭。唯一稍感安慰的是陣亡的大都是募來的東魚國兵士。但是北強並不這麼想，北強因爲戰敗的兵士狼狽向後潰敗，甚至連司令也被俘擄，敵方的記者以極大的篇幅向世界報導，以過於精確的數字加以證明，以刻薄惡意的文筆加以嘲諷北強的兵士在野蠻粗魯的外表底下，竟是如此不堪一擊。惱羞成怒的北國最高指揮者，決心不顧一切代價，起用最具破壞性，殺傷力的武器，要他戰敗的軍士和敵國同歸於盡。西強、東強在發現這種可怕的事實後，不得已也將摧毀性的武器投入戰場。

以南凡的敏感，在戰爭的第四天就發現這種可怕的狀況。他雖然和後勤部隊駐紮在戰場的邊緣，但是毀滅的恐怖已經籠罩方圓數十公里的地方，他們的支援及通訊被截斷。東強的兵士不時在他們附近出現。北強死亡的光芒在離他們營地不遠處閃動，巨大的爆震使他們的堡壘碎裂。南凡在第五天早上跟著一組十餘人的斥候——A小隊，出去巡邏。

他們在半途就遇到一羣敵軍。他們便開始驚惶恐怖的突圍行動。當我們敏感作家發覺自己陷入死亡的陰影時，他蒼白的臉孔更加陰暗，汗水浸溼了身體，恐懼完全佔領了他。他拿不住手裏的武器，意識中除了記錄本次戰爭的筆記簿以外，什麼也不曾記過。腦中的狂亂使他不能走動，不能正確的使用他的四肢，同伴不斷的遭遇死亡，刺激他的神經他已無法走路，而疲倦、飢餓、受創的同伴，似乎也隨時要棄他而去的樣子。我們不朽的作家害怕同伴不照顧他了，不惜找來一把槍打傷自己的腿，以此再三的向同伴哀求，懇求他們不能忘記負傷的他。他以各種詭辯來打動同伴，要同伴帶領他逃出變成地獄的沼澤；否則只要他活下去，他必然揭發A小隊戰友懦弱自私的行爲，不人道的罪行。

在後來的作品裏，他詳細的記錄A小隊的逃生經驗，敵對各方互相屠戮的實況。在冥冥的奇特安排下，南凡由一個不起眼、無名的小雜誌作家，經歷並描述過這場地獄會戰後，突然的暴享大名。A小隊因此列入人們難以忘懷的記憶裏。他在一夕之間獲得的利益金錢，大過他在此以前所有的金錢收入的總和。但是南凡在香檳、美女、財富，與不時被惡夢驚醒的往後歲月裏，從不曾去看望躺在榮民總醫院裏一名倖存的隊友。這位曾是極爲健壯的男子，用樹枝做成擔架，拉了三十公里的路，從沼澤地把我們這位不朽的作家拯救出來。他生來就有一副愚昧效忠的面貌，他相信南凡所說的每一句話，A小隊中只有他相信南凡這位作家所描述的崇高的人道精神，相信他才是可憐軍士們的救星，可以使犧牲變成不朽，永遠都會有人記得他。他因爲吸入過多的神經性毒氣，躺在榮民醫院，只剩下一堆粗大的骨頭，無可救藥的毒在慢慢侵蝕他的骨髓和細胞。在不可避免極大的肉體痛苦下，醫生認爲他還有一年的生命可以持續。能夠解救他的藥物，可能還須二十年才能發明出來。南凡不敢去看他，也不願意去看他，只在厭倦煩悶的自省中解釋自己的心態。噢——我是爲了折磨自己，是爲了A小隊的亡魂贖罪。在榮民病院床上痛苦的肉體是我的懲罰。想像是更恐怖的，是創作的源頭。他已遠離自卑的陰影。人類的良知和血腥交織成的矛盾罪惡，使他的靈魂躍昇。

第一滴血流出後，它就不會輕易的停止。

東魚國的戰爭進入第六年的時候，還看不出有任何停止的跡象，東魚國民損失了一半。戰爭已不那麼的激烈了，各強之間的和談、協議、騷擾性攻擊並未中止。沼澤地開放了某一部份做爲愛刺激的觀光客遊樂的地方。各勢力集團間畫出停戰界內，因爲許久沒有人涉足而長出許多青翠的植物，許多瀕臨絕跡的鳥獸在這塊無人的樂園嬉戲，快樂的生長。那兒有許多鮮紅色不知名的花朵，蓬亂嬌艷的怒放著，彷彿在紀念什麼似的。而東魚國的人民在生活物質匱乏，死亡、恐懼重重的陰影之下，苦悶的存活。

一位詩人早晨在一堵廢牆，用白色油漆寫了一首詩：

大家都說我是正義的
正義攻打正義
正義把正義打敗了
正義毀滅了正義
於是正義在世界大放光明

同一天下午，他被各強所組成的憲兵押著。在各種不同口徑，構造的武器瞄準下，在那堵廢牆的白色詩作下把他釘成十字形，輕易的槍斃。

東魚國的長老笑嘻嘻的說道：

「有太多人類的神秘、恐怖、困境在煩惱著人們。許多人都嘗試去解決它，避免那種痛苦。在你不可知的歲月以前，我和一羣人們，同樣懷抱著犧牲的志願，爲了解決人類互相爭鬥殘殺的命運，出發去尋找一個傳說中的血的噴泉。據說這個位於地底深處的血的噴泉，就是人類互相殘殺的源頭。只要毀去它，只要終止它的噴湧，人間就不會再出現這樣的狀況。我們一羣人吃盡千辛萬苦，終於在地底某一處深穴中找到了它。在開始尋找，到最後發現它，我們只剩下了三個夥伴。

這噴泉巨大、美麗、淒厲，而且有著刺鼻的氣味，令人無法抗拒的誘惑，使人情不自禁的想投向它，躍進它湧滾的波裏。我的兩個同伴就是這樣消失了。他們忘卻了此行的目的和尋找過程的痛苦、犧牲。面對這座無可比擬，無法言喻的噴泉，我感到自己的渺小和無奈，發覺我竟然獲得了永生。我居然可以永遠不死了。我得到了多少人夢寐以求的不朽生命。但每一次人間的血流淌起來，我的身體就像被刀割了一下那般疼痛，傷痕就多出一道。我就這樣忍挨了，看了不知多少歲月……。

血的噴泉，由於我渺小可憐的挑戰，使我得到永生的處罰。讓我不能死的，永遠的看著這樣的事情重複，再三，再四的演出……。使我知道想要違反人性的罪惡……的代價。」

——原載一九八四年十一月《文學界》第十二期

超人阿A

阿A在本市內是使成人們又愛又恨的角色。孩子們卻最是喜歡他。他出現的地方總是跟著一羣孩子，孩子羣總是發出驚歎聲、尖叫聲、歡笑聲。我第一次見到鼎鼎大名的阿A，是在我上班工廠的圍牆邊。那時我剛由鄉下的分廠調進本市的總廠。這天，我正和一羣同事們走下交通車，朝工廠大門走去。就在大門左側的圍牆邊，我看到一個中等身材，戴黑框眼鏡，頭髮凌亂的男子。他似乎正在想辦法由圍牆外翻進工廠內。注視了圍牆好一會。摸了摸牆壁，他開始往後退，一步一步地測著距離，似乎滿意了以後，猛的便向圍牆衝跑過去。他的脚衝上牆兩三步，因爲重心的關係，雙手一陣亂抓，然後掉下來，那副樣子眞是笨拙，好笑極了。總廠的圍牆大約有三公尺高，牆頂還有半公尺高的鐵絲網。

因爲第一次看到傳聞中的阿A，不免好奇的停下脚步注意他。許多同事笑著走過去。

有人搖搖頭，有人在嘴裏咒罵，有人向他喊：「加油！加油！」阿A又退後了幾步，那模樣像是很認眞的在測量衝刺的距離。反反覆覆走了幾次後，他又開始朝圍牆狠命的衝過去，我的心臟一陣發緊。這次他在圍牆上多踏上了兩步，還是依牛頓蘋果定律掉了下來。而且這次似乎連頭也在圍牆上撞了一下。他倒在地下，躺著一動也不動。我有些受不了，想過去看看。正準備過去，他又猛的由地上站了起來。他摸摸額頭，那兒有點血，又青又紅的一大塊。他把手指放在嘴裏舐了舐。我看到大門口的警衛趙先生出來了。他一臉不高興，雙手挿在微凸的腰際，盯著一直想由圍牆爬進去的阿A。趙先生腰上懸有隻長警棍。

阿A到附近去揀了根長竹竿來，那竹竿大約只有兩公尺長，顏色灰暗，好像很容易折斷，這竹竿擺在路邊風吹雨淋好一段時間了。他拿著竹竿開始測量距離，一會又走到牆邊挖了一個洞，準備挿竹竿。他這樣跳上去，大約正好撞在鐵絲網上，那上面偶爾通有電流。

「這傢伙又發作啦，昨天聽說在全統百貨公司，前天在少年監獄，今天跑來我們這裏。」老李說。

「喔！他跑到少年監獄去幹麼？」

「幹麼——爬它的圍牆啊。」

阿A左手在前右手在後，執著竹竿，衝向圍牆。我突然有著想要跑步的衝動，我以前可是學校的短跑健將哩。他撐起來了，依牛頓蘋果定律，他掉下來了。竹竿在半空中折斷，發出：「喀啦」的聲音。……趙先生的嘴咧得半天高。

「走啦，走啦——」

老李拉拉我。

「但是，他，他怎麼樣了。」

我有些著急的看向躺在地上半天不動的阿A說。

「放心吧，他死不了的，昨天他從全統百貨公司的三樓跳下來，手裏拿著七、八隻傘，沒死咧——」

「放著大門不走，他就是要爬牆，我也沒攔他呀！」

警衛趙先生向我們攤攤手說。

「別管他，趙先生，這傢伙就是有問題。」老李說。

「老弟，我看你不太清楚，阿A以前是我們廠裏的化學工程師，一流的人才咧，兩三年前腦子壞掉啦，一直說我們廠有問題，我看他可憐嘛！是吧，他走了再回來我都勸他，沒對他兇過。」趙先生說。

「怎麼會，怎麼會這樣呢？」

「年輕嘛，不滿嘛，少不更事，對廠裏的很多事都不順眼，說說這，說說那，大家都討厭。咱們這廠幾十年了，幾千員工，他能怎麼樣啊？」

「喔！喔！」我說。

據說阿A在不發作的時候完全是個正常的人。平靜安詳，說話有條有理。他是本市有名巨族吳家的子弟，吳家在建築、木材、交通業上都有龐大的資產。阿A將他所有的資產揮霍一空（大部分是捐贈光了）後，平日就靠揀些廢紙、打零工過活。經常向衆人發表他對各類事物的看法。人們對他的言論不是說太理想就是說不可能，隨便一點的人就乾脆說他是個瘋子。他獨自一人住在市中心一幢陳舊的公寓裏。因爲對他這人行爲、思想的好奇，我曾因辦事路過那兒，特地去找過他。那日阿A正好不在，公寓門也沒關，我就直接上到樓上去找，他的房門是關上的，窗戶卻是洞開的。我叫了幾聲，沒人回答。因此我探頭去看了看，房間很小、很陰暗，四處都是些破爛的書，一大堆音樂帶，一張書桌，一把剩下幾根齒的梳子，一個紅色的塑膠碗……他不在令我頗感失望。我下樓，走進樓下的一間麵包店，隨意逛逛，想買點蛋糕給老婆、小孩吃吃。一面和麵包店的老闆隨便的聊聊天，當話題談到阿A時，沒想到這位紅光滿面、小型胖子的老闆興高采烈了起來。

「哈！這個人不簡單喔！不要看他瘋瘋癲癲，做事有腦筋喲……上次他要競選市長我就支持他——」

「競選市長？阿A？」

「是啊，你不知道？上次市長選舉，在天意廟那裏，三個候選人在那裏發表政見。一號說他最老實，最不會說話，不會說謊；種田人出身，他當選後會像牛一樣替大家工作，不會抱怨。二號一上台就說一號要給他三百萬叫他退出選舉，什麼不會說謊，夜市的生意人，大家不要上當——」

「哈哈，都是這樣，都是這樣。」

「哈哈，二號上台就批評這個罵那個，說他才是眞正不買票、最窮苦最清白的人；沒有背景，只有進步思想，他上台大家才有希望。三號的上台說他是大學教授，教書認眞，學問最好，是黨國一手栽培的，他一定會好好努力報答國家的栽培。三個候選人裏面只有他是正牌政府推薦的，他當選才是道理，大家不要被破壞份子騙人的言詞欺騙了。」

「呵呵，難說，難說。」

「呵呵，三個人吵起來了呢！台下支持的人也分做三派在那裏罵來罵去。台上的人說要去城隍廟斬雞頭，誰說謊誰出去就被車壓死。差一點打起來，大家都看得很高興，眞熱鬧。」

「嘖！嘖！眞兇狠，眞兇，報應要很久才知道。」

「突然喔，在政見發表台子對面廟的屋簷下，有兩隻大喇叭響起來。哇——聲音好大，比台子上的大了幾倍，叫大家注意，注意看這一邊，大家都翻過頭去看，怎麼搞的？怎麼會有這樣奇怪的聲音？一看，結果是阿A，人站在大廟的屋頂上，眞大膽，四、五層樓這麼高，風又大。他穿著西裝，掛一條紅布條，拿著麥克風向大家說話。哈哈！」

「這個人，這個人！」

「大家都不管這邊的三個人，都去看阿A。」

「他說什麼？」

「他請大家投他一票，他說反正本市十幾年來都沒有什麼進步，別的都市都比這裏進步多了，好多了，市政府一天到晚吵吵鬧鬧。選他們三個人：一個人想賺錢，一個只想搗蛋，一個只會遵命；還不如選他。選他反而大家都會快樂，每個人都可以笑他、罵他；他絕對很老實，不要錢，沒有派系，不會害人，請大家投他一票。他的號碼是〇號，大家一定要投〇號一票，接著他唱了一隻歌給大家聽——」

「噢——什麼歌啊？」

「我是一隻畫眉鳥呀，畫眉鳥，彷彿是身上沒有長羽毛，沒有羽毛的畫眉鳥，想要飛也飛不了……不是我身上缺少兩隻脚，不是我身上沒有長羽毛，只因爲我是關在鳥籠裏，除非是打開鳥籠才能跑。一聲一聲叫——」

我笑得滿眼都是淚水，麵包店老闆唱得眞來勁。一面唱一面笑，肥胖的臉激動得漲紅了，血液鼓滿他薄薄的皮膚，彷彿輕輕一觸就會破裂。

「他一面唱一面還在屋頂上跳舞，哇——好危險，那上面都是瓦片，他滑倒好幾次，有一次還滑下來，滾滾滾，差點滾下去。幸好及時抓住屋簷，掛在半空中，他的脚就在那裏踢來踢去，嚇死人。大家都叫起來，唉喲，一身冷汗，二、三十公尺咧，掉下來一定摔死。大家都出聲大叫，叫他用力，用力爬上去、爬上去，他在那裏扭來扭去，好危險……」

「結果呢？」

「好在，爬上去了。後來警察來了，用消防隊的雲梯爬上去把他抓走啦，哈哈哈——」

聽著麵包店老闆這般的敍述，我有種想跑步，想大喊大叫一番的衝動。爲什麼會這樣，自己也搞不清楚，這傢伙眞瘋狂啊，他到底想幹什麼？

由於現代的社會是一座大型機器，所以每個人都必須去做機器的某一部分，人人都要成爲某種有用的工具，以便能發揮功用，不需要例外。我對自己的工具身分，大部分時間都很滿意。但偶爾不免有些波動、厭煩，而蠢蠢欲動。根據某些專家的說法，厭煩是來自慾望的無法滿足。每當我的工作受到阻力，挨主管的訓斥，家庭裏發生點問題，免不了有挫折感，心情不好時，我都會期望看到那位令人驚喜的阿A。好多年了，本市的人們和我，都經常能在市區內看到他。阿A帶領著一羣小孩，又唱又跳又鬧，佔領噴水池，在公園綠地跳舞。在公共場所、戲院、百貨公司前向大家演講。常常聽見人們談論他老是做出可恨可笑的行爲，造成荒謬離奇的狀況。有陣子，我甚至也發覺自己和本市裏的一些人們，在潛意識裏面受到他莫名其妙的影響。有時也會有股衝動表現突兀的行爲，即興的表演一段阿A的怪異動作，發出特殊的聲音，胡搞一番，使旁人驚訝極了。那時的心理狀況大概是感到很無奈、無力，或是很想使氣氛改變一下，或者只是想表現表現自己，引引別人注意而已。而彷彿的，我也能在這裏面得到些快樂呢！

沒有人願意自己永遠只能是個小角色。也許自知不可能會是大人物，婦孺皆知的如同阿A先生。在適當的時機裏，人還是願意往上爬一點的，一小點也好。那麼一小點，一點職位，就會給人極大的影響，使整個人的心理觀念起很大的改變。

說實在的，若阿A出現在我升任科長的典禮上，我會受不了的，因爲那是個嚴肅的場合，對我個人來說意義重大。他要是來搗蛋、胡鬧，我一定受不了。（但是滿奇怪的）在董事長、總經理、廠長皆列席的升級進階會上，氣氛是那麼莊重、嚴肅，人人都很謹愼，胸前佩著大紅花的我老是覺得阿A躲在會場那個角落裏，他一定會在那一刻中突然跑出來胡鬧一番。使每個人又氣又好笑。他出來我一定會第一個衝過去的。但是，他畢竟沒有出現。自從我升任科長後，我對阿A的態度有顯著的改變，和我以前當員級職工時的心情、口吻截然不同。我們這些「首長」們一致認爲他是個秩序破壞者，權威的嘲諷者，一個社會中無所事事的敗類，實在應該強制他進精神病院醫療才是。

他這人的行爲有意無意，對本市的尊嚴、威信造成傷害。經常帶領無知的孩子逃學，規避嚴格的教育，不讓孩子去補習，打破他們的眼鏡，誘使孩子過度歡笑，灌輸孩子令人駭異的觀念，造成懷疑和抗拒的氣氛。本市各機關首長們的看法都很一致，自然我也深深同意。因爲我服務的工廠在市內直接間接造成許多就業機會，附屬的生產團體不少，所以在市內影響力很大。地方上重要的事務，比如選舉、節慶、典禮，廠內的主管們都會受到邀請，盼能列席指導。平日，我們這些首長們也頗來往頻繁，經常有些聯誼的活動。

在一次本市文化活動進行中，我感覺我對阿A的行爲極爲震怒，從此以後不再對他稍有諒詞，也不覺得這人有趣了。他的確是個破壞者，把一個極爲莊重有意義的活動毀了。那次市府邀請了一位海外知名度極高的女舞蹈家來表演，主辦單位花了許多錢，透過許多管道才得到她的首肯，海報上的宣傳文字是：

「她是十億中國人中跳得最好的，這位女士的來到足以提昇本市文化水準兩成以上，她是傳奇，中國人的驕傲！本市竭誠期待她的蒞臨。」

本市重要人物全受到邀請。說實在的，據我所知，「首長們」，包括我在內，對現代舞的修養有限，除了看過一些「仙女獻壽」、「苗女弄杯」、「綵帶舞」、「小朋友芭蕾」以外所知不多。在本市的表演廳內，首長們都安排坐在前四排，像我這樣剛走入首長行列的人，第一次得到貴賓券，雖然只坐在第四排靠邊的位置，但心裏的那份認眞、肅穆是很難描述的。節目一開始就是市長致詞，來賓致詞，教育局長致詞，好一會，舞蹈眞的開始，全場圍得水洩不通，但眞的是鴉雀無聲，大家都很緊張，害怕被別人看出自己不懂台上究竟在跳些什麼，中國跳得最好的女人呢！說實在她那樣東跑西跳，一下跳起來，一下躺在台上爬來爬去，實在搞不太懂，舞台上的顏色變來變去，音樂也實在不知道什麼時候開始，什麼時候結束，她跳了十分鐘場中已經不耐煩的發出嗡嗡的聲音。唉！總之每次她大概是跳完的時候，後排已響起聲音的時候，我們才很冷靜的拍著手，輕輕點頭表示嘉許。

整個表演大約一個多小時，她實在很辛苦，首長和眷屬們也是，他們在窄窄的椅子裏睡得很辛苦。我記得阿A出現的時候，她正在跳一隻叫「永恒的刹那」的舞。她正在五彩繽紛的燈光中，賣力的跳躍，在空中交叉那健壯有力的雙腿，無限陶醉的樣子。頭髮凌亂，戴一副黑框眼鏡身穿長袍馬褂的阿A不知何時突然出現在台上了。因爲坐在前排，我很清楚的看見他左邊的鏡片裂了三、四道，冷冷的面孔，黑白分明的眼珠裏閃著一種狡猾和喜悅的味道。觀衆正在詫異，主辦人員吃了一驚，他開口向台下的人說：

「我跳舞你們爲什麼不看？我跳的才是眞正的民族舞蹈，不要錢，我自己來，你們看！你們看！」

他居然在舞上跳起來了，嘴裏唱著那條：我是一隻畫眉鳥。有人開始起鬨，叫嚷，有人瘋狂的鼓掌，首長們個個鐵青著臉。維持秩序的警察從兩側擠過人羣，向舞台上衝去。表演著的阿A可笑笨拙的姿勢，慘不忍睹，一下抬腿，一下翻滾，長袍都弄破了。我們偉大的女舞蹈家愕然的停下了她的動作。不愧是見過世面的女舞蹈家。她不管舞台上、下的混亂，停一會又繼續跟著音樂跳了下去。在舞台上一陣追逐，警察抓住阿A，扭著他的手臂把他往下推。阿A不情願的掙扎，大嚷：

「你們爲什麼抓我，一點也不尊敬我，我是最偉大的舞蹈家。」

我震怒極了，他對本市的榮譽影響太大了。我們首長們都憂心忡忡，憤憤不已。害怕那位女舞蹈家和記者們會對我們不諒解，奇怪的是，她在報上只批評觀衆水準不佳、場地狹小、燈光欠佳、招待人員素質太差，從沒有提到阿A一個字。但是我們一致認爲她所以如此說，完全是因爲阿A搗蛋的緣故。至於觀衆照相、吹口哨，起鬨那算水準不佳。我甚至不諒解自己多年前，曾私下去拜訪這個瘋狂的傻子。

近來，本廠的配置科即將撤銷的傳說愈來愈接近眞實。這位新董事長上任不久後就有這樣的風聲。我一直不相信它會是眞的。因爲在我的科內有三、四位職工的背景很硬，雖是小小的工友身分，連廠長都要讓他們三分。多年來在社會的歷練，根據我的判斷這幾乎是不可能的，新任董事長雖然厲害，名氣響亮，但也不至於如此吧！因爲我科內的現象在一般機關內太普遍了，新董事長會知難而退的。我平常也這樣安撫我科內的員工。但裁撤的人事命令竟然還是下來了。所列的原因是本廠多年虧累，人事繁雜，冗員機構過多。我任本科的科長才不過兩年多而已，雖然不敢說自己很認眞工作，但至少從來沒有得罪過人，不比別人好，也不比別人差，而且花了很多心血才當上這個職位。我的年紀將近四十，不太想改行，重新找工作，已經沒有那股衝動。因爲希望廠方不要資遣我，我去拜訪廠長，並有些氣憤他爲什麼不事先預示我這種可能性，使我心理沒有準備，而且科內員工對我很不諒解。廠長並沒有給我滿意的答覆，他說：

「當初你和李苗、張秉玉爭這個缺，我就暗示你沒有什麼好處，你一定要，我只好如此辦了。我明年就要退休，如果把你改調，出了問題我也完蛋，我辛苦了三十多年，你了解吧……」

確實的，我這個人最大的毛病就是不夠積極，除了那次升科長稍微努力過罷了。我太世俗，偶爾也會有點偏激的念頭，但不久就會平復它，而且會責備自己爲什麼這樣亂想。在此之前生活一直很平穩，安順，多麼好，一年升一級薪水加多一點，慢慢往上爬，不願想太多，對社會上那些失意、窮困、發牢騷的人，是有點同情心的，有時覺得他們實在不幸，有時又覺得他們的行爲不值得諒解，但從來沒有想過自己會是他們其中一份子，從來也不會相信會是。

離職一個多月了，我經常想到狂人阿A。不知怎麼搞的，一直很想看到他，那個念頭很強烈，但他始終沒有出現。

這幾天，本市正在熱烈的舉行兩年一度的全國運動大會。市區內到處建有牌樓，馬路邊插滿各色旗子，全國各傳播界的記者都來到這裏。許多項比賽陸續的在各個運動場展開。市內一片熱鬧興奮的氣味。

這是我有生以來第一次嘗到失業的滋味，我不是沒有本事能力的人，學歷也不差，只是不太能接受這樣的狀況，愈想心裏愈不舒服、愈窩囊，簡直什麼也不想幹，灰心透了。有時我騎車經過工廠大門，看到那高大裝有鐵絲網的圍牆，竟有股想去爬它的衝動呢。——大女兒念國中，要補習英文、數學、物理、化學，還要彈鋼琴、學舞蹈；兩個兒子，除了念書吃飯，也去補習作文，練空手道。錢喔！錢喔！

我的薪水剛好夠家庭開銷，老婆教插花，一個月錢還能剩一點。我的資遣費雖然不少，加上平日的積蓄，大約可以維持兩年。當我還是配置科科長的時候，朋友還眞不少，由於互利的關係，到處都看得到有禮溫和的面孔，現在比較多的是敬而遠之安慰的神態和表情。我也看上過幾個職位，拜訪過一些朋友，大都因機會、條件、關係等原因沒有順利成功。不能讓人家爲難的，大家，不管是A、B、C、D……甲、乙、丙、丁……都和我差不多，都有困難，都有難言之隱，等著看、慢慢看，有機會再說……這幾天閒得發慌，在家裏東摸西摸的不耐煩極了，就騎著車在市區內閒逛。好幾次經過阿A住的公寓旁。不禁多瞄了幾眼，他一定不認識我吧？但我卻好像和他很熟悉，像久年老友一樣有感情。麵包店老闆仍然在那兒，摸著大肚皮和客人聊天。

老婆不斷向我嘮叨，要我去找一位老同學。這位老同學在×市已經當上相當高的職位，有相當的權勢。只是我很不願意去，原因是學生時代就相當看不起他，兩個人之間關係不怎麼好，他的臉皮厚，權利慾望強，只要他想做到的事，他是可以付出任何代價的。雖然我也不怎麼清高、有操守，這一點我還是無法接受。老婆一直跟我嘮叨，要我去拜訪他，看在老同學的情面上，他應該是會幫忙的。我一點把握也沒有，不是我不想去，只是硬著頭皮去，要是被拒絕了呢？我可眞受不了，何況在以前他根本是讓我們瞧不起的小角色呢！

工作沒有好的著落，實在也不想回家，家裏現在愁雲慘霧，一家人都是副驚惶的樣子，煩死了。我的大女兒居然說要辦休學去做女工來養活我們，她一面哭一面說，表情和說的話都很像電視劇裏的台詞。「眞要命!」我逛呀逛的，就來到本市的運動場附近，實在是無聊極了，看看運動會消遣、消遣算了。運動可以激發鬥志，我以前還是徑賽的高手哩。我到售票口買了張前排特區票，像我這樣曾經有點地位的人，應該是坐在前面幾排的，甚至還可能安排在司令台上呢。剛一進場運動場內的景觀便使我心胸一震，觀衆眞是多，黑鴉鴉的圍繞成廣大的圓弧型，彷佛間有種君臨天下的感覺出現在我心裏，那些發出巨大嗡嗡聲的羣衆似乎都在看著我的出現，對我行著注目禮。眞奇怪啊，本市怎麼會有這麼多沒事的人，在應該工作的時間來看比賽。我再仔細的觀察了一下才知道，可容納一萬多人的場內，大部分是義務性的觀衆，是各校拿牌子，掛字幕的學生們。

運動場內進行著撐竿跳，跳遠和不知幾百公尺的徑賽。在本市待了許多年，我大概是第二次走進這座運動場，人羣裏面幾乎也沒有認識的人。我無聊的瞪著場內的活動。廣播機播出一位聲音尖銳小姐的聲音，她說是各項比賽進入決賽的時候了，名次不斷的報出來。一羣羣體格粗壯、皮膚黝黑的運動員，在鮮豔的跑道上奔馳。啦啦隊此起彼落的歡呼，鑼聲鼓聲一波又一波的從各角落裏響起。四百公尺，八百公尺，五千公尺……勝利者高舉著雙手，激烈運動後痛苦的表情，扯著他們的臉孔。複賽，決賽，令人屏息，心臟都快停止的出發起跑，一羣羣年輕人拼命的向終點衝去。廣播小姐在百忙當中說：全國田徑協會會長，市長先生，××會主席……出席了，請大家鼓掌歡迎——。義務觀衆們紛紛敲鑼打鼓，在指導的指揮下發出最大的歡呼聲，聲勢浩大，令人精神一振。排字的學生們也在指揮下排出碩大「歡迎貴賓」的字幕。

「……貴賓們，我們的馬拉松選手，在三個多小時前出發，第一名的選手即將在五分鐘後進場，請大家注意啊——」

我在座位邊撿起一張揉縐的節目表，想起學生時代的我是短跑健將，也曾在許多比賽裏奮勇的衝線，在掌聲裏驕傲一陣子。我的位置就在前面的七排特區，這裏的人差不多剛坐滿，但是我想應該是有很多人不屬這區的，是因爲貪小便宜坐進來的。由於和跑道靠得近，甚至可以感覺到運動員呼吸的熱氣。唉！我就夾在這麼多陌生的人羣裏，本來我應該有機會坐在司令台那上面的。在那裏面我可以看到幾張似曾相識的面孔，有一位是青商會會長，那個穿制服的是警察局長，另外矮小戴副墨鏡、穿體育服裝的無疑的是廠長大人……。他們的面孔嚴肅，或帶著優越式的微笑，「首長」們把手插在腰際，挺著腰，愉快的看著場中的競技。許多項比賽結束，田徑場中逐漸空出來。人們在迎接，等待馬拉松選手進來。我的位置在司令台的左方六十公尺處，選手們將由司令台右方跑進來。我這個位置的人們可以在最後衝刺時看到這一位跑了二十多公里的英雄。

「大家注意，我們的選手可能會打破全國紀錄，他馬上要進場了，希望大家給他加油！他馬上要進場了——」

忽然，許多人開始往前擠，站起來要擠到最前排。

「快了，快了，加油！加油，馬上就要進來了！」

廣播小姐尖銳的聲音，急促的催著大家。

這些人實在有點莫名其妙，坐在原來的位置不是也看得很清楚嗎？幹什麼要往前擠，人愈來愈多，我也不知怎麼的生起氣來，站起來也跟著往前擠。說實在擠過來的這些傢伙，有的樣子實在很粗野，猥猥瑣瑣，一點也不懂得禮貌，和我這類的人完全不同。我往前擠，有個傢伙甚至用胳臂拐我，手肘撞在我的肋骨上，使我胸口悶了一口氣，差點喘不過氣來。可是我不服氣，心裏已夠窩囊了，還要受他們的氣，要是以前的我是絕不會這麼做的，我是有身分的人。我拼命的往前擠，很多人對我發出「嘖！嘖」的聲音。有人用腿頂我。最後我終於擠到最前排，靠在場邊的欄杆上，夾在兩個傢伙中間，這裏只要一跨步就能跳進場內，是運動員最接近的地方。

和我貼得緊緊的是小販模樣的傢伙，樣子好似廠裏伙食團洗碗雜工阿財。這傢伙身上一股汗臭味，脖子下兩三道黑圈，嘴裏嚼著檳榔，不斷惡意的用肩膀聳我。

「我們的選手進場啦——」

「喔——」

「嘩——」

一個跑得搖搖晃晃的運動員，緩緩的進入場內。運動場內歡聲雷動。隔壁這傢伙故意用腳踏我，我彎起腿頂他，他用肩膀擠我的胸窩，我不舒服極了，呼吸不上來，我向後仰，後面的人不耐煩的「呀——」的一聲把我硬推回來。我又氣又痛又急，不舒服極了，渾身又熱又癢，汗珠流到眼珠裏，手卻抬不上來，卡在隔壁傢伙的腰上，又一陣人潮的推力從後面傳來，我的頭被壓下去，鼻孔貼在隔壁傢伙汗溼粗硬的頭髮上，一股股頭油的臭味鑽入鼻孔裏。我想大叫，想打人，想逃走，我受不了了。除了前面，短時間內我絕不可能退回去，密密麻麻的人塞滿了所有的空間。我走不了的。

「加油！加油！」

司令台右側那區的觀衆同聲一氣的發出喊聲，爲這第一名的選手高喊，這傢伙舉起手向觀衆揮動，觀衆的歡呼聲更大了。

「跑呀，跑呀，快要打破全國紀錄了——加油！加油！衝呀——衝呀！」

廣播小姐尖聲急叫，嗓子發出嘶啞的聲音，司令台上的那些傢伙都站起來了。

「嘩——哇——」

勝利者跑了一百多公尺的時候，全場進入興奮的高潮。忽然間，一個青色的影子從司令台右區那兒翻出來，我淚眼模糊，又刺又痛的眼睛卻沒有漏掉這個鏡頭。馬拉松英雄的後面突然出現了一位身穿超人裝的人物，他的胸前綉了一個大「A」，繫黑色寬皮腰帶，背後一條大紅披肩。臉上掛著一副眼鏡，頭髮凌亂，他拼命的跑。想追過勝利在望的英雄，「超人」跑步的姿勢一拐一扭，姿勢滑稽笨拙，跑了一段他忽然又被身後的紅披肩絆倒，跌了一跤。

「喔——哈哈——」

羣衆騷動了起來，議論紛紛。有許多人大笑了起來。司令台上有人在叉著腰指指點點的大叫大嚷。馬拉松英雄繞完大半圈跑過我面前，我忽然有了股莫名其妙的衝動，腦子裏一陣陣轟然作響，眞的要幹嗎？眼珠太痛，太不舒服了，眞的嗎？媽的，幹了，眞的嗎？我用盡了全身氣力，掙開緊貼在身上的鄰人，伸手抓住欄杆，我往田徑場跳了進去，「超人」阿A卽將跑到我的身前。附近一帶的人，把眼光全部投注在我的身上，他們總算認識我了，剛才擠在我旁邊的傢伙一定嚇壞了，我狠狠的揉了幾下眼珠，擦了擦身上的臭汗，那傢伙絕對沒有想到站在他身邊的是什麼角色。阿A跑過來了，我站在跑道邊，握著雙拳，他向我點了個頭，眼珠裏的意思好像說，「我了解你，老朋友，來吧！」我握緊拳頭跟在他身後跑了起來。七、八個警察朝我們包圍過來，他們一隻手扶著頭上的帽子，一面向我們追來。我另外也看見整個運動場各角落也陸續跳出好多人，繞著運動場地跑過來。我跟隨著「超人」阿A，拼命的往終點線跑去。終點線就在司令台那兒，我咬著牙，滿臉不知是汗水還是淚水，我們迎著一波又一波觀衆們巨大的歡呼聲，拼命的衝過去。我幻想著四面的孩子們正排著「阿A加油！」「阿A萬歲！」的大字幕。……。

——原載一九八五年十二月十八日《自立晚報》副刊

花之亂流

親愛的讀者，這是阿A內心的敍述。我根據他自己灌錄的錄音帶，文字的記錄編輯而成的。

你絕對難以相信天下會有這種事情發生，而確實它是這樣存在的。阿A在發生事情的前幾天，仍每天很正常的到廠裏來，進入我們總務處的辦公室。在表面上大家都不知道這人內在的意識是這樣激烈的流動。當然他是發生了一些惹人議論的事。但辦公室內的人們都只注意到一個現象，那就是他的臉孔忽然變得愈來愈秀美了，顯露一種奇特的美感。那是難以說清楚的感覺，他的臉孔吸引住了人們的眼光，人們會不自覺地被他呈現的神情所攫奪，忍不住對他深視起來。眞奇怪啊，人被某些事情困擾的時候，竟然能不顯得狼狽憔悴，反而轉化成秀異的神彩，這人的心靈是如何的呢？阿A原只是個外貌平凡的年輕人，戴副黑框眼鏡，有時會莽莽撞撞冒冒失失的而已。而他竟然變得如此俊美，令人詫異極了。是的，他透露出難以言喻、神秘的美，辦公室內的我們，都爲他的美和變化所震懾住了。

終於他就變成一朵花了。

他每天都帶一盆水來到辦公室，把脚放在盆子裏，浸著。不再言語。那身體的姿態就如一朵優美的花。誰若移開那盆水，他也不反抗、不掙扎，只是靜靜倒下來，躺在地上，氣息微弱，形容逐漸枯槁，一如即將乾萎了那般。於是人們趕緊把他的雙脚放回盆中，他神奇式的又回復起神色，蒼白的臉上又回復了血色，恢復那花一般的潔美。

變成花十五日前的錄音帶

我是飽滿的，我是飽滿的
像一顆即將爆炸的炸彈
即將燃燒的汽油庫
藏有億萬噸滾燙的岩漿的
火山
我可以舉起整座地球

可以毀滅所有的物體
身體裏的力量像浪濤一樣
激昂
我站在街上像一顆即將爆
炸的核子彈
只要嘿嗨一聲！
嘿嗨！
地球上所有的一切都炸裂開
來

當我是這樣的時候，世界是岌岌可危的，因爲我變成一股力量，毀滅性的力量。現在我只想破壞什麼，摧毀什麼，任何人、事、物都不要靠近我，不要到我身邊來，因爲我一定要破壞它。雖然我極力克制、壓抑自己，但是那股龐大的力量還是控制不住的想滲出來，從胳臂、手指裏發射出來。我洗臉時扭壞了水龍頭，出門時撞倒了一堵牆，拔起了路邊的兩根公車站牌。沒有人能做到這個。我太強壯了，十足像個超人，我想到自己的力量就感到無比的敬畏、恐懼和欣喜，我的力量可眞龐大啊！眞是愉快極了，美極了。

變成花十三日前的日記

樹會死掉，讓我吃驚，怎麼都想不通。在上班途中看到一棵樹被颱風吹倒在地上，好粗大的樹啊。從我還是孩童時它就很粗大的，它竟然倒下來，而且它的內心早就腐朽了，倒在地上的樹幹裂成好幾塊，它早已死亡了，沒有人知道，因爲仍有幾根枝枒上還有暗綠色的樹葉。我以爲樹都可以活幾千年，只要沒人去砍伐它，沒有人去折磨它，樹可以活得很久很久，至少應該活得比我久。不知道怎麼搞的，它的死掉令我感到害怕，好像某一部分的我也死掉了一樣，眞的死掉了再也醒不過來。可怕，可怕。想到這裏，有張面孔很清晰的浮在眼前，那是張死在大卡車下婦人的臉，我只看到她的臉，那臉的神情一副很悠閒很平靜的樣子，不似剛被壓死，她好像根本不承認，不知道被壓死的這回事。我後悔看了她，但是看了，於是那張臉就開始追隨我，每天經過車禍地點那臉孔就出現一次。我還是不了解那樹木爲什麼立在那裏就死了。什麼理由啊——死亡來臨了，就算它有感覺時也沒有辦法是嗎？它不能逃跑嗎？一定是沒有辦法逃避才會這樣的。如果我早知道了，一定會幫助它逃跑，讓它從泥土拔出腿（根）來，哈哈，它伸出兩條腿跑的樣子眞好笑。我們要找塊好土地再去生長，好好的活下去。我的心是那一部分死亡了，我怎麼不知道，爲什麼不曾逃跑，而它確實已經死亡了，它沉重的壓覆住我心的某角落，喔——死掉的——腐朽的——

變成花十日前的日記

我變成流動的精靈，忽然能夠出入所有的肉體和靈魂，像陣狂旋的溫熱的氣流，搖動、搖動，旋繞、旋繞，襲捲向所有的人類，我可以進入所有生命的裏面去，我就是靠這種感覺認識這人世的，我可以了解所有的人，那是種感覺，那就是眞的了。否則我怎麼能知道別人，了解別人在想什麼，幹的是什麼呢？

工友老黃死了，太悲傷了，這消息突然像隻鐵鎚重重打中我的心，讓我又痛又緊。老黃實在是個命苦的人，總是在受罪。是因爲大腸癌死的，原先只以爲是痔瘡而已，大便有血，沒想到那麼嚴重，檢查出來已經太慢了。這種人，唉！這種苦命的人，好像佛教說的是生來受罰、受惡虐的，這幾天總算是死了。現在我想到他，就覺得自己變成他了，完全就是他，我融進去了，那種哀傷的感覺震動了我，讓我完全進入他了。——我每日在校園內走來走去，身後跟著條白色雜種狗「萬歲」。在黑暗的校園巡視。唉呀，我這樣的一個人，從出生到現在都在忍受低賤，十幾歲就跟部隊跑，沒有吃飽過幾餐，一會在北一會在南，幾次戰陣，幾次負傷，逃亡、被俘，只是一粒塵土，在別人的命令下行動，是一株野草。我也有個老婆，是個沒有人要的半瞎女人，身高不到一五〇。我也有四個子女，他們偷竊、耍太保、遊蕩。我也有間房子，十幾坪大，樑柱的虫子常掉在飯碗裏。我也有條狗叫「萬歲」，又白又大又忠心。其實我有過太多狗，都是沒人要的，牠們都愛跟著我，我也吃了牠們幾隻。吃了狗讓我發熱發癢，像個男子漢大將軍。這輩子是完了，可是我有個秘密哩，從沒告訴別人，只跟有個叫阿A的年輕人談過。他可是嚇到了，這件神秘的大事卻叫我碰上了，這就是所謂的天機吧！這事應該是眞的吧！我在海南島碰到一位奇怪的軍人，他給我算了命看了相，認爲我這生福薄緣薄是天生下來受罪的，上輩子造的孽，來還的。但是我下輩子可是大大不同，說不定有貴爲天子的命。他還拿了件東西給我，說是要是能在死前吃下它，就一定能改變命運。這東西是某個男子的腦子，晒成乾的，用錦盒裝著，我保存了三十多年，一直像塊寶。我拿給那孩子阿A看過，他看到那東西竟然發起抖來，滿臉的汗水，眼鏡片上都是白濛濛的。現在的年輕人眞沒用，要眞的打戰了，他們這種貨能用嗎？我死了快一天，脚板都冷了，阿A才來看我，這孩子趁沒人的時候找到了那隻錦盒，撬開我硬掉的嘴，把那東西塞了進去。他是個好孩子，眞正的好孩子啊——我要去投胎，下輩子要是能做上大官爺，一定要拉拔他！嘻嘻。

變成花八日前的錄音帶，上午時分

我想只有面對你，才敢說出眞實的話吧。你，就是我自己阿A。我懷疑所謂「眞實」的可能性。沒有「眞實」的可能吧？任何事情只會發生卻不可能眞實的再現，誰說天下有眞實的事情，沒有，就算剛才發生的事情，把它立刻轉述給第二個人，或者寫下來，我相信那一定會有所偏移，當然轉述得愈多錯誤也就愈多，所有的歷史、典故、事件都不可能是完全眞實的，我說「完全的」的意思是說，可能只有部分的眞實，但成分不會多，甚或是極少吧。因此我所能告訴你的——親愛的阿A，我傾吐的也不能完全眞實，雖然我想，但是也不可能不帶些欺瞞性吧。因爲我這人愛誇張，很會重編故事，胡思亂想，強辭奪理，無法控制情緒。我覺得也蠻不錯的，挺正常的，完全符合人的狀況。

誰敢說他所說的是眞實的，
沒有一點虛假。
絕大多數的都是假的成
分多，人們都是虛僞的，

相信是愚昧的，被人性的
欺瞞性所困惑。
所以我向你說的也不眞
實。

眞正的狀況是，你我都不知道，不能肯定什麼是眞實的。——唉！我大腦裏充滿了細菌，細菌爬滿了才會這樣，常常覺得自己是別人，別人也就是自己。

變成花八日前的錄音帶，深夜時分

總之，我原諒工料處的黑七找人來打我的這件事。我不喜歡暴力，他是被人利用的，那人有嚴重自卑感，又衝動，最容易被人操縱，操縱他的一定是廠長，我了解。否則沒有人會這麼大膽。我有內傷，呼吸時胸口會痛。黑七太多疑了，完全不懂心理學，老是喝醉了酒才敢找我，根本不清楚自己在幹什麼，他辭職了好幾次又再回來，這樣惡劣的人廠長還要，人家說廠長是利用他來威脅廠裏面的某些人的。眞厲害。我這個幹總務的不簽全勤獎金給他，是因爲他從來沒有按時上班，按時打卡，人事處很淸楚，廠長也知道，他不敢惹他，卻叫我去處理這個問題，爲什麼找我呢？不給他全勤獎金一點錯也沒有。我是正派的人，按規矩來的，好多人勸我，說黑七是廠內的惡勢力，混了好多年沒人敢說話，年輕人睜一隻眼閉一隻眼算了，否則自找麻煩，我可不是如此，難道他們沒有讀過聖賢書嗎？「天地有正氣，雜然賦流形……是氣所磅礴，凜烈萬古存」「無恥之恥無恥也」「人生自古誰無死，留取丹心照汗青」，我可是背得很熟，行的也是聖賢之道的，難道錯了嗎？我是無愧於心的，「吾善養吾浩然之氣」，但卻被打了。廠長說一定會公平處理，希望我不要鬧大，不要上法院，搞得大家不好看，但時間過了滿久的，十天了，黑七那傢伙還是來上班，斜著眼看我，廠裏很多人都笑我，認爲我眞是孬種，廠長說決不容許在他的廠內發生這種事情。黑七自從打了我以後，似乎成了英雄，增加了威名，大家更怕他了。唉！這粗人實在很可憐，完全不知道被人利用了，而且——我是最討厭暴力的，不喜歡以暴易暴，我向他解釋彼此之間可能有誤會，我決不會用暴力報復，暗示他可能受了誰的利用。黑七嘴裏咬著檳榔，仰起下巴好像聽不懂我在說什麼……眞理是站在我這邊的，聖賢之道是錯不了的，光明來臨前的一刻是最黑暗的，有一天他會慚愧得求我原諒自己幼稚的行爲。「愛人如己」，這是我的信條，眞希望有天他會了解我對他的苦心，我是純潔、正派的人——

變成花五日前的錄音帶

我覺得自己曾被槍斃過，說那是眞的可是我又活得好好的，肉是肉骨是骨，說那是假的可是那又太眞實了。因爲子彈打在腦袋和胸膛的聲響和感覺實在太清楚了，這是個人的極微妙的恐怖經驗，我一定是被這樣殺過，否則怎麼可能有這樣的感覺呢？我記得我這個人是死在一片荒涼的野地上的，眼前有座土坑，土坑裏橫七豎八倒了不少人，我混身給麻繩綑得緊緊的。我脾氣不好，性情太急躁，太衝動的亂吼亂叫惹怒了那羣人，於是就被那羣人拖去槍斃，他們一舉手我就被打得像爛蕃茄。那個我是誰，什麼身分，幹了什麼就不知道了，忘了吧？

這太眞實了，所以我很害怕，總是逃避容易發生衝突的場面，不要站到最前面去，不敢激動，不敢在外人前面亂吼亂叫，我的感覺一直在教訓我、威脅我，所以我才不搞政治。搞政治聽說我的條件不錯，有位親戚是黨國元老，儀表不差，學歷和口才也很得體，有人想出錢支持我哩，要我選×市的市長，讓我當最年輕的市長。

這個槍斃的事從來沒有向別人談過，除了錄音機。現在不可思議的事情發生了。我的遠房表哥由澳洲寫信到家裏來，信上說最近和在大陸的親戚聯絡上了，隔開了三十年，總算有消息了。他們都很悲慘，我的兩位舅舅正是被土共槍斃死亡的，大約是在我出生前一年多左右，而母親曾說過我長得像極了她的大弟。根據母親的說法，我逐漸知道了自己的身分，我是個木材商人，兼做些珠寶生意。

我身負血海深仇，我應該報仇。但是我不太了解——不知道要怎麼說，他到底如何的，活在怎麼樣的時空裏，我不認識他，眞的很虛渺，一點感情也沒有，我去照鏡子，鏡中的人就是舅舅吧！但是我到那裏去了，我要爲我報仇，對，我被槍斃了，血海深仇。消息傳來全家人都很惶恐，悲傷，咀咒可恨的敵人，濫殺無辜，爲什麼原因殺害他們的兄弟，在那裏殺的都不知道，在那裏殺的似乎只有我最淸楚。但是我沒有說出來，這是沒有人可以了解的。戰爭太可怕了，太可恨了，戰爭不是我造成的，我是個膽怯的人，卻要報仇，怎麼辦呢？什麼是眞實的——

變成花三日前的日記

來了——來了——

黑色的陰影——陰影，漫天的陰影——黑暗——黑暗——

來了——來了——

黑暗的，酸楚的，酸的味道——黑暗的——哀傷的——

到處都是又酸又苦又冷的味道，食物裏、水裏、空氣裏——

有一個人來了又走了。伊眞的有來過嗎?好像是眞的,這裏還有伊的味道,香的、香的。香得多可惱。伊不應該來的,我會被伊害死。

伊說:你不必負什麼責任,我願意的。

我問:妳爲什麼願意來,願意和我在一起。

伊說:我只是崇拜,崇拜你而已。

崇拜我嗎?我這樣的人?可恨,可恨,伊知道我被人欺侮,毆打了,竟然還跑來安慰我,抱著我的頭說。他們不了解你,你是純潔的人,善良的,他們不能這樣對待你。你是一條乾淨的小河流。

我是純潔的人,伊大概和黑七那夥人也有來往,所以我那麼容易就掉進伊的陷阱。伊第一次來找我就坐在我的床上。伊的香味,香的,香的,香的太古怪,香得發酸,香得令人要發狂,發狂了!

伊只不過是品管科的一名女操作員。竟然生成那麼美麗?美麗,美,美太恐怖了。怎麼會這麼美呢?令人不由得不去注視伊,我控制不住我的眼光,心臟不斷的快速跳動。情緒像海浪一樣起伏。幻想啊幻想,這美麗的女人。想到伊就興奮、痛苦、哀傷、甜蜜。

有人知道這件事嗎?不會吧,他們不可能知道吧?

這是秘密,我告訴過伊這是絕對的秘密,伊不會洩露吧,我帶伊去過好多地方,沒有人會看到吧？

罪惡，罪惡，我犯了罪，我是純潔的。

來了，來了——黑暗，酸的，苦的，冷的，黑暗，可怕啊——。

伊爲什麼那麼大膽，爲什麼找上我。我只是喜歡看伊而已啊，只是美麗吸引了我。濃密的頭髮、乳房、長的腿，完整的，修長的。伊的身體眞美麗啊——

我是純潔的，乾淨的，是的，伊根本不存在，伊的美麗只是幻想而已。我才是美麗的。對呀，爲什麼沒有想過呢，伊是不存在的，只是掠過潔淨小河上的一道影子，影子而已。我才是眞正美麗的，潔淨的。我的美麗吸引住伊。對呀，伊是個虛幻，是來考驗我的生命的。什麼事也沒有發生過，那只是一種美的考驗吧！是呀，我才是一朵眞正美麗的花朵呀！

變成花前一天的錄音帶

我又看到那老人了，眞可怕。我對他太熟悉，背過他所說的大部分的學說。背得滾瓜爛熟。什麼「巧言令色，鮮矣仁」「唯仁者，能好人，能惡人」「君子喻於義，小人喻於利」。這位老人拄著拐杖在市區裏走動，經常可以看到。是他不錯，高高的額頭，長長的鬍鬚，雖然故意穿得像現代社會的老人一樣，但我一眼就認出來了。奇怪，爲什麼滿街的人都沒有一個認出他就是——沒人認出他。他的圖片銅像到處都是啊。只有我，唉！奇特的人，我是多麼不平凡的啊！與衆不同的，啊！是了，現在認識他的人也不會多的，他住的地方又破又舊，太久沒有人管理打掃，樑柱都腐朽了。連他本人的銅像都被抬出來放在庭院的角落裏。殿裏的鴿子好多啊，到處亂飛亂拉屎。兩廂裏七十二賢人的木牌東倒西歪，又是灰塵又是蜘蛛網，傍晚時分還有蝙蝠飛來飛去……那裏眞淒涼啊——只有我這樣的人才會去那裏……我是慕聖賢之道的。

聽說市長要把這廟的地產整個賣掉，賣個幾千萬元充實市庫，現在沒有人需要這麼大的文廟，它佔地太廣、太浪費，也沒有實質利益。此地賣掉後準備建造一座大型的猴園，進口世界各地的猩猩、猿猴讓人參觀，賺取門票錢，發展觀光。

報上說縣長不同意市長這麼做，因爲這座廟的財產應該是縣府的，這裏的一草一木都是縣府的財產，不是市府的。財產權還在打官司，縣府認爲應該把這塊地拿來興建國民住宅，賣價才會高。

老人拄著拐杖在交通繁忙的馬路上走著，不疾不徐。老人在麥當勞速食店進食，老人在金夜西餐廳門口看非禮香艷的海報。老人擠在政見發表會的人羣裏。他經常僞裝成賣獎券的，站在蜜雪兒女裝店前面兜售獎券。

他完全沒有發現我，我也沒有拆穿他的秘密。

我好幾次作夢夢到他，他和我談現代社會的各種狀態。老人也不歎息，也不哀傷。只是抱怨有許多假借他的名義，扛著他的招牌騙飯吃，用他的話亂解釋，這點眞令人詫異。更令人驚奇的是他認爲自己在這個社會裏是沒有什麼用的，賣賣獎券倒相當合適。這不像他這種身分地位的人該講的話，他應該是非常失意，傷心，痛心。

選舉的季節又到了，人們平靜的生活又要被攪得亂七八糟了。報紙天天都在大大的報導，預測，評論。廠裏有一千多票，沒有一位候選人會放過我們的，廠長又是個愛好政治的人物，我們又有得忙了，要去支持廠長支持的某人，並且開會造另外一個候選人的謠言，廠長支持的人只要選上大家都有利，有利是最重要的。

政治季節又來到了，唉呀，我們又要忍受他們的騷擾啦！沒有辦法啊，他們是我們大家的代表，代表我們大家的權利、福利和心聲的。

老先生不應該去看那場政見發表會的。他這人就是這樣啊——家事、國事、天下事，事事關心。我是在聽到好多輛警車尖銳的呼叫聲，才嚇得從床上跳下來的。樓下的人議論紛紛，在××國小的政見會上發生了暴動，警察在抓人了。好奇心的驅使，我也趕去看了，但是去到還距現場一千多公尺的地方就被擋住了。嘿！好多鐵絲網和拒馬。幾十位頭戴安全盔，手執盾牌、棍棒的軍警在那兒，尖銳的哨子聲不斷的響起，好像戰爭片——什麼也沒看到，人都散得差不多了，正失望著的時候，沒想到竟然看到老先生了。

我的呼吸突然急促起來，心臟跳到喉嚨裏。他被兩個全副武裝的警察架著。我由重重的鐵絲網縫隙中望到他。老人脚步踉蹌，我看到，在冰冷尖銳的鐵刺裏看到他雪白的頭髮上，揷有一朶花。噢，一朶紅色的玫瑰花……噢……一朶花……老先生你怎麼了。

我是那朶花，是那麼鮮艷美麗的……我是無能爲力的，你們要怎麼擺佈我，我是毫無辦法的，我是老人白髮上的花朶，鮮紅的嬌豔的美麗的鮮紅美麗的……

昨天早上，剛下過一陣暴雨，市區內又發生了大火，是閃電擊中市區的最高樓萬利大廈，整個市區籠罩在黑煙滾滾，火光熊熊，臭味四溢之中，天空裏飄滿灰燼，混濁的水淹滿了主要的街道，好久好久不退，眞骯髒啊這城市，再來個地震好嗎？搖搖他們，搖搖他們，搖搖，讓人們淸醒些吧，人們不肯醒過來嗎？他們不知道純潔和愛嗎……心靈都是灰塵啊……骯髒啊——。

我在汚濁的市區漫步，胡亂的走著，老人到那裏去了……我終於走到那廟裏去了。廟前院子因爲暴雨而積成了小水潭，一輛鹵莽的黃色怪手，咆哮地開到這裏，毫不客氣的撞倒了西廂的牆，直接來到大殿前。三四個穿牛仔褲的工人走向銅像，他們長得眞強壯，營養眞夠，其中有個好像是黑七的朋友，上次一起打我的人之一。他們拿出幾條鐵鍊，把老先生由頭至脚結實的綑綁起來——我沒辦法向前，我曾經被人槍斃過、打過……怪手過來了，鐵鈎伸出來了，鈎住了鐵鍊，老先生的身體搖了搖，被拉動了。怪手咆哮了，老先生被扯倒在地上，「碰」的一聲，倒在青石板地上，我才聽出他的內心竟是空的了。老先生倒在地面上，拉磨了一段，然後被懸吊起來……吊起來……愈吊愈高……愈吊愈高……他們說他是要去熔解的，可以做一萬顆鈕釦，或者是五千隻銅把手，樓梯墊子，電線，各式的獎牌……我也可以熔解，熔解，熔解，熔解成一朵花……。

變成花的今日

錄音帶是空白的，只有「嘶——」「嘶——」的聲音。

——原載一九八六年三月六日《自立晚報》副刊

探索的、反叛的飄泊者

——王幼華的小說世界

彭瑞金

一

依據寫作年表觀察，王幼華是典型的八〇年代新銳作家，也許典型一語未盡妥切，然而他的確是在八〇年代初始即邁開創作脚步，在創作企圖上具備八〇年，新的世代自覺的少數小說作家之一。八〇年代開始的台灣小說，明顯地承續了上一個世代文學狂飆運動的魅力與十字架，在強大的求變改革與突破創新的呼聲下，做爲接棒者——八〇年代的台灣小說作者，有其幸運，也有其擔負。七〇年代的青、壯兩代小說家，將台灣小說附著於現實伸展的性格予以確認，並且帶領到了一個再躍昇的起點上來；因此，身爲八〇年代的作家，無論如何小心敬謹地追逐上一個世代脚跡前進，仍然必須面對如何擺脫前人龐大的影像而凸顯自己的困局，不管他多努力，突越的機會將減少許多。時勢所趨，必然孳生了以反叛爲旗幟，擁有開山性格的作家，他們試圖避開前一個世代的影子，開拓沒有歷史負擔的新局面。我以爲黃凡與王幼華正是後者最好的例證。

黃凡小說裏強烈的叛逆性特質，曾使他膺選爲八〇年代台灣小說家的代表，我想黃凡的反叛性是指向現實政治的皮層，一種姿態而已，相形之下，王幼華雖然沒有特別突示自己的政治性格，但是卻表現了更具典型的、全面的虛無傾向，這裏所謂的虛無感是指建立在對整體現實，甚至立體面的現實世界道德構架的懷疑與棄絕而言。從表面上看，王幼華所代表的是奮力拆卸上一代框框的虛無族群。盛行在七〇年代的「農民小說」、「工人小說」、「小人物小說」、「反資本主義小說」……這些框框，在他眼裏顯然都成了侷限。一開始王幼華便以汪洋恣肆的姿態，闖入小說這塊園地，他幾乎完全違背同世代台灣小說家成長的模式，我們在他早期的作品裏，不容易找到他的身影，也找不到他的家世、傳統，讀過他早期的作品：諸如〈犯人〉、〈都市之鼠〉、〈兄弟倆〉、〈南山村傳奇〉……，我們很難在其中找到王幼華生命哲學的標點註記，這種沒有標註的特質，我以爲與其說是刻意經營的風格，毋寧說是對上一個世代文學的省思與反叛。

我相信王幼華所代表的不容易被歸類，甚至刻意不被歸類的、沒有框框與標記的族群性格的作品，當是從上個世代的論爭中取得了反面經驗，也是他從八〇年代新銳作家群中脫穎而出的最重要依據。他早先的作品無論從主題意識到文字結構，所呈現的淆亂錯置、零碎而交雜的特性，很能映現作者內心紛雜而倒錯的價值觀與世界觀，他在作品中不斷地以間歇性的方式，用自信、睿智而有譏諷性的語言、情節，慧黠而飄動的現實觀照展示他具思考、試探、智慧的特性；但另一方面，他卻也露骨地將他的疑慮、不信任、虛無感顯示出來。這和黃凡以否定出發的特質有幾分神似，認眞追究起來，黃凡和王幼華都有藉重知性武裝自己的作品的傾向，所以當黃凡以鷹眼般的銳利瞵視人間的時候，人們紛紛察覺的是他的傲氣，而王幼華那種狀似洞徹的人間棄絕意識，也不自覺地流露了他的虛怯。所以，若將他們兩者視做八〇年代台灣小說動向的探路石來觀察，應是不太離譜的推測。

王幼華的例子應該回到鄉土文學論戰的結論談起，基本上王幼華所企求的是從鄉土文學運動的反面出發，做一個什麼都不屬於，卻什麼都擁有的作家，雖然極具新意，但也是相互矛盾的；不著地的人間觀照具備活潑、伶巧的好處，但也不自覺地流向七〇年代論戰炮火指向的虛浮。如果以集結在《惡徒》這本集子裏的幾篇早期的代表作品來看，我們不難發現王幼華關心人的德性的熱心，遠遠超過人間的事相，他熱中扮演理想主義人生的播音者；但做爲人間的作家、現實的作家，卻顯現誇張而浮泛。雖然在他的作品裏並不乏現實的觀照，卻不是七〇年代作家所追求的直接而明快，他寧願將現實扭曲變形，甚至以寓言的形式表達，在在顯示他是一位從七〇年代文學觀戰「結論」的背面出發的作家。

二

基本上，我同意王幼華做個不升旗子的作家的願望是成功的，然而細加觀察，我們仍然可以理出他的作品世界的軌轍來。比較特殊的是寫作五、六年來，他的作品世界是呈橫面的展佈，很多線索根結呈榕鬚般盤結，予人極豐富的意象，有異於台灣作家階梯式推展其創作理念的習慣。大致說來，王幼華的作品主題，有三條比較明顯的脈絡，第一種是以〈過活小調〉、〈健康公寓〉、〈都市之鼠〉爲主的，現代都市生活的呢喃，這些很能反應現代都市文明的畸零人心態，建築在反諷基調上的作品，不失其睿智與敏感，明顯地告訴我們，他並不熱中關懷人間火宅的煎熬，他所關心的只是都市文明中陰暗的敗德穢行，因此諸如〈司機大夢〉、〈永遠流行包青天〉等都有深刻的現實投影，毫不留情地挖苦虛矯的現代都市人格，卻只顯示王幼華企圖透過小說詮釋現代人生道德理念的野心。在性格上他完全摒除七〇年代台灣小說淑世的熱切，將現實關懷推展到渺遠的情操世界裏，註册了新的現實關懷定義。

次者，王幼華比較踏實的現實關照，大概僅限於對被摒於權力中心之外的一九四九年以後的大陸移民的關注上，可惜的是這裏寫的只是這個被冷落的邊緣群族的哀歌。以一個小小鄉下警員掛帥的天魁鎭族群，實際上便是一群權力核心外，流落台灣社會的邊緣人，以〈天魁草莽錄〉爲首，諸如〈兄弟倆〉、〈南山村傳奇〉等的邊緣人故事，道盡了兩代外省人辛酸而多愁的處境。當我們看到天魁鎮的一群「老芋仔」—退休巡官、清潔隊員、開館子的、賣燒餅油條的、當兵的、工廠裏的雜工、學校裏的校工，擠在「窩」裏，爲「山東的希望」慶生，「憨憨的笑」、「啞巴老娘」、「斷了一條胳臂」的組合，爲著下一代「當狀元」、「留學」、「出洋唸博士」的夢歡呼、讚歎。我們發現，王幼華奏出的是藍調的哀歌。這一群還做著連自己都不太敢相信的夢的遺民——「都那麼久了，都那麼久了，誰知道……誰知道將來？」這一批「沒有土地的光棍」儘管不肯放棄作夢的機會，王幼華卻冷峻地宣稱，他們不過是一群撲火的「老蛾」和「小蛾」而已。斷胳臂的加啞巴、校工、清潔工、賣燒餅油條的加山地人，下一代是「流氓」、「浪子」。

王幼華不斷地以悲憤卻冰冷的聲音宣佈中原棄民的悲哀與絕望，構成他作品中另一個重要的據點。也許在這個據點上是王幼華表達最深、投注最多、最富情感的一角，做爲無緣與於「中原貴族」之後的一份子，小流氓「念書」、浪子「李青」的「輕視」與「嫉恨」，感同身受的熱切是王幼華作品中最深刻的寫實素材，也是我們探討王幼華創作生命原型最可靠的依據。

此外，王幼華挺立於八〇年代台灣小說界的另一個主要質素，應該是他執著於對生命原罪的探尋。這種近乎宗教家的情懷卻找不到宗教信仰痕跡的執著，是頗具創意的，足以開拓台灣小說的境界，〈歡樂人生路〉與〈狂徒〉是這個主題下典型的成品。理論是這樣的；有一個「長癌的乳房」，「那是隻有病有毒的乳房，我毫無選擇的，本能的吸吮它，快樂的、享受的。」病毒便這樣孳衍下去了，在體內循環，在人間輪迴。這個略帶神秘的見解，隱約告訴我們，作者具有杜思妥也夫斯基的某種體質，「罪」像夢魘般糾擾著他的創作靈魂，他認為生命是被某種不盡可被解釋的原罪牽引著而無力自拔。〈歡樂人生路〉描述原罪拖著人沉淪，還不算是個明朗的詮釋，〈狂徒〉的結局把「乳房」換做男性的根，季老頭從摩娑自己的下體，激發他向人間贖回自己散布禍源的意志（親手打死墮落邪惡的兒子）的象徵，則有更完整的詮釋。〈惡徒〉裏對這種「惡」的收取，採取更積極、更壯烈的手段。

藉著這種與生俱來的「罪」的理念，王幼華詮釋了人間的魔心邪行，特別是〈狂徒〉與〈惡徒〉中亦魔亦獸、亦邪亦狂的人物造型，遠遠超越心理學家對人類行為能做的演繹，應是出自王幼華個人糾葛不已的原罪意識吧！

誠如我們前面對王幼華小說走反叛潮流的判定，王幼華在他的小說裏是以否定出發、傲視人間的狂者，他把自己孤絕於人間之外，冷冷地盯視人間在罪與惡的渦流裏掙扎、嘶吼，他嘲笑人間衆生不過是欲望煉爐中掙扎的可憐蟲，包括他個人而言，有難以割捨的「天魁鎮」中原棄民在內，王幼華都沒有動過熱情地擁抱什麼的念頭。王幼華一直都是以自絕於人間的孤雁性格冷冷地矍視著人間衆生，他以自信、機伶的語調，縱論人間是非，以嘲弄、冰冷的聲音傳佈人間的愚昧罪行，這種以冷以隔取勝的寫作態度，剛好和七〇年代的文學註記走向完全相反的一端，的確開創了屬於自己的獨立風格。

然而我們卻又不免懷疑，僅憑有毒乳汁乳房流散的人間苦汁毒液，流露的人間欲動、虛妄……，是否足夠支持小說家長遠的寫作生命？坦白說，王幼華的原罪理念缺乏強大的社會現實的驗證，也缺乏歷史傳統的背景投影，再有理可能還是不夠深入人心深處。我敬佩王幼華在小說中爲人生哲學開山社的氣魄，但也爲他自傲的、堅持離群的孤雁性格憂慮。〈惡徒〉一作在讀者常成爲難解的習題，長篇〈兩鎭演談〉焦點太過模糊，顯然就是王幼華哲學還沒有足夠的說服力的緣故。這個例子實際上也就是八〇年代台灣小說應該反省的課題。在一片飛昇突破的喊聲中，被風潮推高的小說家，回望塵寰，高處不勝寒吧！

三

綜括說來，王幼華的小說，「過活小調」系統，輕快的嘲諷很能突顯作者的睿智；〈歡樂人生路〉系統，有獨特的詮釋人生的基點，是現代小說難能擁有的創作原點；〈天魁草莽錄〉系統，有血有淚，無限悲苦也無限溫馨的人間故事應可豐腴小說的根土。然而很可能綜合三者的〈兩鎮演談〉卻做了一次並不成功的組合演示。

王幼華像個時時不忘調侃人間的頑童，他能很輕易而敏銳地挑到人生的縫隙——〈太平巷中憂愁人〉、〈健康公寓〉藏汚納垢，還是人間垃圾。總是不忘對人生的虛假矛盾，拍一掌、擊一拳。對親情、愛情、友誼有極洞徹的認識，像似歷經人生波濤的流浪者吐露人生的智慧，他不但是文學王國的無神論者，勇敢地扮起先知的角色，其實又是絕無歷史傳統十字架負荷的文學羅漢脚，因此他的小說的另一個特色就是沒有英雄、沒有明確的主角，他很少觀察個人，喜歡把人群割成一塊塊去解說，他洞悉第一代、第二代山東老鄉的心靈世界，也熟知其現實生活的困境，也有老台灣士紳的思想評估，有客家聚落的民俗性格剖析，有退伍軍人、低層公務人員……做類化的刻畫，的確獨具慧眼。

這說明王幼華的小說世界擁有極豐富的礦藏——包括小說家應有的天賦與智能，然而毫無疑問的，這些礦藏只不過露了一角而已。整體說來，王幼華的小說不容易找到階梯式的推展進度，他的寫作年表明白告訴我們，他是以重疊錯出的方式發展他的寫作題材的，〈狂徒〉接在〈健康公寓〉之後寫，〈天魁草莽錄〉與〈兄弟倆〉間隔了一年半，他是很不容易從題材與類型上予人找到標記的作家，然而在其堪稱寬廣的題材世界裏，內在的本質是相連的。做爲作家，王幼華呈現的是思索的、叛逆的、自我的交融的特色。基本上王幼華的創作靈魂原形，是一對現實略帶驚懼的受傷靈魂，並且可相信的是有一道長達兩代的疤痕橫梗在他心中，也正因為它是結痂不再淌血的舊疤痕，他才會以既不滿又不屑的，不失高傲的調侃姿態面對現實世界，他寧願用荒謬對抗荒謬的現實，所以他不會硬碰硬抗衡對現實的不滿，他寧願以冷冷的譏誚洩掉現實的一點氣焰，另一方面他又十分地自信，他陶醉於那個自設的幻想世界裏，追逐一些自以為是的眞理，因而組合了王幼華作品奇異的風貌。

認眞論來，王幼華還是個現實主義者，他可以說是用不同的形式表達對人生的關注而已，誠如他自己在《狂者的自白》的序言中所言，讀他的小說「並不能得到快樂，也許只能感到苦澀、荒謬、沒有娛樂性」，大約說王幼華以比較嚴肅的形式關懷現實，或在努力尋求新穎的關懷形式，都不會太離譜吧！不過無論是思索的、叛逆的，抑或自我的，不外都是一種以否定出發的態度，一如黃凡的情形，勇猛地膨脹自信的不信邪的一代，難免還要露出驚懼閃爍的眸光。在文學上從七〇年代的結論外自立門閥，在現實中扮演不滿、不屑的不妥協的抗衡者，不過放吟一闕人間狂想曲而已，距離綻放人生智慧的光芒仍有一段路。

四

近年來，王幼華有試著將探索肯定的標的逐步移近現實的傾向，雖然他投注在預言小說的寫作和出現幻象寫實的作品，爲自己爭取更廣濶的寫作視界，自其餘事；重要的是緊縮了他的思索、叛逆與自信，透過預言和幻象，做爲充滿理想主義色彩的小說家資質淡化了許多，落實了許多，逐漸去累積微小而珍貴的人間眞實。由破到立，顯示王幼華的寫作繞了一圈之後又走回傳統的路，懂得耐心地積貯自己的寫作本錢。例如再寫到中原棄民的〈菩提樹〉時便平靜多了，已經能夠誠誠謹謹地肯定他們由無到有、白手創業、「從來沒有靠過別人」的榮耀感。寫現實人間的〈花島之戀〉，落實了人間的情愛，原本冰冷、疏離的人間，也有這種爆發的、浪漫的、濕潤著熱血的愛——一對邂逅在荒島上的風塵男女，演出戲劇性的殉情故事。〈救贖島〉是透過預言，打破現實人生的自我執著——越獄犯人錘死越獄之王，打破自己心中的塑像、神祇，解放自己心靈的桎梏，這些題材傾向於表現現實的不穩定感。人隨時會暴怒，爆發出來做一些不規則、不冷靜的事。

我以爲這些可做王幼華早期不安、不妥協、疑慮、虛漲的自信……性格「趨向穩定」的解釋；不過內底裏，他依然不甘雌伏於白描式寫實（超寫實）潮流，因此他使用幻象、預言，甚至走向神異，〈神劍〉、〈洞悉者〉探討的比〈惡徒〉、〈狂徒〉、〈司機大夢〉、〈天魁草莽錄〉更迫切的現實，至少不再是抽象的形而上的人生困惑。然而偏偏揷入神異的情節。〈洞悉者〉的A君，是一位超越「精神病」與「宗教派系」解釋的「具有不可思議洞悉的能力」的異常人，我們不難體會出這是王幼華藉著這樣一個異常人，反襯現實世界日漸萎縮的眞誠、友愛、親情；〈神劍〉則藉著一個通靈的神異小孩，反襯現實世界的教育、科學研究、社會風情……。撇開對神異世界的追究，其實都赤裸裸地暴露了現實的弊病。

至於〈愛與罪〉裏的「楊傑」，基本上繼承了對現實譏諷的格調，但爲「愛」奉獻而「死」，反襯一個低俗、自私的人間世，楊傑被塑造成理想人的模特兒，「我的心像白紙一樣，……盡最大的努力使自己潔淨。這裏的、那裏的環境都太差，正常的人是灰色的，是灰塵，常常把我弄髒，我不正常？」、「在我還未了解人的罪惡、了解人世，在意志還沒有堅定，力量還不夠以前，我犯的錯都可以原諒，以後就不同了。我不輕易原諒，我有自己的秩序和規律，比你們給我的好得多，高尙、優美、純潔得多，我不服從你們的秩序，我的刑罰比你們重得多，有價値得多。」「我有我的力量。你們秩序太混亂，從來沒有使我快樂過，反而時時使我感到罪惡重重，恐懼……」這個自稱很久不用開口的人臨死前向人間的表白。這個被形容爲「眼眶內好似兩潭藍黑陰鬱的苦水坑」、「側過臉……彷佛掛著一幅黑青色面具的亡靈，正冷冷的暗笑，嘲諷著人間的荒謬、矛盾、折磨。而正面……則顯現出一種飽受精神衰弱、自尋煩惱、自卑而頑固的表情」的楊傑，其實可以說相當完整地描述了王幼華在意識中流現的自己。

前面我們說過王幼華小說中沒有英雄、沒有主角。那麼楊傑可以說逼出他心中的英雄來了，明顯地可以看出來，收集在這第四本集中的作品，顯示了王幼華風格變動的訊息，他在修正自己。〈東魚國戰記〉更是個特殊的例子，藉一場虛構的戰爭，旨在批判現實政治的虛妄，在風格上像極了黃凡的〈賴索〉。在這篇作品裏，王幼華還是上帝、超人，他讓詩人被槍斃在寫著自己的正義詩的牆下，反諷「自己」的無力，嚴格說來，這是王幼華對現實最熾烈的關心。他讓現實政治與世界局勢濃縮成預言式的故事，傾向於臧否眞切的現實，可以視做王幼華小說超越僅止於為一顆糾糾葛葛的靈魂的契機。

五

也許以這乍放的意識之芽，預言王幼華的寫作變數，有點捕風捉影，不過這些年來，王幼華走了一段不算短的孤寂的寫作之路，回首前瞻，難免會有獨立蒼茫的感思吧！這段寫作歷程給予王幼華的試驗鍛鍊，深刻而有益是可以肯定的。對於心存廣濶，不願受拘束，不接受規範的，極具野心的筆耕者，有一段尋尋覓覓、跌跌撞撞的體驗並不是壞事，王幼華所以能在同世代的作家中顯得寬廣、潛能驚人，正因為他與衆不同的立脚點，在於扮演一個叛離傳統的作家，具有勇於試驗的精神。無論如何，這也是滾動文學巨輪不可少的助力，這也使我敢勇於預言王幼華是八〇年代台灣文學最有希望的掌旗作家之一。不過正如許多勇於否棄的人，沒有框框的拘束，在意識上成了飄泊的流浪者，思索、懷疑、否定、棄絕、不滿、不屑之餘，狂者的自信，能夠穿透人生的層層風波嗎？剩下來的，便是做爲一個作家，王幼華還要再流浪、飄泊下去嗎？是否該勇敢地站起來接受過去一直拒絕接受的，來自歷史、血緣、現實——靈魂深處的呼喚，承負起來自被摒棄於權勢之列的的大陸移民的召喚，背負起遷台第二代大陸人子弟的十字架，走向另一個層次的人間火宅。

——原載一九八五年十二月十三日《台灣時報》副刊

台灣社會文化變遷中的心理攝像

——王幼華作品論

朱雙一

一

在近十餘年來活躍於台灣文壇的新生代小說家中，王幼華是極富代表性的一位，因此得到評論家葉石濤的高度評價，稱之爲文壇等待了三十多年終於眼見的一個具有「偉大」資質的作家。當然，葉先生所言並不排除偏愛的成分，而所謂「資質」離眞正的「偉大」尚有一定的距離，但至少提示了對一個具有鮮明個人色彩和獨特藝術風格的作家應有的重視。

全面展現當代台灣社會—文化整體風貌及其演化變遷的宏大企圖，顯然是這種「偉大」資質的重要組成部分，而這種展現由於貫穿著作家對台灣社會—文化性質的頗具原創性的獨特見解顯得格外深刻。王幼華在他的第二部長篇小說《廣澤地》中，曾以「沼澤」作爲貫穿全篇的重要象徵，以沼澤地周遭人物世界作爲整個台灣社會的縮影；在一次訪談中，更以「沼澤」意象爲喻直接了當地挑明了他的這種見解──「它（指台灣社會──文化型態──引者）豐富複雜，像介於河海與大地之間的沼澤一般，充滿生機。」〔註二〕王幼華的這一認定，顯然是相對於所謂「內陸型文化」和「海洋型文化」等概念的引申。不同於海洋的擴張、湧動和內陸的封閉、穩固，沼澤容百水而成淤，吸納、沉積、攪合多種成分，成爲各種微小生命體生殖、繁衍的場所。因此，所謂「沼澤型文化」乃是一種混合和拼湊多種文化族群而成的文化類型。由於特殊的地理、歷史、政經結構等原因，台灣似乎命定地成爲多種文化風雲薈萃之地，在當今社會轉型期尤甚。外來文化（包括西洋、東洋文化）挾持著先進物質文明長驅直入，成爲滲透浸淫社會各細胞的強勢文化；而固有的本土文化卻仍根深蒂固，作爲一種基礎因素發揮著不可抹滅的深遠作用。後者不僅包含了作爲中華文化核心的中原文化因素，而且包括了中華文化的若干分支，如不同歷史時期先後進入台灣的閩、粵地方文化，以及台灣原住民文化等。王幼華小說極力展現的，就是多元、變遷的文化格局及相應的價值所造就的魚龍混雜、泥沙俱下的「四不像」社會形態。例如，這裏演出著西方式議會選舉，而又蔓延了賄選、暴力以及情治部門監視、干擾等封建專制政治的毒瘤；這裏有高速發展著的現代科技和產業，也有城隍大廟、混玄太祖壇、五聖宮前的鼎盛香火，以及虔誠的信徒和托神名義斂財的惡棍；這裏充斥著凶殺、搶劫、淫亂，但也不時傳出親情和母愛的聖歌，還有人試圖以孔子的「克己復禮」來解決伴隨繁榮而來的罪惡；大衆傳播媒體迅速成長和墮落，封建幫會、武術館之間的惡鬥仍頻頻發生；山下已是高樓大厦鱗次櫛比，山上卻仍一片混沌未鑿的原始鄉村野趣，處於二者之間的是一大堆無法處理的城市垃圾和違章建築，心靈灼傷的都市人迷醉於大自然的清純、神秘而遁入其中，純樸的山地人卻不顧一切地撲向車水馬龍的大都市。最爲典型的文化混雜現象甚至大量存在於社會的基本細胞——家庭之中。上代人的勤懇、憨厚、敬業乃至愚忠、僵直與文化傳統的長期薰染有關，而不少年輕人卻眩惑於瞬息萬變的浮華世界，紛紛喪失其父祖所堅持的古老價值和理想主義，任憑慾望泛濫和肆虐。對於這種文化現象進行較爲集中的描述和理論闡發的，是長篇小說《兩鎮演談》和〈東魚國戰記〉等短篇小說。《兩鎮演談》中對「諸神同座」的五聖宮、義民廟、慈雲宮等以及共存的各派教會的反覆描寫，也許可看作文化混雜現象的縮影及對其歷史淵源的揭示；而〈東魚國戰記〉則通過一虛擬預言故事影射台灣現實，表達了對各方政治、文化勢力交會台灣並將左右台灣前途的重重憂慮。

顯然，這種文化交滙在王幼華眼中與其是取長補短、存利去弊的融合，不如說尚處於油水難融、流弊甚多的拼湊、混雜階段。在內陸型文化的「黃」和海洋型文化的「藍」的交界重疊處，本應是一派葱籠的「綠」，但在王幼華筆下卻是灰黑一片。不過細加考察，王幼華似並未完全絕望。沼澤的「黑」來自微小生命體的大量繁殖、生息、腐爛，而多種成分的沉積，正爲這些微小生命體的生長提供必要的養分和適宜的環境。「沼澤」因此成爲雙重隱喻，它既是污穢、惡濁的，又是變動發展、充滿生機的。出於這種繁衍不息的生命力，王幼華對這片「廣澤地」充滿興趣。他飽含感情地寫道：

廣澤地裏，極多無法歸類的生命體，在濕地裏大量繁殖，爛泥地冒出咕嚕咕嚕的氣泡，渾濁的水潭內躍動著各類浮游生物，陽光熱烈的在熾灼這片濕地，細微的生物體在溫熱的水裏，快速的成熟，以無法抑制的趨動力，繁衍、繁衍。熱，熱，熱……

現實社會中，對應於作品裏作爲象徵的沼澤浮游生命體的，是掙扎在社會最底層的芸芸衆生。王幼華懷抱著反應「沼澤」型文化特徵的企圖，自然把最大量的筆觸投注於這些「小人物」身上。因此，佔據王幼華小說世界主要空間的不是高官貴爵、才子佳人，也不是生活平穩、心理健全的中產階級和一般民衆，而是所謂「引車賣漿者流，老弱殘疾者流，力役勞苦者流」，乃至娼妓、罪犯、無業遊民、問題青少年、黑社會人物等。這種特殊的人物取材範圍，顯然成爲王幼華小說一個十分顯著的特徵。

正如浮游生物體是沼澤生命力的主要構成，這些似乎微不足道的「小人物」也是台灣社會生命力的主要體現者。這種生命力首先表現在「小人物」面對嚴峻的競爭環境，爲求個體生存和發展所做的種種頑強努力。在多種文化滙撞而形成的多重價值競爭下，這些社會的「浮游生物」被拋入隨時面臨挑戰的緊張狀態中，被迫培養靈活彈性和迅速適應能力，以便忍受和吸收各種突如其來的變動和衝擊。由於他們的生理、心理能量在生存本能的激發下獲得巨大的釋放，因此常顯得格外的精神充沛，充滿活力，各自使出渾身解數，在社會大沼澤中沉浮、鑽營、求生。王幼華對於這種無秩序、無規範、近乎盲目甚至常遭失敗、毀滅但卻頑強不懈的生存追求頻頻給予注目。如通過《兩鎮演談》中丘老師之口說：「……人們應該向前走，或者有幾個同時向不可知的領域分頭前進、摸索、找答案，找出一條充滿進化、充滿機會、豐富生機的坦途。」其次，生命力來自「小人物」對本土現實的認同。由於社會文化變遷的特殊過程，台灣出現了如王幼華所深爲感歎的現象——害怕戰爭的人，不願做爲一個開發中國家國民的人，以黃種人爲恥者，追求財富、身份、權勢的人紛紛離去。這種高貴魚種爭相跳出龍門的局面，顯然使王幼華領悟「自怨自憐徒顯心虛，不如面對事實勇往前進創造歷史」（註二）的眞諦。儘管留下的似乎大多是不甚起眼的「小人物」，其中不乏投機者、暴發戶、驕其妻妾者、狹隘的民族主義者等惡德穢行者，但正是這些沒有拋棄斯土斯地的人們的共同努力，才使台灣在複雜混亂的社會文化環境下獲得長足的發展。儘管這裏的人們有不同的籍貫、經歷、道德信念、文化背景和行為舉止，但只要眞正把自己融入這塊土地之中，就可煥發巨大的生命潛力。在描寫老兵生活的〈天魁草莽錄〉、〈南山村傳奇〉等短篇的結尾中，王幼華描寫了老兵的下一代由於正視現實、認同本土，終於能以頑強毅力克服困境或改邪歸正而獲得新生。

當然，文化的多元融滙、價値標準的飄浮不定和競爭環境的巨大壓力，常迫使人們放棄固有的道德準則，生存本能激發的心理能量也往往突破文化規範導致種種不良行爲。鑒於此，王幼華不惜以主要筆墨解剖社會的膿腫瘡癤。然而他深知，如果剔除依附於生命之上的種種惡德敗行，生命無疑將更顯露其原本的強力。因此，王幼華所展現的雖是一個不無汚垢塵膩的人世，但同時也是一個生意盎然而非萬馬齊喑的世界。愛之彌深，責之愈切。在王幼華那解剖者嚴峻凜然的外表下，實際上深藏著一顆熾熱的愛心——對這塊土地上人們的熱愛和同情。

應指出，當有的作家正沉浸於風花雪月、談情說愛之中，或執迷於刀光劍影的武俠世界，不少嚴肅作家仍局限於原有的藝術範域，一再重覆那些已爲人們所耳熟能詳的人物、事件，王幼華卻把筆力集中在一般作家未曾特別注意的角落——最底層人民的生活。他懷抱著宏大的創作企圖，以其敏銳的藝術觸覺深入感受大量的原始生活素材，從中得出關於當代台灣社會—文化特點的獨創性見解，使台灣文化現象得到特殊角度的藝術詮釋。王幼華似乎開闢了一個藝術新天地，既能很恰當、傳眞地揭示台灣文化的底蘊，又形成鮮明的獨特風格，無疑達到「新」和「深」的雙重要求。

二

葉石濤先生除了在爲《兩鎭演談》這部刻意反映台灣社會文化特徵及其變遷的長篇小說作序時指出王幼華的「偉大」資質外，又在評論《廣澤地》時稱：「在現時的衆多作家之中，唯有這位作家擁有別具一格的天賦，那便是透視人類心靈各種摺曲的天才……」（註二）葉先生顯然極爲中肯地道出了王幼華創作的「偉大」資質的另一組成部分；而這一特點也是王幼華反映台灣社會文化的最主要方式。如果說，一般作家較爲關注的是人物的行爲，那麼王幼華最爲關心的卻是人物的心理；如果說一般作家的心理描寫是敍述人物的喜怒哀樂，那麼王幼華卻要深入挖掘他們痛苦的原因。也就是說，王幼華不僅從人物的社會階層著眼，著意於描寫引車賣漿者流，而且更喜歡從心理層次縱筆，描寫失望絕望者、失戀者、空虛者、孤獨者、困頓寂寞者、癮症患者、精神分裂症患者、犯罪狂、報復狂、精神萎縮者、人格異化者、單相思者、妄想症患者、懷疑論者、自毀自殺者等的心靈衝突、心理變態、人格分裂，乃至精神的崩潰。例如，王幼華塑造的老兵形象，並不限於描寫他們的困頓和懷鄉，而是深入刻劃他們扭曲的靈魂。〈兄弟倆〉中的李漢，懷著變態的自尊，成為自我封閉的「套中人」和蓄錢奴，最終導致精神崩潰而自戕。而〈天魁草莽錄〉中的老兵，則是一羣終日等待「好消息」，結果卻連消息也沒有，飽受永生精神煎熬的失望者。又如〈香格里拉戀歌〉和〈花島之戀〉，都不能單純以「戀歌」視之，前者表現主人公林羅價值的迷茫和人格的分裂——以行惡始，卻轉而表現出善，最終又復歸於惡；後者描寫不惜採用與警方同歸於盡的極端方式報復社會的經濟罪犯和娼妓。〈健康公寓〉中的黎小姐和〈狐〉中的「她」都是年輕女子，但她們並不快樂。前者飽嘗現代都市人際關係的冷漠，連父母也斷絕了聯繫，感到了整個世界越來越陌生。後者因丈夫外遇在潛意識中萌發追求個人幸福的慾念，但卻顧及傳統婚姻觀念而躊躇恍惚。從〈狂者的自白〉、〈模糊的人〉、〈首市亂彈〉等篇中，可以看到一羣懷著出人頭地的強烈慾望，又只能幻想不敢行動的「多餘人」和精神陽萎者。〈午夜的白酒〉中出現的則是一個寂寞困窘的失業者。如果說這些各式各樣的飽受精神痛苦的現代人具有某種共同特徵，那就是他們都不同程度地表現出人格自我分裂，靈與肉、善與惡、超我與本我、魔性與神性的衝突。王幼華在《廣澤地》中就是以這種人格自我分裂者為主構成其人物世界。如李神父，在神聖的教職和世俗的情愛享樂之間處於兩難；而退伍兵老金由於「超我」對「本我」的壓抑而陷入「愚忠」的泥坑，導致靈魂的完全扭曲；畫家蘇清淡也自覺到總是處於液體（迷茫）、氣體（輕鬆）、固體（理性）三種人格的變換中。《兩鎮演談》

中的丘老師，由於童年的屈辱心懷怨懟，又因父母的善良、寬厚養成他對求善的強烈自覺，從此在兩個極端間擺蕩。

支撐王幼華小說世界的，就是這些形形色色的人格自我分裂者、心理變態者，作者顯然認爲他們在現代台灣社會中具有極大的普遍性，因此儘管表面看來王幼華似乎挑剔地專找人們心理的病灶，其實卻是要將社會的現實、人生忠實呈現，當然，作爲一個富有使命感的作家，王幼華絕不會停留於「呈現」，而會著意於「剖析」，即進一步探究病態心理大量湧現的原因。在這裏，他摒棄了單純生物學觀點和單純社會學觀點，刻意從多維視角加以考察，深刻揭示引發心理變態的生物因素、心理因素和社會—文化因素三者之間交相作用的複雜情況。這一點，在王幼華小說中兩個最爲引人注目的形象系列——瘋子系列和犯罪者系列上，有相當清晰的表現。

從某種意義上說，瘋狂和犯罪都是變態心理的重症表現。王幼華並不否認個人遺傳因素（如體質體型、神經類型特徵、家族病變史等）在其中所起的重要作用，有時這一因素早已埋下禍根，如《廣澤地》中的女教師梅子，就有小腦病變的家族病史，發病前夕，具有如小蟲般蠕動等各種神秘內心體驗。阿痲的長子繼承父親的粗壯體型和過於充沛的精力，這是他淪爲犯罪少年的原因之一。〈狂徒〉中的季牙，上有昏昏然的父親，旁有極端自私的兄弟，下有患蒙古症的兒子，自己則專事搶刼賭博，可見其遺傳基因的缺陷。

王幼華也不否認個人成長經驗累積所形成的人格類型、理想信念、情緒傾向、思惟方式、智慧特徵等心理因素，在心理變態發生中舉足輕重的作用。〈廣澤地〉中的懷疑論者何承聖，他那過度敏銳激切的情緒傾向，顯然來自爲一個在育嬰院長大的戰爭孤兒那壓抑、無愛的童年生活；他那懷疑一切，目空無人，耽於幻想，怯於行動的處世哲學和人生觀，乃是青年時代追求道德的神性生活而難於生存，轉而憤世嫉俗，視人性爲惡的結果。秉持這種人格類型和人生哲學，在受到傷其自尊的刺激後，從一個極端的懷疑論者突發性地變爲瘋狂的實踐者，驅車橫衝直撞以消彌挫折感，也就毫不奇怪了。而老金那不識好歹的「愚忠」，何嘗不是軍旅生活經驗中受到意識形態灌輸和模鑄的產物！

然而王幼華最爲重視的，還是社會—文化因素所起的關鍵性作用。他顯然認爲，社會轉型、文化變遷和生活的快節奏變動所帶來的心理不調適，多元的文化衝撞和未形統一的社會價值標準所造成的迷茫或激烈的心靈衝突，現行的某些社會規範對人的本能慾望的壓抑，是導致心理變態現象大量湧現的最主要原因。

心理學認爲，一切心理行爲的變態，都可以在不同程度上歸因於人的社會文化關係的失調，而這又常是社會文化環境和現實生活的急遽變動所致。失調現象的出現及其程度取決於兩個條件：一是這種變動的激烈程度，一是當事人對變化的敏感度及適應水平。〈歡樂人生路〉中的「我」就因無法承受生活的急遽變動而發瘋。固然父母的缺陷、童年的屈辱已種下病因，但眞正的要害卻是進入「歡夢宮」色情場所當警衛所經歷的巨大變化。那突如其來的畸型的「富裕」以及旋踵而至的破滅；那赤裸裸的色情放縱，對道德規範的肆無忌憚的摧毀，顯然都不是「我」本來就已脆弱的心靈所能承受，終於被社會轉動的巨輪徹底碾碎。王幼華小說中並不乏對社會變動適應不良而產生的不同程度心理障碍的人物。如李神父之所以從一個素以苦修和愛心聞名的神父變爲在愛情、慾望，純潔、罪惡之間打滾的人格分裂者，就因爲他從鄉村遷入都市，新的環境使他內心燃起無法抑制的世俗的慾火，摧毀了長期歷練所得的「正果」。

台灣的多元文化聚滙，價値標準的飄搖不定，顯然是產生分裂人格和迷惘心態的溫床，〈香格里拉戀歌〉中的林羅在善惡之間舉棋不定，是一例證。《廣澤地》中何承聖執迷於懷疑論，何嘗不是多元文化、多重價値所致。他在紛至沓來的文化衝擊面前迷茫。轉而走向絕對的虛無，不分青紅皀白地否定一切文化，退回原始、獸性當中去，這就是他受刺激後野性總暴發的根由。王幼華稱：「在犯罪前後人的狀態中，精神是畸異、恍惚、易驚嚇、焦灼、矛盾的，那裏面有極豐富的人的奧秘」。〔註四〕正是對包括何承聖在內許多犯罪現象的極好總結。甚至無惡不作的小太保蕭郞（《廣澤地》）也有豐富的內心奧秘。他因缺乏母愛滋潤而內心創傷，深羡阿麻的兒子們，因而當後者在他唆使下作惡而危及生命時，他想到的是阿麻如若失子將遭受的痛苦，放棄了獨自逃跑的機會，爲救老二而身負重傷，這顯然不僅是一種義氣之舉，而是對母愛理想的捨身護衛，小說最後描述蕭郎的這一舉動，無疑使他洗去了「原罪」的嫌疑。「原罪」是與生俱來、無可救贖的，蕭郎卻可以救贖。因爲他和其他青少年一樣，心靈本是潔白，他的墮落乃社會所致，社會的價值標準，既有引人向善，也有引人向惡的因素，容易導致年輕人人格的分裂，而當「惡」占優勢對「善」加以凌遲時，就必然要造就一代的「問題青少年」。

台灣社會—文化的急遽變遷和價值標準的分裂，顯然對人們的心理施加了不小的壓力，使不適應者產生心理障碍或變態，而更爲直接的壓力則來自某些社會規範對人的正常生活慾求的禁抑。梅子老師的發瘋固然有遺傳因素，但眞正的導因卻是正常人性所受到的摧殘。她無私地愛護學生，卻因色貌原因無法在工商社會裏得到一個正常人所應得的愛。當她連與情夫保持曖昧關係的權利也被剝奪時，精神崩潰在所難免；引人注目的短篇小說〈超人阿A〉和近作〈龍鳳海灘考古記〉，也都涉及到社會重壓使人趨於瘋狂的主題。阿A想標新立異，出人頭地，本來社會可以爲其實現自我價值提供一點方便，結果卻適得其反。〈龍鳳海灘考古記〉中的林合財馳聘其豐富的想像，對遠古某部落歷史作了一番聲色俱全的假設。本來「脫離規則的、理性的、辛苦挫折不如意的現實，進入想像、迷離的世界，顯然是人們與生俱來的能力」（註五），但由於林合財只不過是考古系的一名老雜工，要實現這種「與生俱來的能力」和人的權利，同樣受到壓抑和摧殘。

細讀之下，還可感覺這兩篇小說尚有弦外之音，對於阿A，固然可斥之爲不甚現實，但他力圖突破陳規陋習的超人意識，未嘗不是社會進步所需；林合財的情況則更爲複雜有趣。由於歷史事實本身眞假難辨，而林合財對歷史的推測，似乎頗能自圓其說，是林合財眞的瘋了，還是說使他瘋了的社會出了問題，遂成爲一個懸疑。應指出，這樣的構思並非王幼華首創，早在世紀初的章太炎、魯迅等人筆下，就曾出現大批的瘋子、狂人形象。文學大師筆下的革命者由於其卓拔超群，敢於衝破傳統成規而被視爲「瘋子」，這種「瘋子」實爲眞理的擁有者。無獨有偶，林合財了發出「善良的人才會變成神經病，這個就是這樣」的宏論，這既是自我辨護，也是對社會的控訴，類似的情節在王幼華小說中反覆出現，以〈神劍〉中，一個不會說謊的小孩被人看成智能低下，神經不正常；〈慾與罪〉中，當楊傑申訴自己近年來的清白，表達要努力用愛來挽救自己的願望時，竟被警察懷疑爲精神病。《兩鎮演談》中的范希淹更直接了當地指出：「這個世界是瘋癲」的事實，並對這個瘋癲的世界反將瘋癲的罪名強加與人提出指控。這無疑是小說主題的一大深化。

王幼華強調引起心理變態的社會—文化因素的作用，較爲圓滿地解答了心理變態在當代社會特別繁多的原因，增強了小說的社會批判意義，同時也表達了作者希望社會得到療救的願望。因爲遺傳因素是無可救贖的「原罪」，心理因素也多爲過去的經歷所塑就，而社會文化因素畢竟是實現人爲的，可以經過人的努力加以改變。王幼華將他精心塑造的獨特人物形象和他反映社會文化整體風貌的宏大企圖做了巧妙的聯結，而通過人物心靈特別是人物病態心靈來折射台灣社會文化現象。這是一個新穎的獨特視角。

三

王幼華不僅是台灣社會—文化現象的描繪者，社會病態心理的解剖者，還是一位藝術新形式的探索者。八〇年代台灣文壇出現了幾位熱衷於藝術創新的小說家，王幼華是其中重要的一位。而最能代表王幼華個人色彩，爲王幼華最常使用的，是一種可稱之爲複合模式的小說新形式〔註八〕。

小說的複合模式是對傳統的情節模式的突破。情節模式根據事物的因果關係井然有序地組織人物的言行及相關的生活片斷，使之成爲一個有起有迄、逐步開展的完整故事。而複合模式卻不再重視形象之間的歷時性情節聯繫，而常使諸多形象系列在同一平面上共時性地展開，被稱爲八〇年代台灣都市文學「第一篇」小說的〈健康公寓〉，同時也就是複合模式的一篇典型之作，作者順著字母編號對公寓住戶逐戶加以敍述，就像拿著攝影機一間一間房屋往覆掃描，由此重視了包括大學教授到雜貨店老闆在內各行各業人士平淡無奇的日常生活。作品顯然很得複合模式的眞髓——似乎只是一系列互不相干的形象單位的流水帳式羅列，但形象之間，實際上有某種深刻意蘊加以統攝，從而達到形散而神不散的藝術境地。這統攝的意蘊，即現代都市新住民的各階層都在物慾橫流的都市沼澤裏鑽營、掙扎，普遍形成自私、冷漠、貪慾、偏狹的症候，由於在社會—文化變遷前缺乏必要的調適，使得本應隨著經濟發展而相應提升的道德品質，反而更形淪落。

如果說〈健康公寓〉是以一個固定的敍述觀點觀照各式各樣的人羣的生活面貌，那麼〈超人阿A〉則是以流動的觀點來看同一個人。作者著重表現的，不僅是作爲觀照對象的阿A，而且是處於地位不斷變動中的敍述者「我」。「我」由於地位旣升且落，幾番變遷，對同一個阿A產生完全不同的觀感和評價，證實了社會上存在著多重的價值標準，對以上層階級的價值標準強加於社會所有成員的傳統觀念，是一個有力的挑戰。小說以無嚴格的時間先後順序和因果關係的幾個片斷連綴而成，因此形式上已不同於一般的情節模式。而屬於小說複合模式的變奏。

實際上，王幼華的大部分小說多多少少都有上述類似的傾向。有的乾脆由數個不相關連或若斷若續的故事連綴而成；有的則隨意地插入許多非情節主線上的敍述內容。從較早期的短篇小說〈過活小調〉、〈麵先生的公寓生活〉、〈永遠流行包青天〉、〈都市之鼠〉、〈慾與罪〉、〈模糊的人〉，到稍後的長篇小說《廣澤地》、《兩鎭演談》，都可作如是觀。如〈模糊的人〉通過李村之眼觀看各式各樣人的內心奧秘，顯露社會百態。〈慾與罪〉則以一火災事件爲中心，描寫各種人在這突發災變中面臨生死考驗時的不同人性表現；《兩鎭演談》一開頭，就根據公車上座位號數逐一介紹乘客，包括妓女、小學教師、老闆、上台北闖天下的鄉村少女、補習班青年等。該書頗有創意的用以說明小說思緒變化的修長的分章標題：「流動的呈現，無焦點的連續，主題突顯後，似乎又跟隨無關的片斷……」正可看作對複合模式的夫子自道，按照情節模式的傳統觀點，這樣的作品未免顯得結構鬆散，枝蕪太多，因此，王幼華的這種嘗試在開始時未能得到廣大的認同，如《兩鎭演談》參加《自立晚報》百萬小說決審時，受到一些評審委員的批評非議。然而對於王幼華來說，這種形式卻具有莫大的藝術功效。其一，便於作家完成其全面反映當代台灣社會文化景觀的宏大企圖，情節模式的小說並不允許保留太多情節之外的內容，而複合模式的小說卻可很自然地將這些內容納入，而它又是作者的創作企圖所不可缺少的材料，如《兩鎭演談》和《廣澤地》都利用人物的長篇議論或其他方式，有意增加了大量的民俗、宗教、哲理、歷史、政治、經濟乃至山地住民生存環境等最現實社會問題的資料，並對這些問題加以探討。〈花之亂流〉雖僅爲人物阿A變爲植物前半個月的內心記錄，但卻通過人物意識之流納入大量現代都市景觀，如政府擬將文廟改建爲猴園等，反映了超過人物心理承受能力的社會價值觀的巨大變動。由於非情節內容的加入，王幼華的小說總是具有較濃厚的文化氛圍和恢宏的氣度。其二，它有利於作者深入挖掘和逼眞展示人物心態，因爲人的精神世界中，除了較爲規則的意識部分之外，還有很大部分是混亂無序，隨機發生的。特別是人格自我分裂、心理變態者，其內心更爲紊亂。複合模式那比較寬鬆、隨意，不受情節主線嚴格限制的取材，敍述方式，正十分適合於這種混亂的內心世界，如〈花之亂流〉、〈首市亂彈〉、〈狂者的自白〉等刻意描寫心理變態者意識流動的小說，都較充分地顯示了這種形式的長處。其三、複合模式特別適合於描寫沒有驚天動地業績的芸芸衆生，對他們的普通生活做出面面之觀；而描寫芸芸衆生，正是王幼華既定的藝術目標。王幼華顯然認爲，典型的抽樣已不能達成其意圖，需得將不同階層，是一般人的生活、精神面貌同時呈現，才有助於反映台灣社會—文化的全景。

王幼華對於複合模式的採用及其得失具有較深刻的自覺認識，他十分強調表現自己心靈的眞正感受，這就必然使他力圖突破傳統的情節模式的束縛，以便獲得更大的自由度。他知道，自己作品中的「無焦點、無秩序的狀態」，使讀者很不習慣，但卻符合自己表現「腦中感應到的眞正畫面」的需要，或者說，形式本身就與當代多元紛雜的社會狀態直接吻合。王幼華坦誠地說：「這種創作觀念與我對人處在現在社會，人在羣衆中他的位置，人與人之間的關係等看法，有很大關係。我將個人與羣衆疏離，漠然、孤立但又互相牽連，又互相對峙；思想觀念歧異，又必須共同生活；人人平等，各自又有各自

的複雜，競爭環境下暴露出原始的慾望等等錯綜狀況，將它呈現出來」。〔註七〕

當然，王幼華小說形式特點並不僅此一端，其濃烈強勁、略帶誇張的文字風格，雖不算精致，也非煽情，卻富有魅力，在軟性文字充斥的台灣文壇上，頗能獨樹一幟，描寫民間情事如臨其境，生動有趣，有些作品還添加若干傳奇色彩，時或間揷詼諧、幽默，甚至黑色幽默的片斷，反諷的應用也十分出色，對此，似謬且眞，升降格筆調等爲其常用。如〈和阿A去看的一場秀〉。平時最爲「老實善良」的阿福卻成爲衝入色情圈子的第一人，外表軒昂常扮愛國青年的名演員卻成爲最下流的黃色節目主持人，其對比觸目驚心含蘊深刻，有的小說集多種現代藝術手法於一身。如〈花之亂流〉就帶有複調小說的豐富，卡夫卡式怪誕，乃至當代魔幻，心理寫實主義的若干痕跡。

當然，王幼華的創作遠非完美無缺，比如早期一些喋喋不休於個人內心體驗的小說，顯得偏狹、冗煩、枯燥，對於非情節化複合模式的採用，稍一不愼，也極易顯露結構鬆散，線索雜亂之弊，作品中常有大段議論，增加了作品的哲理深度、歷史感和壯濶氣勢。但文學作品的技巧似乎就在形象與思想之間取得合適的張力平衡，增一分太多，減一分太少，而王幼華的許多觀點靠議論直接闡發，而非在情節中自然流露，這就使作品的形象性受到削弱，甚至在《兩鎭演談》、〈東魚國戰記〉等重要作品中，都有明顯的敍述，議論多於描繪的缺陷。此外，不事雕琢的文字，雖有勁道，有時卻未免顯得粗糙，不過從總體上看，王幼華的小說形式是與其所欲表達的內容相吻合的，因此也應該說是成功的。

——原載一九九〇年二月十七日～二十五日《民衆日報》副刊

註釋：

註一：張深秀〈有亂石的巨川——王幼華訪問記〉。
註二：同註一。
註三：《自立晚報》第三次百萬小說決審過程記錄。
註四：同註一。
註五：引自《兩鎮演談》。
註六：這裏採用南帆〈小說革命模式的革命〉中的概念。
註七：同註一。

王幼華小說評論引得

方美芬
許素蘭　編

說明：

1.本引得，依發表或出版日期之先後順序排列，以一九九一年十二月卅一日以前國內發表者爲限；海外出版者列爲附錄。

2.若有舛誤或遺漏，容後補正。

3.本引得承蒙王幼華先生、國立中央圖書館張錦郎先生提供資料，謹此致謝。

篇名	作者	刊(書)名	卷期(出版者)	出版日期
1.人海無日不風波——評王幼華〈風波〉	詹宏志	書評書目	八四	一九八〇年四月

2.問題小說、問題試探——關於〈惡徒〉	瞿海源 蔡源煌 周美德 施俊堯	中國時報		一九八二年五月十七日
3.原罪的探索——王幼華與〈狂徒〉	彭瑞金	自立晚報		一九八三年一月三日
4.原罪的探索——王幼華與〈狂徒〉	彭瑞金	一九八三年台灣小說選	前衛	一九八三年二月
5.斷層下的古錢——讀王幼華的小說〈惡徒〉	高大鵬	時報書訊		一九八三年
6.台灣小說的新動向——新生代的抽樣考察	高天生	自立晚報		一九八三年三月卅日
7.看〈惡徒〉	方十八	台灣時報		一九八三年四月六日
8.舊土地要住新生民——論王幼華的小說	高天生	台灣時報		一九八三年七月十一～十二日
9.透視現代人的生活遠景——〈健康公寓〉簡介	彭瑞金	一九八三台灣小說選	前衛	一九八四年四月
10.談王幼華的小說——《兩鎮演談》序	葉石濤	台灣時報		一九八四年六月一日
11.敬禮，向理性的英雄——評王幼華《兩鎮演談》	黃慶萱	聯合文學	六	一九八五年四月

12. 有亂石的巨川——小說家王幼華訪問記	張深秀	新書月刊	二〇	一九八五年五月
13. 試讀王幼華	龔鵬程	自立晚報		一九八五年六月十八日
14. 由〈歡樂人生路〉論王幼華小說中的自棄意識	張深秀	台灣時報		一九八五年七月九日
15. 探索的、反叛的飄泊者——王幼華的小說世界	彭瑞金	台灣時報		一九八五年十二月十三日
16. 精神的超越與愛	金沙寒	商工日報		一九八六年三月廿三日
17. 〈超人阿A〉附註	亮軒	七十四年短篇小說選	爾雅	一九八六年四月
18. 寂寞的小說路	張典婉黛			一九八六年五月
19. 自立晚報第三次百萬元長篇小說徵文決審意見——關於王幼華的〈廣澤地〉①	葉石濤 施淑女 陳映眞 楊青矗 李喬		自立晚報	一九八七年二月十五～十八日
20. 文明與原始的兩難——導讀〈熱愛〉	方鳳	台北評論	五	一九八八年五月一日

21.意識的解放——序王幼華《熱愛》	林燿德	遠流		一九八九年四月
22.走出亂流——都市小說人文企圖	彭瑞金	民生報		一九八九年八月十二日
23.台灣社會文化變遷中的心理攝象——王幼華作品論	朱雙一	民衆日報		一九九〇年二月十七～廿五日
24.冷眼看人生的思索者——論王幼華(上)(下)	劉俊	文訊月刊	五八、五九	一九九〇年八月、九月

註：

①一九八七年三月廿三日～廿五日，《自立晚報》刊登「意見重播」。

附錄：

方美芬　編

篇名	作者	刊(書)名		出版日期
1.王幼華及其兩鎮演談	潘亞暾	香港新晚報文藝週刊		一九八九年十月十五日、二十二日

2.台灣社會—文化變遷中的心理攝象——王幼華作品論	朱雙一	台灣研究集刊		一九八九年
3.刻意創新的探求者——論王幼華的小說藝術	劉俊	台灣文學選刊		一九九〇年五月
4.不偉大、偉大或其它——台灣新生代作家王幼華印象	朱蕊	台港文學選刊		一九九〇年五月

王幼華生平寫作年表

王幼華　編

一九五六年　1歲　出生於苗栗縣頭份鎭。祖籍山東省汶上縣。父親一九五〇年來台，中央警官正科十五期畢業。母親一九四九年來台，雲南昆明人，小學教師。

一九七六年　21歲　考入淡江法文系，一年後志趣不合轉中文系。

一九七八年　23歲　二月，在淡江大學上施淑教授「現代小說選讀」課。從而開始習作。且聚合中文系愛好文學同學六、七人，接受施淑、李元貞教授指導，於課後研讀各類文學作品。近一年間習作多篇，皆未發表。作品素質不佳。

十二月，〈雨季過後〉刊於《三三集刊》第十七集，爲發表的第一篇小說。

一九七九年　24歲　鍾肇政先生執掌《民衆日報》，由執編沈錦添先生發邀請函，作品開始於《民衆日報》發表。

一月十五、十六日，〈犯人〉刊於《民衆日報》，此小說鍾先生退回兩次，要求愼重修改後才刊出。

五月六、七日，〈車禍〉刊於《民衆日報》。

七月二十一、二十二日，〈都市之鼠〉刊於《民衆日報》，鍾先生邀見面，教益良多。

〈海港故事〉刊於《中外文學》。

一九八〇年　25歲

八月，〈小說三篇〉刊於《中外文學》。二十二、二十三日，〈固執〉刊於《民衆日報》。

十一月三十、十二月一日，〈年華〉刊於《民衆日報》。

元月，〈天魁草莽錄〉刊於《中外文學》。〈南山村傳奇〉刊於《民衆日報》。

二月四、五日，〈風波〉刊於《民衆日報》。

三月起暫停小說創作，準備研究所考試，每日讀書十二小時，自覺學識大進，但健康受損。

四月，〈首市亂彈〉刊於《中外文學》。

五月，〈待嫁女兒身〉刊於《中外文學》。

六月放榜，未考中，返鄉等待服兵役。

八月二十八、九日，〈愛玩瑪俐〉刊於《台灣時報》。二十九、三十日，〈教堂故事〉刊於《聯合報》。

十月，〈我愛戴美〉刊於《台灣文藝》六十九期

一九八一年　26歲

退伍。由東年介紹進入聯經出版社台大門市部工作。

元月，〈有應公殿下慈悲〉刊於《中外文學》。

三月，〈過活小調〉刊於《現代文學》復刊十三期，以筆名王魯發表。〈司機大夢〉刊於《現代文學》復刊十三期。

七月，〈山雞國春秋〉刊於《台灣文藝》七十三期。

八月，〈兄弟倆〉刊於《中外文學》。

九月，〈麵先生的公寓生活〉刊於《益世雜誌》十二期。九月一日起，《自立晚報》副

刊連載五萬字中篇小說〈勝負〉。
十月，散文〈諸神復活〉刊於《中外文學》。入選七十年度散文選，九歌版。因不適應都市生活，人際間競爭狀態，辭職。專心寫作。
因長期的對人類行爲、心理、精神狀態有興趣，廣泛閱讀此類書籍，並做實地觀察了解。
十二月，〈永遠流行包青天〉刊於《中外文學》。十、十一日，〈所謂伊人〉以筆名黃克發表。《自立晚報》副刊。
思索由日據時代起台灣文學的方向，以及自己的文學方向。理淸自己的寫作路線。感到應有所突破。

一九八二年　27歲

元月十六、十七日，〈狂徒〉刊於《聯合報》。
二月，〈歡樂人生路〉刊於《台灣文藝》七十五期。
四月三十日~五月十二日，〈惡徒〉刊於《中國時報》。
〈健康公寓〉亦於年初完成，寄《現代文學》。
自感已越過習作階段，有計畫性的寫作，並嘗試將自創的思想、文學觀表現於作品中。寫作理念不被文壇接受，頗感台灣文學界的視野狹窄，藝術能力不足。
四月三、四日，〈狂者的自白〉刊於《自立晚報》。十日，〈畫展〉刊於《台灣時報》。十九日，〈戈保這個人〉刊於《台灣時報》。
六月，〈午夜的白酒〉刊於《中外文學》。
八月，〈魔地幻記〉刊於《中外文學》。十一、十二日，〈李敢住哪裏〉刊於《台灣時報》。

〈狂者的自白〉、〈戈保這個人〉、〈李敢住那裏〉、〈畫展〉等爲「都市生活」系列作品，此系列共七萬餘字，有些未發表。

〈妄夜迷車〉（四萬字）刊於《文學界》第三期。

十月二十七日，〈無敵蔡先生〉刊於《自立晚報》。

十一月，〈花島之戀〉刊於《益世雜誌》。

〈生活筆記〉刊於《台灣文藝》七十七期，爲系列作品，後陸續發表於《中國時報》、《自立晚報》、《台灣時報》等，約五、六萬字。至一九九〇仍持續發表。

高信疆先生協助出版第一本小說集《惡徒》，由時報文化公司印行。

至信義路鍾肇政先生開設的「泛台書局」助編《台灣文藝》。

葉石濤先生對專心致力於小說創作，甚爲鼓勵，讚譽有加，唯對小說中呈現的陰暗面不太滿意。

〈健康公寓〉遭延誤一年未能發表，改投《中外文學》。

與初鳳桐先生合作，翻譯諾貝爾文學獎得獎人法國作家法朗士作品《天神飢渴了》。書出版時，名字被出版者及編者刪除。

由一九七三年登玉山開始，至今年登完大部分台灣重要山峯。

一九八三年　28歲

元月四、五日，〈香格里拉戀歌〉刊於《自立晚報》。〈模糊的人〉刊於《台灣文藝》八〇期。

三月，以〈歡樂人生路〉得吳濁流文學獎小說佳作獎，因對得正獎作品不滿，未參加頒獎典禮。

四月，〈健康公寓〉刊於《中外文學》。〈我是歌〉刊於《明道文藝》。十八、十九日，〈好朋友〉刊於《聯合報》。
七月，〈無聊男子〉等三篇刊於《自由談》。
九月，回故鄉東方山區南莊國中任教，代國文課。寫作第一部長篇小說〈兩鎮演談〉。〈我是愛〉刊於《中外文學》。九月九日，〈救贖島〉刊於《台灣時報》。
十二月，〈愛與罪〉刊於《中外文學》。後來出書改名為〈慾與罪〉。
心靈趨於穩定、統一。找到安身立命的方向。

一九八四年　29歲

三月十五、十七日，〈神劍〉刊於《自立晚報》。
四月，〈健康公寓〉入選彭瑞金主編，前衛出版社出版之《一九八三台灣小說選》。〈生活筆記〉系列——〈瀕死的美〉，〈畸零人〉、〈左髮〉三則，入選林清玄主編，前衛出版社出版之《一九八三台灣散文選》。
七月二日，〈小鎮戲院〉刊於《中國時報》。
八月二十七、二十八日，〈祭典〉刊於《台灣時報》。
九月，〈一九七〇～一九八〇兩鎮的某些變化〉刊於《台灣文藝》九十期。〈小鎮戲院〉、〈祭典〉與此篇皆為《兩鎮演談》的一部分。全文未完整發表。
經由南莊國中校長黃德慶推介至竹南君毅中學，教補校國文。因感無一技之長，未融入眞正社會中，思想陷入荒蕪、空洞，寫作概念多於現實，在山區教導學生，對教育產生興趣，將理想和對人世的理念向學生實踐。
認為無法實踐的理念即是無用的思想。〈我們只有這個島——鼎談省籍觀念〉（座談會記錄）刊於《台灣文藝》九十二期。
對台灣命運有深切的關懷與思索，繼〈妄夜迷車〉後，另寫出〈東魚國戰記〉，廣讀有關台灣史料，自信比絕大多數人了解台灣，並以世界性眼光思考台灣。《兩鎮演談》由時報文化公司出版
十一月，〈東魚國戰記〉刊於《文學界》十二期。
十二月二十六日，〈洞悉者〉刊於《自立晚報》。
從事教育頗具理想精神，由人類愛出發，自認是位好教師。

一九八五年　30歲
對台灣的深入探討，找到自己的定位，信心增強。
元月，〈某男子的來信〉刊於《中外文學》。
三月，與同事張美珠結婚。
四月十九日，〈好友甲先生〉刊於《台灣時報》。二十四日，〈菩提樹〉刊於《自立晚報》。
七月，〈一九八四的一場市民秀〉刊於《台灣文藝》九十五期。
八月，《狂者的自白》由晨星出版社出版，大部分都市文學系列作品收入本書。
十二月十八、十九日，〈超人阿A〉刊於《自立晚報》。
發現自己的文學觀念及文學走向，在許多人的作品中被襲用。一方面深信自己的走向正確，一方面努力開拓新的寫作方向。對文壇各種現象失望，決定中斷來往，努力於教育工作及寫作。並企求建立自己的思想體系、文學風格。

一九八六年　31歲
全年因工作壓力沉重，利用課餘創作第二部長篇〈廣澤地〉，共八個月才接續完成。

一九八七年　32歲

二月，助同事邱文貴競選南莊鄉長，從而認識台灣基層選舉，進而參與並了解各類選舉，與政治人物來往，進行觀察。

助編苗栗縣鄉土雜誌《三台》。

三月，《慾與罪》由晨星出版社出版。

四月，〈超人阿A〉入選亮軒主編，爾雅出版社出版之《七十四年短篇小說選》。〈超人阿A〉多次收入各種選本中。以「阿A」爲主角後陸續有連作出現。

十月十一日，〈春閨夢裏人〉刊於《自立晚報》。

今年的寫作量驟減。專力於長篇〈廣澤地〉。

二月七日，〈狐〉刊於《自立晚報》。

三月六、七日，〈花之亂流〉刊於《自立晚報》。

以〈廣澤地〉參加《自立晚報》第三次百萬小說徵文，進入決選，爲決選作品四篇之一。仍未有人得獎。三月二十三日起在《自立晚報》連載。

散文〈南鄉與我〉刊於《聯合文學》三十二期。

由於教學之故對唐宋八大家古文產生興趣，開始研究韓愈、柳宗元，並寫出十餘萬字研究心得。刊於《孔孟月刊》、《國文天地》等。並於一九八九得教師研究著作獎。

三月七日，評論〈簡評落山風〉刊於《台灣時報》。

九月，在君毅中學接實習輔導主任行政工作。

〈花之亂流〉寫畢，感覺對小說寫作的能力，境界又進一層。

《廣澤地》出版四處碰壁，頗覺遺憾。

感覺台灣學界、報界的氣格卑微，貴遠賤近，創作者眼高手低，器識短淺，深感無奈。生活層面擴大，對人性有較寬容的看法。
認爲八〇年代中期以後的作家較具有世界性眼光，有對全人類寫作的野心，十分可以期待。

一九八八年　33歲

二月十二日，散文〈對台灣文學的期待〉刊於《台灣時報》。
四月十八日，〈和阿A去看的一場秀〉刊於《自立早報》。
五月，〈熱愛〉刊於《台北評論》。
八月十二、十三日，散文〈給阿德的信〉刊於《自立晚報》。
十二月，論文〈我的都市文學經驗〉刊於《台灣春秋》。
認識林燿德，經其鼓勵，重新開始大量創作。
檢討自己的創作：
「我的作品即是我求道的過程紀錄，且是修妄念而得道者」。
對宗教做深入的研究。對佛、道、儒、基督徒、民俗宗教有較整體的心得。
蕭蕭收錄〈給阿德的信〉收入《七十六年散文選》九歌出版社。
阿盛收錄〈南鄉與我〉收入《一九八七海峽散文》希代出版社。
讀東歐文學作品覺與許多作家作品風格類似、實驗方向類同。

一九八九年　34歲

〈龍鳳海灘考古記〉刊於《台灣春秋》元月號～三月號，三萬字。
〈東魚國的馬拉虎〉刊於《台灣春秋》九月號～十一月號，六萬字。
四月一日～四日至上海復旦大學參加「第四屆台港及海外華文文學」會議，發表論文〈台灣外省籍作家的文學及處境〉（此文未發表）。
黃凡收錄〈熱愛〉，收入《一九八八海峽小說選》希代出版社。
四月，《熱愛》由遠流出版社出版。
九月，離開任教五年的君毅中學，回母校省立竹南高級中學任國文教師。
參與各項公職人員選舉，任文宣工作。

一九九〇年　35歲　五月四日，得中國文藝協會文藝獎章。
十月十三～二十一日，〈台灣外省籍作家的文學及處境〉刊於《民衆日報》。
十一月五日至一九九一年一月六日，〈美麗與慾望〉（六萬字小說）刊於《台灣時報》。
十一月八日至一九九一年一月十二日，〈土地與靈魂〉（十二萬字小說）刊於《自立晚報》。

一九九一年　36歲　二月二十日，〈九亂〉刊於《民衆日報》。

一九九一年　36歲　元月三、四日，〈台灣史異詮〉刊於《自由時報》。

[賴和手稿影像集] 賴和文教基金會出版

原跡重現，全部彩色雪銅紙精印

LB1/NT4500元

一九年七月）返台，期間已感受到中國五四新文學運動對文化社會的影響力。歸台後加入台灣文化協會，並擔任《台灣民報》文藝欄編輯，成為台灣新文學的先覺者與主導者。從目前可知一九二三年九月寫的〈憎寮閒話〉，到一九三五年十二月的小說〈一個同志的批信〉，其體材觸及多面向問題，包括農民、庶民及小販生存問題、婦女問題、警察問題、製糖會社問題，還有士紳階級的性格問題等，在在都顯現賴和對台灣社會的關注與期待。賴和先後入獄兩次，分別為一九二三年十二月十六日，因治警事件入獄，初因於台中銀水殿，後移送台北監獄；一九四一年十二月八日（珍珠港事變當日）第二次入獄，在獄中寫〈獄中日記〉僅至三十九日，後因體力不支未能續寫，翌年病重出獄，在獄中約五十餘日，健康情況大損，於一九四三年一月三十一日（陰曆十二月廿六日）去世，享年五十。

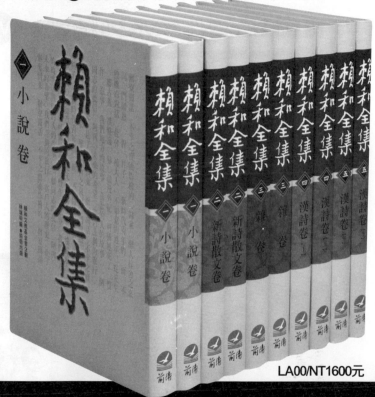

賴和

台灣新文學之父

一八九四年五月廿八日（陰曆四月廿五）出生於彰化，本名賴河，又名賴葵河，父親賴天送為道士，這樣的家庭背景，使得賴和與民間群眾生活緊密結合，並落實在他後來的作品中。十四歲（一九〇七）入私塾小逸堂與石錫烈、詹阿川、黃文陶等人從黃倬其先生學習漢文，目前現存漢詩手稿即大兩千多首，可見舊文學根柢之深厚。十六歲（一九〇九）入台灣總督府醫學校，在此時結識蔣渭水、翁俊明、王兆培、杜聰明等人。廿一歲（一九一四）醫學校畢業後，於十二月進嘉義醫院擔任筆生（抄寫員）和通譯（翻譯）的工作，因受不合理待遇辭去工作，於廿四歲（一九一七年六月）返回彰化開設賴和醫院。廿五歲(一九一八年二月)渡廈至鼓浪嶼博愛醫院就職，廿六歲(一九

國家圖書館出版品預行編目資料

王幼華集／王幼華作．施淑編．
--初版．--台北市：前衛，1992［民81］
344面；15×21公分．--（台灣作家全集，短篇小說卷，戰後第三代：13）

ISBN 957-9512-57-4（精裝）

857.63　　81001526

王幼華集

台灣作家全集・短篇小說卷／戰後第三代 ⑬

作　者／王幼華
編　者／施　淑
出版者　前衛出版社
總本舖／112台北市關渡立功街79巷9號1樓
電話／02-28978119 傳眞／02-28930462
郵撥／05625551 前衛出版社
E-mail:a4791@ms15.hinet.net
http://www.avanguard.com.tw
出版總監／林文欽
法律顧問／南國春秋法律事務所・林峰正律師
總代理　凌域國際股份有限公司
地址：台北縣五股工業區五工五路38號7樓
電話：02-22983838 傳眞：02-22981498
出版日期／1992年4月初版第一刷
2004年8月初版第五刷

 ISBN 957-9512-57-4

定價／250元